Renaissance

La revendication de l'Alpha, Tome trois

Par

Addison Cain

Chapitre 1

Le col de son manteau relevé pour protéger sa nuque du froid qui s'infiltrait de plus en plus dans les couloirs, Shepherd était enfin de retour après avoir été appelé par ses soldats. Il trouva sa partenaire nerveuse, et l'odeur âcre de l'Oméga effrayée imprégnait l'air. Mais, le principal, c'était qu'elle était enceinte et dans le noir complet quant à ce qu'il se passait à la surface.

Et il ne le lui dirait jamais.

Shepherd ne fit pas mine d'approcher la femme paniquée, mais resta là où il était pendant qu'elle le détaillait des bottes au sommet de son crâne. L'Oméga cherchait une piste quant à ce qui l'avait retenu loin d'elle, ici une éclaboussure de sang, là des jointures gonflées, et fut visiblement soulagée lorsqu'elle ne vit rien qui sortait de l'ordinaire.

Sa Claire était en colère, mais encore plus rassurée qu'il lui soit revenu, en apparence, *normal*.

Lorsque l'Oméga avança pour le toucher, pour faire ce qui devait être fait afin de conclure leur marché, Shepherd l'arrêta.

— Tu as faim, ma petite. Nous allons d'abord manger.

Nous allons d'abord manger ?

Shepherd ne se tourna pas vers la porte pour exiger qu'on leur apporte de la nourriture, mais se dirigea vers l'endroit où il rangeait ses vêtements et commença à ôter son manteau, son armure et ses bottes. Contractant ses muscles au moindre geste, il fit passer sa chemise par-dessus sa tête et la lui tendit. Sans réfléchir, Claire la prit et la posa, comme il s'y était attendu, dans son nid.

Distraite par cette tâche, l'Oméga se mordilla la lèvre et prit son temps pour arranger le tissu parfumé, puis retirer un ancien vêtement qui devait être lavé.

Quelqu'un frappa à la porte, et Shepherd aboya un ordre au visiteur.

Jules entra avec un plateau, le posa et s'éclipsa aussitôt. Son indifférence dissimulait avec brio la familiarité qu'il partageait avec Claire. Elle trouva la situation quelque peu comique, surtout quand elle vit Shepherd se positionner entre le Bêta et elle.

Lorsque la porte se fut refermée, Claire eut du mal à ravaler un pouffement.

— Qu'est-ce qui te fait rire ? gronda le mâle en plissant les yeux.

— *Toi*, Shepherd, répondit Claire en s'installant à table. Cet homme m'a apporté mes repas des dizaines de fois en ton absence, donc tu dois bien lui faire confiance. Pourtant, te voilà, en train de le fusiller du regard comme s'il n'était pas ton ami. Tu as des problèmes…

Shepherd se contenta de grogner. Uniquement vêtu de son pantalon, il s'approcha de la table.

— C'est une réaction naturelle pour un Alpha de protéger son Oméga des hommes dangereux.

Mais pas des femmes dangereuses, apparemment…

Lorsqu'elle vit la nourriture, Claire déchanta complètement. Elle comprenait à présent ce qui se passait, ce qu'il avait orchestré. Ceci, ce repas, était un spectacle – un spectacle dont elle n'était pas la spectatrice, mais bien l'actrice. L'homme qui se laissait choir sur la chaise en face de la sienne attendait qu'elle joue pour lui. Se rappelant à elle-même que leur accord stipulait qu'elle devait prendre l'initiative sexuelle et rien de plus, elle ramassa sa fourchette sans protester, choisissant de se concentrer sur le délicieux repas. Le mâle imita ses mouvements et avala une bouchée.

Le silence lui sembla pesant et, plus par habitude que par souci des bonnes manières, Claire eut envie de causer de tout et de rien. Elle savait néanmoins que ce serait vain, que Shepherd ne répondrait pas.

Or, curieusement, ce fut lui qui lança la conversation :

— Il paraît que c'est une des recettes les plus réputées de ton chef.

Un sourcil arqué, Claire leva les yeux de son poisson cuit à la vapeur et hocha la tête, momentanément perdue.

— *Mon* chef ? Tu ne manges pas ce qu'il prépare ?

— Ce qu'elle prépare ; et non.

— Qu'est-ce que tu manges normalement ? demanda-t-elle, prise de court.

— Ce que mes hommes mangent. Partager ma nourriture avec ceux qui ont connu les épreuves de la Crypte a pour moi une grande importance. Je ne m'attends pas à ce que tu le comprennes ou t'y soumettes.

Il y avait tant de choses chez cet homme qu'elle ne comprenait pas.

Voyant que l'Oméga était perplexe et tendue, Shepherd lui offrit un élément d'explication :

— Après des années passées à nous nourrir de moisissures pour subsister, nos systèmes digestifs ont changé. Le régime alimentaire des disciples doit être fade, insipide, et les compléments alimentaires nécessaires ont un goût et une odeur désagréables.

J'ai consommé le gros de mon repas avant de revenir auprès de toi. Ceci est… un supplément.

Était-ce pour cela qu'il ne mangeait jamais en sa présence ? Elle admira l'assiette superbement décorée.

— Eh bien, étant donné tes nombreux attributs physiques, je trouve équitable que tu aies une restriction.

— Attributs physiques ? répéta le mâle avec un sourire arrogant.

— Tu es très grand, répondit Claire sèchement.

Elle avala une autre bouchée, ne souhaitant pas donner plus de substrat à l'ego de l'Alpha.

— Donne-moi un autre attribut, exigea-t-il en lui faisant du pied.

Mais Claire avait des années d'expérience dans l'art d'éluder la fierté d'un Alpha.

— Tu es chauve. Ça doit te faire gagner du temps, de ne pas devoir te coiffer.

— Je me rase le crâne, répondit-il, incertain, les yeux plissés.

Claire sourit, ravie de l'avoir froissé, et avala une autre bouchée de son dîner.

— Tu te joues de moi, ma petite, ajouta-t-il, intrigué, en voyant son visage farceur.

— Tu es déjà assez arrogant comme ça, expliqua Claire en agitant sa fourchette. Je ne vais pas flatter ton ego.

— Tu le flatteras plus tard, contra Shepherd, un rictus moqueur aux lèvres. Quand je me déhancherai en toi ce soir, tu chanteras mes prouesses et ma force… Tu diras toutes ces choses et plus.

L'autosatisfaction flagrante sur ses traits, le fait qu'elle savait ce qui l'attendait – pire, le fait qu'il pouvait effectivement lui soutirer une telle flatterie –, lui enflammèrent les joues. Oui, Claire crierait pour lui et chérirait son corps avec sa langue et ses mains… mais elle garderait ses compliments pour elle.

— Nous verrons.

Le sourire qui étira ses lèvres balafrées, la faim absolue dans son regard… L'Alpha était de plus en plus excité.

— Un défi de la part de ma timide petite Oméga…

L'espace d'un instant, Claire crut qu'il allait se jeter sur la table et la dévorer. Même sa manière de respirer et de la regarder manger sous-entendait qu'à l'intérieur, la retenue luttait contre son impulsion de la posséder.

— Tu as l'air de bien joyeuse humeur, lança Claire d'un ton à la fois anxieux et désapprobateur en repensant à sa manière de l'avoir abandonnée plus tôt. Qu'as-tu fait aujourd'hui ?

— Rien de bien important, à part me demander ce qui m'attendrait dans cette pièce à mon retour, ronronna Shepherd, charmé par sa tentative d'interrogatoire. Je pense souvent à toi quand nous sommes séparés.

Bons Dieux, même son odeur puait le sexe.

Tout le secret réside dans la confusion de l'ennemi, afin qu'il ne puisse pas comprendre notre véritable intention. -Sun Tzu

Inspirant sa lèvre inférieure dans sa bouche, Claire essaya de deviner s'il essayait de la distraire ou de l'embrouiller. Elle observa la musculature exposée de son torse et de ses bras. Shepherd était assis dans une posture arrogante et autoritaire, comme si son estime lui était due.

— Si tu étais si pressé que j'honore le reste de notre accord, alors pourquoi sommes-nous en train de dîner ensemble ? questionna Claire en inclinant la tête.

— Par respect pour ma partenaire. J'ai fait préparer de la délicieuse nourriture et nous discutons, comme tu disais vouloir le faire… comme les mœurs du Dôme le dictent.

Claire comprit aussitôt que ceci n'était pas qu'un simple repas partagé. C'était une nouvelle tentative de respecter une coutume de cour, comme les fleurs dessinées dans la mousse de son café. Elle repoussa une mèche derrière son oreille et rougit de plus belle.

Il lui décocha l'expression plus douce qu'il réservait généralement pour le coup de grâce. Elle sut aussitôt que son analyse était correcte. À sa manière malhabile, Shepherd s'efforçait de la séduire.

— C'est pour que je me détende, murmura Claire, hésitante.

— Oui.

— Pour que je sois plus enthousiaste ?

Il lui lança un regard qui voulait dire oui, non et mille choses à la fois. Sans sourire, la tête légèrement inclinée, Shepherd gronda :

— N'apprécies-tu pas mes efforts ?

Il y avait une mauvaise réponse à sa question, et c'était bien la seule qu'elle voulait lui donner. Elle se mordit la lèvre et regarda l'homme torse nu.

— Tu me fais la cour.

— Selon vos coutumes, oui.

— Ne sont-elles pas tes coutumes aussi ? demanda Claire, curieuse, même si elle ignorait pourquoi.

L'homme sembla momentanément avoir perdu sa langue.

— Il n'y a pas de concept de cour dans la Crypte. Les hommes se contentent de prendre ce qu'ils veulent. Violemment.

Elle sentit une colère bien trop familière fourmiller sous sa peau. N'était-ce pas là précisément ce qu'il lui avait fait ?

— Et c’est la culture à laquelle tu choisis de t’identifier ?

La question semblait simple ; pourtant, Shepherd prit son temps pour lui donner sa réponse, comme s’il la formulait d’abord dans sa tête.

— Je choisis de m’identifier à la culture militaire.

Avec un sourire en coin, Claire avala une autre bouchée, se demandant comment un être aussi fou pouvait exister.

— Tu trouves ma réponse insuffisante, conjectura Shepherd, mécontent de sa réaction.

— Je la trouve unique, rétorqua-t-elle d’un ton égal en agitant sa fourchette. Très digne de toi.

— Explique-toi.

Claire se pencha en avant et croisa son regard avec férocité.

— Tu as des opinions bien tranchées sur *ma* culture, et tu as dénigré plusieurs fois nos échecs et nos vices… mais tu n’as pas de culture propre. Outre tes médisances, il semble que ton expérience personnelle d’une véritable société soit négligeable.

— J'ai étudié le Dôme en profondeur pendant de nombreuses années, se défendit le mâle en se redressant sur sa chaise. J'ai vécu à et sous la surface. J'ai observé, appris, suivi et mémorisé.

Soit cet homme ne comprenait rien à rien, soit il la redirigeait volontairement.

— As-tu participé à *ma* société avant d'essayer de la détruire ? L'observer ne compte pas. Ta culture militaire, la philosophie que tu as créée pour tes disciples, ne sont en réalité que la société de la Crypte que tu as modelée afin qu'elle s'accommode à ton manifeste.

— Nous avons nos propres traditions et une philosophie honorable, ma petite, l'avertit Shepherd.

— Ouais, c'est ça, toute une armée de monstres méritants qui font sans doute rôtir des êtres humains à la broche pour s'amuser.

— Uniquement les jours fériés, rétorqua-t-il dans une tentative d'humour.

Claire manqua de s'étrangler en entendant sa blague. Toussant dans sa main, gloussant malgré elle, elle vit que le mâle était ravi de l'avoir amusée.

Elle pouvait sentir les rouages tourner dans son cerveau et comprit qu'il avait essayé de badiner comme il les avait vues faire, Maryanne et elle. Il était étrange de voir comment l'esprit de Shepherd traitait les informations et s'adaptait. Il était comme une éponge qui absorbait les interactions mais ne savait pas trop comment les appliquer ensuite. Alors il s'exerçait et, en général, se plantait royalement. Sauf cette fois… cette fois-ci avait été parfaite.

Claire mâcha une autre bouchée pour dissimuler son sourire.

— Éclaire-moi, Shepherd. Où est la place des Omégas, dans ta culture militaire ?

Shepherd prit son temps pour réfléchir. Sa façon de sucer sa lèvre inférieure dans sa bouche était si humaine, si normale, que Claire ne put détourner les yeux.

— Napoléon était un Oméga, répondit-il un moment plus tard.

— Pas du tout ! objecta Claire en clignant des yeux, interloquée.

Shepherd sourit et se pencha vers elle.

— C'est un fait très bien documenté, ma petite. Un fait sciemment retiré de la version de l'histoire retenue par le Dôme. Contrairement à toi, je n'ai pas peur de lire les livres interdits.

Si une telle chose était vraie, pourquoi était-elle considérée comme dangereuse pour l'opinion publique ?

Claire ne le croyait pas.

— Es-tu en train de me dire qu'un *Oméga* a renversé les monarchies européennes et créé un empire ?

— C'est exactement ce que je te dis, opina Shepherd, moralisateur jusqu'au bout.

La pensée qu'il puisse avoir raison la fit douter.

— Pourquoi ce fait aurait-il été censuré ?

— Parce qu'il ne s'alignait pas bien avec la société façonnée par la famille Callas, celle dont tous ceux qui vivent sous le Dôme sont l'esclave.

— Ou peut-être était-ce parce que l'homme était un mégalomane doublé d'un monstre. Napoléon était fou et certainement pas le meilleur modèle à suivre pour les Omégas.

Alors même qu'elle exprimait son désaccord, Claire n'était pas sûre de soutenir son propre argument bancal. Un fait évident dans son ton incertain et son air déçu.

— Le règne de Napoléon, et même sa défaite ultime, ont mené à l'illumination, à la naissance de l'art et à l'émancipation des esclaves d'Angleterre. Napoléon a changé le monde à travers ses actions violentes et son dévouement. C'était un tacticien de génie voué à sa cause. Un tel résultat ne te plairait-il pas, *mon petit Napoléon* ? lança Shepherd comme s'il lui faisait un compliment.

— Vas-tu maintenant essayer de me convaincre qu'il était un homme bon malgré toutes les choses terribles qu'il a faites ? Que *tu* es un homme bon ? demanda-t-elle, son souffle court trahissant sa trépidation.

— Non.

Claire passa nerveusement sa main dans ses cheveux.

— Tu pourrais être un homme bon, Shepherd.

— Nous ne sommes pas si différents dans notre engagement absolu à changer le monde pour le mieux, dit-il en se penchant vers elle, son expression douce, candide. Tu as renoncé à ton identité en l'offrant au peuple, en le réprimandant à travers ton tract. Tu as exposé qui tu étais et essayé d'inspirer les autres par tes actions. Je fais ce qui doit être fait parce que j'ai la force de le faire et que je comprends les hommes vraiment malfaisants d'une manière que je prie pour que tu ne connaisses jamais. Alors tu dois comprendre que je ne peux pas être, dans ce rôle que j'interprète, ce que *tu* définis comme bon – tout comme tu ne pourras jamais plus vivre en sécurité parmi le peuple de Thólos en tant que Claire O'Donnell. Nous avons tous deux sacrifié notre vie pour le bien commun.

Elle ignorait ce qui la poussa à poser la question, mais celle-ci franchit ses lèvres avant qu'elle puisse la retenir :

— Quelle a été ta réaction en voyant mon tract ?

— J'ai eu peur pour toi, ma petite, répondit-il, lugubre.

Un frisson glacial lui parcourut l'échine. Claire avait la sagesse de comprendre que, pour l'Alpha, la peur était une émotion depuis longtemps conquise et pas du tout bienvenue. Savoir qu'elle lui avait inspiré ce sentiment la troublait.

— Je désirais ardemment soulager la douleur que ton portrait trahissait, continua-t-il sincèrement. J'ai même été impressionné par ta bravoure indéfectible, même si j'ai détesté ce que tu as fait.

Claire tourna son attention vers son assiette ; elle avait envie de pleurer et ne comprenait pas pourquoi.

Son silence ne modifia pas l'approbation indéniable du lien. Leur connexion se normalisait, vibrait et s'approfondissait. Ne souhaitant ni lui inspirer d'autres *rituels de cour* ni ouvrir la porte à d'autres répercussions, Claire ramassa leurs assiettes vides, prête à en finir avec son devoir.

— As-tu apprécié ton repas ?

Claire hocha la tête et le remercia poliment. Elle l'entendit aussitôt ronronner et vit ses yeux briller lorsqu'il entendit ses louanges. La sensation de sa main calleuse sur son bras, la caresse légère de ses doigts, interrompirent son geste. Sonnée, elle vit l'homme porter sa main à ses lèvres et la baiser tendrement.

— Je ne sais pas trop par où commencer, avoua Claire, la voix légèrement rauque.

Il soutint son regard et donna un petit coup de langue sur sa paume sensible.

— Tu pourrais me toucher.

Les pires calamités à toucher une armée découlent de l'hésitation. -Sun Tzu

Toute sa stratégie reposait sur l'action, repousser les frontières entre eux et développer sa propre force tout en cherchant ses faiblesses. Si elle voulait gagner du terrain, il n'y avait pas de place pour l'hésitation.

Posant une fesse sur la table, Claire fit ce qu'il suggérait. Il voulait qu'elle le touche, alors elle le toucha. Elle traça le contour de sa mâchoire et de son nez, laissa courir ses doigts sur ses lèvres, comme il l'avait fait souvent sur les siennes. Ensuite, elle caressa sa nuque et massa le triangle de muscles qui le faisait parfois souffrir.

Shepherd tourna la tête vers elle, et ses yeux de mercure l'observèrent avec une telle intensité que

Claire dut détourner les siens et les poser sur les épaules larges de l'Alpha.

Repoussant de son esprit la pensée que ce corps lui était devenu extrêmement familier, elle essaya de mener à bien sa tâche de manière clinique, mais ignorait si elle s'en sortait bien. Quand une grande main se posa sur sa fesse, elle prit ce toucher comme un encouragement. Elle posa les paumes de ses mains sur ses bras épais et les caressa des épaules aux poignets, et inversement, suivant les contours de muscles affûtés et d'une force absolue. Elle glissa une main dans son dos et griffa délicatement l'étendue de chair.

Shepherd apprécia son geste. Il retint son souffle et poussa de petits grognements et gémissements tandis qu'elle traçait sa colonne vertébrale.

Quand le ronronnement se fit plus rauque, elle se leva de son perchoir et attrapa sa main pour qu'il se lève à son tour. Mais, lorsqu'il la domina de toute sa taille immense, Claire sentit le pouvoir basculer.

Shepherd lui parut soudain tellement plus formidable que son incertitude la reprit.

Timidement, elle approcha ses mains de sa ceinture.

Il posa ses doigts sous son menton et leva son visage pour qu'elle puisse voir son approbation.

— Tu te débrouilles bien.

Sa voix était encourageante, ses yeux aussi expressifs que de l'argent liquide. Claire supposa qu'il voulait qu'elle continue et se lécha les lèvres en triturant le bouton de son pantalon. Elle baissa maladroitement la braguette et fit passer le pantalon sur ses hanches. Shepherd s'en écarta et se tint debout devant elle, nu.

Voyant que l'Alpha restait immobile, elle comprit qu'il attendait qu'elle continue.

Elle posa les mains sur ses cuisses, les remonta sur ses hanches, puis sur les plaques dures de son ventre. Elle poussa du nez contre son torse et inspira son odeur comme elle s'était autrefois imaginé le faire avec le mari de ses rêves. Se raccrochant au confort de ce fantasme, elle remplaça Shepherd par la vision de son imagination et se blottit contre lui pour renifler l'odeur de son excitation.

L'homme inventé de toutes pièces dans son esprit l'aimait, l'honorait et croyait qu'elle était plus qu'une simple Oméga.

Il lui fut tellement plus facile de caresser et de fredonner lorsqu'elle s'abandonna à son fantasme. Claire n'hésita pas à le taquiner et à faire comme s'il était à elle, le partenaire dont elle avait toujours rêvé. Elle se laissa aller. Elle mordilla son torse, pour griffer ensuite une zone si proche de sa virilité que celle-ci palpita, en quête d'attention – une attention qu'elle lui refusa en posant à la place les mains sur ses fesses, se délectant de son grognement de frustration.

Quand elle referma enfin la main autour de son membre, le touchant pour la première fois pour son plaisir à lui, celui-ci était déjà en train de perler, de pulser et de tressauter.

Shepherd en voulait plus. Appuyant les mains sur ses épaules, il la força à genoux.

Claire savait qu'il voulait qu'elle le prenne dans sa bouche, chose qu'elle n'avait jamais faite qu'au pic de ses chaleurs. Au début, elle résista, un hic dans sa séduction maladroite. Yeux fermés, hésitante, elle compta jusqu'à cinq avant d'obéir.

Après avoir inspiré profondément, elle se laissa faire et s'agenouilla pour aspirer le gland dilaté entre ses lèvres.

L'Alpha réagit par un grognement grave et vibrant.

Dès qu'elle l'eut goûté, ses pupilles se dilatèrent, et elle fredonna un air de plaisir rêveur lorsque d'autres gouttes perlèrent sur sa langue. Shepherd passa ses mains dans ses cheveux pour les dégager de son visage et mieux la voir. Il se délecta de ses joues creusées et de la beauté de ses lèvres qui s'étiraient si magnifiquement autour de sa queue.

L'homme dirigea ses mouvements et sa cadence, et monta au paradis à chacun de ses hochements de tête.

Claire semblait si enthousiaste qu'il devint de plus en plus excité, s'enfonçant plus profondément entre ses lèvres, tirant ses cheveux quand sa délicieuse petite langue tournoyait. Il fut prêt à cracher dans sa jolie bouche presque aussitôt.

Ses déhanchements se firent plus insistants, et elle retint un haut-le-cœur lorsqu'il s'enfonça trop profondément. Mais, loin de protester, elle le laissa se servir d'elle. Quand l'Alpha posa la main sur ses bourses et rugit, Claire avala docilement sa longueur et la suça avec plus d'entrain.

Ses petites mains entourèrent le nœud qui se formait et le serrèrent pour lui donner l'impression qu'il était en elle. Shepherd cracha la première salve de semence dans sa gorge en prenant garde de ne pas l'étouffer.

Claire avala autant qu'elle le put le liquide copieux, et l'Alpha la regarda faire, ébahi et émerveillé par les ruisseaux de sperme qui s'écoulaient aux commissures de ses lèvres.

Perdue dans son fantasme, l'Oméga lécha jusqu'à ce qu'il n'en reste rien, puis blottit sa joue contre la large paume qui y était posée.

S'aidant de son pouce épais, Shepherd essuya les gouttes qui collaient sur son menton et les porta à ses lèvres. Il grogna d'approbation lorsqu'elle lécha avidement jusqu'à la dernière goutte.

— Regarde-moi.

Claire obéit. Ses yeux étaient noirs, à peine un cercle de vert entourant ses pupilles. Elle planait totalement. Il ne l'avait jamais vue s'abandonner si totalement. Il profita de cette opportunité pour la remettre debout et prendre ses lèvres, pour l'embrasser et se goûter sur sa langue.

Malgré sa transe euphorique, l'Oméga ne lui rendit pas son baiser.

Grondant de frustration, il l'embrassa plus férocement… mais fut puni lorsqu'elle éloigna ses mains de son corps.

Haletant, excité par le défi et irrité qu'elle s'évertue à lui refuser ce baiser, Shepherd changea de tactique. Il baissa les bretelles de sa robe, inspira son odeur sucrée, mordit et lécha la vallée entre ses seins.

— Écarteras-tu les jambes pour ma bouche ? grogna-t-il.

— Oui, souffla Claire, perdue dans une autre dimension.

L'Alpha se redressa et avança, forçant la petite Oméga à reculer jusqu'au lit.

— Veux-tu sentir ma langue ?

— Oui.

Il la poussa délicatement et se laissa tomber sur sa proie, posant sa bouche partout sauf là où elle en avait besoin, là où elle mouillait. Claire se cambra et se tortilla, exaspérée, mais aucune caresse ne vint soulager les palpitations croissantes entre ses cuisses. Shepherd la fit attendre jusqu'à ce qu'il ait marqué tout son corps de petites morsures, goûté chaque centimètre carré de sa peau, jusqu'à ce qu'elle soit trempée par ses caresses – l'Alpha ne lui avait encore jamais soutiré une odeur aussi douce.

Il souleva son corps dans la position parfaite pour exposer sa féminité et l'immobilisa. Sa chatte était rose et palpitante, ses jambes se tortillaient de plaisir et son petit trou s'ouvrait et se resserrait comme une minuscule bouche en train d'aspirer.

Un filet de cyprine s'en écoula, comme pour le tenter, et Shepherd passa sa langue dans la rivière de sécrétions, perdu dans son goût. Pendant qu'il la léchait, Claire gémit comme une putain, ondula des hanches à chaque coup de langue et se frotta contre son visage lorsqu'il l'enfonça dans les profondeurs de sa chatte.

L'esprit noyé dans son fantasme, son corps aux mains d'un Alpha expert qu'elle s'imaginait être le mari dont elle avait toujours rêvé, elle sentit poindre un orgasme puissant – un état de béatitude parfaite presque à portée de main.

Puis Shepherd s'arrêta, cessa de darder sa langue en elle et la maintint, jambes écartées, pour voir sa petite chatte rose papillonner. Elle rua des hanches afin de se rapprocher des lèvres qui planaient juste hors de portée. En l'entendant gémir, il sortit sa langue et lui fit une toute petite lèche, pour la narguer.

Luttant pour se libérer et pour soulager le besoin dont il l'avait engorgée à chaque coup de langue, Claire passa de l'agitation à la colère.

Elle lui avait donné du plaisir et, au lieu de lui rendre la pareille, son partenaire déformait sa vision et lui refusait son rêve parfait. Claire regarda entre ses cuisses écartées et foudroya du regard son bourreau, puis grogna agressivement.

L'homme tout en muscles, au lieu de dévorer sa chatte, remonta de manière possessive sur son corps et l'empêcha de se déhancher chaque fois qu'elle essaya de se frotter contre lui pour soulager la pression.

— Embrasse-moi, ma petite, ronronna Shepherd en effleurant ses lèvres. Et je t'apporterai un plaisir immense de toutes les manières que tu voudras.

Remontée, Claire sentit sa fureur chasser toute raison. Avide de le punir pour avoir essayé de revendiquer quelque chose qui ne lui appartenait pas, de le discipliner pour avoir détruit son rêve parfait, elle retroussa les lèvres. Ses ongles griffèrent les tendons, et sa bouche attaqua les muscles entre son épaule et sa gorge. D'un seul coup, elle enfonça les dents dans sa chair et mordit avec toute la force de ses mâchoires. Elle l'entendit retenir son souffle, surpris, et mordit encore plus profondément.

Elle blessa Shepherd avec toute la force de son indignation, toute la rage accumulée depuis sa rencontre avec le géant, tout le désir insatisfait qu'il avait poussé son corps à espérer pour ensuite le retourner contre elle.

Elle ne voulait même plus baiser ; elle voulait juste le voir saigner.

Quand Shepherd enfonça son gland dans son vagin, elle planta ses griffes dans son dos et refusa de le lâcher. Il la pénétra quand même, puis posa ses lèvres brûlantes contre son oreille afin qu'elle puisse entendre chaque râle tandis qu'il envahissait sa chatte trempée à coups de ruades erratiques et désespérées.

Il se mit à parler. Elle refusa d'écouter. Il gémit son prénom. Elle grogna comme un animal enragé. Il caressa l'endroit où ses nerfs étaient à vif et à cran, qu'elle désirait tant qu'il touche, et la vague de plaisir terriblement puissante recommença, s'accrut et la fendit en deux – la propulsant dans un ailleurs où elle n'avait ni nom ni raison d'être, hormis celle de baiser et d'être baisée par son partenaire.

Tout était là en elle, la tempête rageuse qui lui ôtait toute raison, qui écrasait et tiraillait et, enfin, l'euphorie tant attendue de l'orgasme la gagna.

Ses dents lâchèrent la chair qu'elle avait percée profondément. Elle avala l'écoulement de sang et jouit comme une bête sauvage. Shepherd donna un dernier coup de reins avant de nouer. Le nœud d'une taille impressionnante prolongea son orgasme et la lia à l'organe palpitant qui se déversait en elle en jets brûlants, baignant son vagin d'une apaisante chaleur liquide.

Le sang avait un goût prononcé dans sa bouche et s'était accumulé sous ses ongles ; choses qu'elle ignora, l'esprit ailleurs. Le temps sembla hors de propos, un champ de gris infini… jusqu'à ce qu'un visage déforme sa vision. La bête dont le cœur battait contre ses seins couverts de sang se redressa. Ses yeux de fer emplis d'histoire et de grandeur, l'argenté de la tromperie et du désir… ces disques métalliques l'observèrent avec une tendresse diabolique.

Ses lèvres pleines formèrent des mots, sa voix musicale, éraillée par ses lèvres balafrées, la distrayant entre les baisers qu'il semait sur ses joues.

— Ma petite, c'était vraiment exquis. Je suis très, très content.

Sa bouche frôla ses lèvres ensanglantées. Shepherd soutint son regard, comme s'il attendait que la femelle agisse d'une certaine manière. Claire resta allongée, baignant dans son sang, et une vague réalisation commença à poindre à l'horizon. Elle poussa un cri d'horreur quand elle comprit les conséquences de son manque de contrôle stupide.

La profondeur de la morsure… son emplacement…

Dans sa ferveur, elle avait imprimé sa marque dans la chair de Shepherd, presque aussi sauvagement qu'il l'avait fait dans la sienne.

La brute ronronnante fit courir son index dans le sang qui couvrait ses lèvres et s'écoulait au coin de sa bouche. Il renifla et haleta, nouant toujours profondément en elle. Sa langue brûlante commença à lécher sa bouche et sa gorge, à apaiser la petite créature sous le choc. Dès que le nœud commença à se défaire, Shepherd recommença à se déhancher, sachant qu'il valait mieux remettre le couvert avant que les pupilles de l'Oméga ne se contractent et que sa victoire inattendue ne soit gâchée par son chagrin.

Il fit l'amour à Claire jusqu'à ce que l'épuisement lui fasse perdre connaissance. Shepherd ne lui autorisa pas un instant de regret – pas alors que tout était si parfait. Pas alors qu'elle réagissait enfin comme les Dieux l'avaient voulu.

***

Corday avait la tête entre les mains. Cette scène de barbarie créait en lui un désir de violence encore plus terrible que sa soif de vengeance flétrie. Ce dont il rêvait en ce moment, ce dont il avait besoin, c'était de se perdre dans les lubies d'un psychopathe implacable.

Il voulait voir Shepherd souffrir. Il voulait le voir saigner.

Corday voulait tourmenter son rival lui-même, jusqu'à ce que les cris du monstre noient la fièvre qui lui martelait le crâne.

Il avait du mal à déglutir, encore plus à avouer qu'il n'existait aucun juste milieu entre ce qu'il était et ce que le recoin sombre de son esprit voulait qu'il devienne.

Cette pièce. Le mobilier brisé. Le sang.

L'abri sûr où les Omégas étaient censées récupérer après leur séjour dans le bordel des revendeurs de drogue, l'endroit qui leur avait été promis et dont la protection avait été annihilée. Les deux exécuteurs Bêtas dépêchés pour surveiller les femmes étaient morts, leurs corps criblés de balles.

Cloué au mur, sa main levée dans une sorte de salut macabre, se trouvait un corps sans tête, exhibé comme un étendard vicieux. Corday avait reconnu les vêtements, la stature et l'odeur, pas tout à fait noyée sous la puanteur du carnage.

Le sénateur Kantor.

Le chef de la résistance avait été capturé, torturé et assassiné, et ce juste sous leur nez.

Shepherd se jouait d'eux tous, les narguait.

Il n'y avait aucune trace des quelques Omégas qui avaient vécu sous ce toit. Mais, vu la terreur qui empuantissait l'air, Corday se doutait qu'avant d'avoir été emmenées, elles avaient été forcées d'assister au sort subi par l'homme qu'il considérait comme un père.

— Vous n'avez rien à dire ? demanda Leslie, les yeux hébétés et fixes, les lèvres pâles.

Le lieu sûr avait échoué dans sa mission de protéger ces femmes. Les quelques exécuteurs encore en vie et leur chétive résistance avaient échoué à protéger la ville qu'ils avaient juré de sauver. L'homme qui avait unifié un peuple à bout avait été massacré.

Qu'y avait-il à dire ?

Malgré son air dur, Corday se sentait effondré. Il ne leur restait rien.

En regardant le moignon du cou mutilé, le sang et le trou béant dans le torse de l'homme, d'où cascadaient des entrailles puantes, Corday ne put trouver de mots adéquats pour la nièce du mort.

— On devrait le décrocher.

Leslie secoua la tête, comme si elle ne pouvait pas se résoudre à toucher cette abomination.

— Qu'est-ce qu'ils ont fait avec la tête, à votre avis ?

Il n'avait aucune intention de répondre à une question à laquelle, au fond, ils connaissaient tous deux la réponse. À la place, il se concentra sur la tâche de détacher le corps aussi délicatement qu'il le put du mur.

Lorsqu'il eut terminé, il rassembla les restes dans le seul réceptacle qu'ils purent trouver – des sacs poubelle. Corday se retrouva couvert du sang de son mentor.

— Leslie, je suis vraiment navré d'avoir accepté de vous amener ici. Il m'a demandé de vous cacher. Si je l'avais écouté, j'aurais pu vous épargner ça.

— Vous aviez besoin d'aide pour porter les vivres. Et j'avais besoin de faire quelque chose d'utile, pour une fois. Mes mois d'isolation n'ont servi qu'à nous montrer une seule vérité, encore et encore. Mon oncle avait tort. J'avais tort. Mon accès aux communications de Shepherd n'a pas suffi à aider la résistance, ragea Leslie, laissant le Bêta entrevoir son besoin de vengeance. La preuve est clouée au mur sous nos yeux.

— Vous avez traduit des messages qui ont sauvé la vie de nombreux frères et sœurs d'armes, répondit Corday comme un robot.

— Comment l'ont-ils trouvé ? Comment se fait-il que personne ne savait qu'il était porté disparu jusqu'à ce matin ? Et si Shepherd…, murmura-t-elle, les lèvres pincées. Et s'il ne faisait que nous laisser croire qu'il n'influence pas nos opérations ?

Le Bêta laissa échapper un gloussement ironique et douloureux.

Leslie soupira en se frottant le crâne, comme prise d'un mal de tête.

— Votre visiteuse avait peut-être raison. S'ils ont réussi à trouver le sénateur Kantor, alors ils savent où la résistance se terre. Shepherd sait où vous vivez. Il est au courant de ma présence et de mon accès aux réseaux de communication.

C'était bien là ce que Corday avait voulu exprimer par son silence : la résistance était morte.

— Et si votre Oméga, Claire, avait passé un marché avec son partenaire ? continua Leslie. Il pourrait nous avoir surveillés pendant tout ce temps. De quelle autre façon aurait-il su…

Elle ne termina pas sa question.

Corday ne voulait pas l'entendre. Il ne voulait même pas y penser.

— Nous devons retourner au quartier général. La brigadière Dane doit savoir ce qui s'est passé ici.

— Ceci doit se terminer, décréta Leslie Kantor avec véhémence.

— Comment ? souffla-t-il, complètement perdu.

— J'ai participé à vos réunions. J'ai parlé avec mon oncle ! La brigadière Dane et le sénateur Kantor refusaient d'engager le combat contre l'armée de Shepherd. Tout ce qu'ils faisaient, et *tout ce qu'elle fera*, c'était maintenir l'ordre dans la population et soudoyer les recrues potentielles avec de la nourriture et de faux espoirs, alors que notre ennemi gagne en puissance.

Tout ce que disait Leslie était vrai. Corday était d'accord, mais la résistance était en sous-effectif. L'armement était rare, les munitions diminuaient un peu plus chaque jour. S'ils avaient attaqué des mois plus tôt, comme Claire l'avait suggéré, la résistance aurait eu sa chance. À présent… leur seule chance de salut était de trouver la contagion et d'attendre que la ville implose.

Le sénateur Kantor avait essayé d'empêcher une telle issue. Il avait essayé de sauver autant de vies que possible. Il avait essayé de déjouer les tactiques d'un homme bien plus malin que lui.

— Nous devons ramener son corps au quartier général, répéta Corday, comme un automate, incapable de formuler ce qui lui traversait l'esprit.

Le regard de Leslie s'attendrit, et elle lui lança un sourire triste.

— Non, mon cher Corday. Nous n'avons plus le temps de nous cacher. Je ne remettrai pas notre ville entre les mains ineptes de la brigadière Dane. Il y a un autre endroit où nous pouvons aller, un endroit que mon oncle refusait de considérer. Là, nous pourrions trouver des vivres, du ravitaillement, des armes et des munitions… tout ce dont nous avons besoin pour tenir tête et mettre un terme à ce siège.

Les yeux secs dans leurs orbites, l'impression que toute vie avait été aspirée de son corps, Corday se força à agir. Il savait de quel endroit elle voulait parler et comprenait aussi pourquoi il avait toujours été interdit d'accès.

— Pendant l'assaut, pendant que mes compagnons d'armes étaient coincés dans le secteur judiciaire, mourant de la peste, le manoir de Callas est passé en état d'urgence. Pour autant que nous le sachions, la contagion pourrait avoir été libérée à l'intérieur de ces murs en acier. Forcer l'entrée pourrait mettre en péril toute la population et tous nous tuer.

Elle tourna le dos au mur couvert de sang et s'approcha de la petite fenêtre du logis, par laquelle le soleil illuminait le sol.

— Il y a une autre manière d'y entrer, Corday. Un passage secret. Tout comme mon oncle, je sais où le trouver.

Cette information ne le surprenait pas. En fait, lui et d'autres membres de la résistance avaient suspecté qu'il existait un accès secondaire – une voie d'évasion en cas d'urgence. C'était le sénateur Kantor qui avait farouchement refusé de risquer la vie de millions d'habitants pour découvrir ce qui se cachait peut-être dans la résidence du Premier ministre.

Leslie réagit à son silence. Tournant la tête, elle le trouva immobile, la dépouille de son oncle entourée de plastique dans ses bras.

— Si nous n'agissons pas, nous allons mourir. La preuve se trouve dans cette pièce. La porte du salut pourrait nous attendre chez Callas, et Shepherd ne s'attendra jamais à ce que la résistance se regroupe là-bas. Laissons-le penser qu'il a gagné et que nous nous sommes dispersés pendant que nous nous rallions derrière des murs qu'il ne peut pas pénétrer. C'est notre seule chance, Corday.

Il y avait un autre obstacle : la femme que la résistance voudrait voir prendre sa tête.

— La brigadière Dane s'opposera à vous.

— C'est pourquoi nous allons nous y rendre, vous et moi, avant d'aller la voir. Quand nous irons retrouver la résistance, nous serons porteurs d'espoir, ou nous mourrons comme nous le méritons pour notre sottise.

Elle ressemblait tellement plus à son oncle à cet instant ; impérieuse, sûre d'elle.

— Maintenant, lâchez-le. Laissez mon oncle ici. Il n'aurait pas voulu que nous perdions notre temps et que nous nous mettions en danger pour ramener son corps mutilé à ceux qu'il aimait.

Il abandonna les restes de l'homme sur la seule table de la pièce et recula d'un pas. Il fit tourner l'alliance dorée autour de son petit doigt, encore et encore.

— Si vous vous trompez, nous risquons de propager le virus, lança Corday furieusement.

— C'était l'argument de mon oncle aussi. Eh bien, voici le mien : considérez d'où vient Shepherd, comment il réfléchit. Il a créé une armée et recrute toujours pour grossir ses rangs. Il veut régner. Il a tout le contrôle, déclama Leslie sur un ton passionné, ce qui poussa Corday à arrêter de triturer l'anneau. Un animal comme lui préfèrerait mourir au combat que se soumettre à la mort par infection. Croyez-vous vraiment qu'il laisserait le virus dans un endroit où quelqu'un pourrait le propager et anéantir tout ce qu'il a bâti ? Même le secteur judiciaire, avant d'être rouvert, a été purifié par protocole d'incinération. Dès que son message est passé, Shepherd a détruit le virus qui infectait ces couloirs carbonisés. Le peuple de Thólos a vu la souffrance et les flammes. Mais nous n'avons pas vu ce qui s'est passé dans le secteur du Premier ministre. Pourquoi ? Pourquoi laisser la population dans l'ignorance ?

Elle était aussi bonne oratrice que le sous-entendait son nom. Quoiqu'il soit ébranlé, Corday sentit une lueur d'espoir entamer son désespoir. Il voulait croire qu'elle avait peut-être raison.

— Nous pouvons mettre fin à tout ça, Corday, dit la femelle Alpha en tendant une main vers lui. Suivez-moi. Aidez-moi.

Mais il restait le risque que l'oblitération les attende au détour du chemin sur lequel Leslie voulait le mener. Quelque chose lui paraissait suspect, mais la vie était comme ça. La résistance s'était fourvoyée, et il était temps de mettre sa foi dans quelque chose de neuf.

Le Bêta prit la main offerte et, ce faisant, scella le sort du Dôme.

Chapitre 2

Shepherd ignora le sang qui séchait sur sa peau, n'éprouvant aucun empressement à nettoyer la marque de revendication de Claire. Il laissa la plaie former une croûte et goutter lentement, bien plus intrigué par chaque perle rouge qu'il découvrait sur sa partenaire. Quand elle fut à bout, leurs membres enchevêtrés dans son sommeil, il s'amusa à les étaler et à les tracer sur sa peau.

Lorsqu'ils se réveillèrent, puant le sexe, Shepherd ne fit aucun effort pour se laver avant de s'habiller, arborant fièrement la morsure et l'odeur de sa partenaire sur son corps. Claire le regarda faire, tapie dans leur nid. Il lui tardait de nettoyer les draps ensanglantés et de reconstruire son terrier, mais elle resta assise tel un arbre foudroyé, étourdie par ce qu'elle avait fait, réveillée et consciente, mais complètement perdue.

Sa détermination s'était retournée contre elle. Chaque cellule de son corps avait désiré le mordre… sans se poser de question… mêmes celles empoisonnées par la rancœur qu'elle éprouvait pour son partenaire.

En l'observant s'habiller, en le voyant la regarder, elle comprit que les répercussions de son marquage seraient plus sévères qu'une simple correction ou qu'un acte de domination. Elle l'avait marqué ; il semblait en éprouver une joie débordante, elle ne ressentait qu'une peur naissante d'elle-même.

Comment avait-elle pu laisser cela arriver ?

Shepherd s'agenouilla devant elle et la tira de ses divagations quand il posa un tissu chaud et humide sur son corps pour le laver.

— Inutile de t'en vouloir pour ce que tu as fait, ronronna le mâle satisfait.

— Je ne m'en veux pas, mentit-elle d'un ton égal pour dissimuler son trouble. J'étais fâchée et je voulais te faire du mal. C'était l'endroit le plus accessible pour te mordre.

Comme si elle ne venait pas de proférer un mensonge éhonté, Shepherd poursuivit :

— Les Omégas marquent rarement leurs partenaires. Je suis honoré par ta revendication.

Le tissu était déjà souillé et accomplissait peu si ce n'était étaler en petites volutes rosées le sang qui couvrait sa poitrine. Claire était consciente que Shepherd se concentrait sur la zone d'où rayonnait leur lien, mais ignorait s'il essayait de l'apaiser ou s'il jubilait de triomphe. Une grande partie d'elle rêvait de repousser ses mains et de l'invectiver, pour anéantir tout son dur labeur par un effondrement monumental.

Qui veut se battre doit d'abord compter le coût. –Sun Tzu

Claire réprima la rage, le dégoût et la haine qu'elle éprouvait pour elle-même, et reconnut le fait qu'un retour en arrière serait à la fois stupide et inutile. Elle se frotta les yeux pour reprendre contenance et se força à accepter la nouvelle nature de leur lien. Elle ne comprenait pas pour quelle raison elle se sentait si vulnérable, alors que seul un flux rassurant la traversait.

Pour tâter le terrain, elle posa la main sur le bras de Shepherd et la referma sur un muscle bombé.

Il se figea et attendit de voir ce que la femme allait faire.

— Je, euh…, bégaya-t-elle, frappée par une vague d'anxiété brûlante. Je n'avais pas l'intention de te mordre… Je ne sais pas ce qui m'a pris.

Shepherd posa le chiffon sale de côté et enfonça ses doigts dans le cuir chevelu de la femelle. Il tira doucement et ronronna, toutes des choses qui la calmaient normalement.

— C'était la possessivité, ma petite. J'ai senti ce qui faisait rage en toi – ton envie d'être une partenaire dévouée et heureuse. Tu n'étais pas certaine de mon affection, donc tu as placé ta marque où d'autres pourront la voir.

Claire tira sur le col de sa chemise et inspecta la chair gonflée et la croûte qui surmontait sa morsure.

— Ce n'est pas l'affection qui m'a motivée à te mordre. J'étais fâchée, Shepherd. Furieuse.

— Oui, une Oméga sûre d'elle qui discipline son partenaire, qui lui rappelle sa place et son devoir… Comme moi quand je t'ai mordue après ta fugue.

— Si j'avais voulu te discipliner, comme tu le méritais, j'aurais mordu autre chose, grommela-t-elle, se sentant complètement déracinée.

Sans se formaliser de son sarcasme, Shepherd la força à lever le menton.

— Tu niches correctement, tu n'es plus malade et tu es même satisfaite quand tu parviens à oublier ta pénitence autoimposée et inutile. Mon attention et nos efforts mutuels en sont la cause. Tu ne peux pas me dire, ma petite, que tu n'as pas remarqué l'évolution de mon comportement envers toi. Je dois même avouer que de nombreuses adaptations sont curieuses et difficiles à comprendre à mes yeux, mais que je les fais pour te plaire.

L'entendre reconnaître ses efforts verbalement était étrange, encore plus son aveu des difficultés que ceux-ci lui causaient.

— Pourquoi faire des efforts maintenant ? Pourquoi ne continues-tu pas à me traiter comme ton animal de compagnie ?

Shepherd se tendit et fléchit les muscles, comme s'il se sentait insulté.

— Je ne t'ai jamais traitée comme un animal de compagnie. Je t'ai traitée comme ma partenaire, en abordant les circonstances de notre lien de manière instinctive – comme le font tous les Alphas.

Encore ce mot ! Reposant les yeux sur la marque que ses dents avaient imprimée dans sa chair, elle lança :

— Tes *instincts* et mes *instincts* disent des choses très différentes.

Sa répartie fut si rapide qu'il était évident qu'il avait déjà mûrement réfléchi à la question.

— Tu ne suis pas tes instincts, ma petite. Tu vis entièrement selon tes principes et tes idéaux. Par conséquent, j'ai effectué des recherches sur le couple sous le Dôme et essayé de m'adapter pour t'apporter ce que tu anticipais autant que je le pouvais. Je veux que tu sois heureuse, et ce même si les circonstances sont défavorables et que cet objectif requiert un effort colossal.

Quelque chose dans ses paroles la fit vibrer, mais elle ne put identifier quoi.

— Donc tu n'apprécies pas ces changements ?

— Tu voudrais que je t'accorde des choses qui pourraient mettre ta vie en danger.

Claire ne put s'empêcher d'imaginer l'homme en train d'étudier une longue liste d'intermèdes romantiques cucus comme s'il étudiait pour la guerre.

— Comme une promenade dans les jardins au clair de lune ou regarder de vieux films ? railla Claire à voix basse. Oui, ce sont des moments incroyablement risqués, dans la vie.

Il ne daigna pas répondre.

Claire l'examina comme s'il était un extraterrestre et vit l'homme qui avait été éduqué sous terre. Même accroupi, il était si sacrément grand, menaçant et proche. Le mâle jouait le rôle du partenaire attentif et bien intentionné. Ce n'était pas Shepherd, pas le Shepherd qu'elle avait connu, qu'importaient ses *transformations*, le fait qu'elle l'avait marqué... ou la connexion soudain béante entre eux, qu'il attendait qu'elle reconnaisse.

Avant de se laisser aller aux pleurs et au désarroi, Claire voulut poser une question honnête.

— Je peux te demander quelque chose ?

Shepherd prit sa main et enveloppa ses doigts dans la sienne ; un autre geste qu'il avait reconnu comme important lorsqu'il communiquait avec sa femelle.

— Je t'en prie.

Ne sachant pas trop par où commencer, Claire lâcha :

— Je n'arrive pas à imaginer que tu aies été aussi possessif…, hésita-t-elle avant de détourner les yeux pour réfléchir. Ce n'est pas le bon mot, je pense. *Obsédé*, peut-être.

Elle recommença en le regardant dans les yeux :

— Je n'arrive pas à t'imaginer aussi obsédé avec Svana. Tu as bien dû respecter son indépendance. J'imagine aussi, même si je dois avouer que ce n'est qu'une supposition, que tu faisais facilement abstraction de son comportement négatif dans les limites de votre relation. J'ai vu ta façon de la regarder…

— Quelle est ta question ? gronda Shepherd sans cacher son déplaisir face à la tournure que prenait leur conversation.

Claire frotta ses lèvres l'une contre l'autre et réessaya :

— Hormis le fait que je suis une Oméga et que tu considères ma classe comme inférieure, pourquoi nous traites-tu si différemment ?

Elle put voir les muscles de son cou se contracter, mais l'homme resta calme et songeur.

— Je ne considère pas les Omégas comme inférieures, répondit évasivement Shepherd. Je les considère comme précieuses et délicates. Vos raisons d'être et vos rôles sont très différents, et votre manière d'être traitées doit le refléter.

— Précieuses ? répéta Claire d'une voix grave, menaçante.

Étant donné la façon dont il avait profité d'Omégas par le passé, elle avait du mal à croire son culot.

Shepherd plissa aussitôt les yeux face à son ton de défi. Un éclair d'irritation traversa son regard.

— Vous êtes très rares. Les Alphas vous surpassent en nombre.

Indignée, Claire insista :

— Ce que tu essaies de dire, c'est que parce tu as des visions archaïques de nos strates sociales, tu t'attends à ce que ta partenaire Oméga se plie avec gratitude à un emprisonnement à vie… parce que son instinct le lui dicte et que tu la considères comme précieuse ?

Il l'attrapa par le menton, moins un geste tendre qu'un acte de domination.

— Ton parfum capiteux enivre tous ceux qui le respirent. Mes disciples sont bien dressés et loyaux… mais les pulsions animales peuvent obscurcir la raison. Je ne risquerai ni de t'exposer au danger ni de les soumettre à la tentation.

— J'ai longtemps pris des pilules et des savons pour masquer mon odeur, rétorqua Claire, essayant de faire preuve de bon sens. Ton argument est absurde. Enivrer est également un terme très exagéré, qui implique qu'à proximité d'un Oméga, les autres n'ont plus besoin d'endosser la responsabilité de leurs actions. Il réduit les Alphas et les Bêtas à de simples animaux.

— Tu devrais embrasser la nature de ta classe.

— Peu importe mes sentiments sur ma classe, tu me retiendrais toujours enfermée dans cette pièce.

— Tu es ma partenaire, contra Shepherd. Il est de mon devoir de te protéger – y compris de toi-même.

— Ne vois-tu pas que ton comportement est extrême et malsain pour tous les deux ? rétorqua Claire en se forçant à soutenir son regard sans bouger. C'est déraisonnable et contre-nature. Alors, revenons-en à ma question initiale, que tu essaies si habilement de contourner. Pourquoi ne traitais-tu pas Svana de la même manière que tu me traites, moi ?

— Svana est une Alpha.

Le rapprochant des mots qu'elle savait qu'il évitait sciemment, sentant qu'il s'y trouvait peut-être une infime victoire pour elle, Claire le pressa un peu plus :

— Mais tu la considérais comme ta partenaire.

— C'est différent, objecta Shepherd, de plus en plus agité, son souffle accéléré bombant son torse massif. Je ne veux pas risquer que tu…

— Que je quoi ? le coupa-t-elle en arquant un sourcil. Que je te trahisse ?

Shepherd se cabra aussitôt pour la dominer de toute sa taille.

— Je regrette d'avoir autorisé ces conversations ! Mes réponses ne te satisferont pas, et tu cherches uniquement à accroître la tension entre nous parce que tu t'en veux de m'avoir marqué. Je ne suis pas aveugle à tes motivations, Claire.

Mais elle avait marqué un point – le provoquer davantage, même si c'était très tentant, n'aurait aucun sens.

On ne saurait tenir les troupes longtemps en campagne, sans porter un très grand préjudice à l'État. –Sun Tzu

Claire était d'accord. Shepherd et elle avaient atteint un point où continuer de se battre ne les mènerait nulle part.

— Je suis désolée… C'est juste que…

Claire soupira avant de confesser quelque chose qui lui coûtait, dans un effort pour renforcer sa position.

— Je dois reconnaître que je ne sais pas vraiment comment réagir à ce marquage et je me sens un peu dépassée. Me quereller avec toi n'était pas mon but. Tu as fait un effort, j'en suis consciente. J'ai des questions, c'est tout.

— Tes questions sont incendiaires, aboya Shepherd d'un ton à glacer le sang.

Claire retourna son argument préféré contre lui.

— Étant donné notre passé, c'est inéluctable, mais *nécessaire,* si nous voulons progresser.

— D'accord. Alors réponds à ceci, lança Shepherd en serrant son épaule pour s'assurer qu'elle ne filerait pas. Qu'est-ce qui t'attire tellement chez ce Bêta ? Tu l'as touché librement et tu t'es ouverte à lui. Tu étais complètement différente avec lui que tu ne l'es avec moi.

— Tu veux parler de Corday ? hésita-t-elle, surprise par cette question inattendue.

Les yeux de Shepherd se plissèrent dangereusement.

— L'exécuteur Samuel Corday, oui.

— Premièrement, je ne connaissais même pas son prénom. Deuxièmement, tu me fais mal, répondit Claire en regardant sa main sur son épaule, qui se desserra considérablement lorsque Shepherd entendit sa plainte. Et, troisièmement, je le connais à peine.

— Ne joue pas à ces petits jeux avec moi, ma petite.

Exaspérée de devoir lui faire un dessin, Claire lança :

— Corday est gentil. Cet homme n'a pas d'intentions cachées. Il n'a jamais essayé de me toucher ou de faire quoi que ce soit de déplacé, sexuellement parlant. Il a toujours respecté mes pensées et mes souhaits. Il m'a fait me sentir en sécurité et m'a rassurée quand j'étais seule et effrayée. Il s'est exposé à de grands dangers et il a *aidé* les Omégas, *lui*…

Elle baissa d'un ton, le fil tournoya entre eux, et quelque chose d'inexprimé s'échappa d'entre ses lèvres :

— La raison pour laquelle j'étais venue à toi, au cas où tu l'aurais oublié. Imagine combien notre relation aurait été différente si tu avais fait la même chose – au lieu de tisser tes manipulations psychologiques constantes. Au lieu de m'être infidèle et de me menacer !

Un rugissement bestial, d'une violence extrême, fusa de la gorge de l'Alpha.

— Tout ce que j'ai fait, TOUT, a été pour ton bénéfice – même quand j'étais conscient que mes actions me feraient tomber en disgrâce. VOILÀ CE QU'UN ALPHA DIGNE DE CE NOM FAIT POUR SA PARTENAIRE !

Claire resta interdite devant l'écho qu'elle perçut du côté mâle de leur lien. Shepherd n'était pas en train de mentir ou d'omettre des faits pour se justifier ou pour l'embobiner. Qu'elle soit d'accord ou non avec lui importait peu : il croyait tout ce qu'il venait de dire – avec passion. Dans sa tête, il s'était sacrifié à répétition pour elle et n'y avait rien gagné si ce n'était le fardeau de son malheur et de son dédain. Mais il y avait tellement plus derrière cet emportement inhabituel, des couches d'émotions contenues qu'un homme tel que Shepherd devait avoir du mal à intégrer – et tout ceci était exposé dans leur lien, à sa vue.

Bouche bée, Claire sentit *tout* ce qui faisait rage en lui.

L'espace d'un instant, Shepherd sembla perdu ; c'était la même expression que celle qu'il avait affichée lorsqu'il l'avait retrouvée dans la salle de bain après qu'il avait baisé Svana… quand elle lui avait ri au nez.

Pour une raison mystérieuse, Claire l'appela doucement, un murmure qui franchit ses lèvres :

— Shepherd…

Sa grande patte sembla hésiter, un geste de résignation lorsqu'il la leva de son épaule et la posa sur sa joue. Cependant, les vieilles habitudes avaient la vie dure. Il était déjà en train de baisser sa braguette quand les petites mains de l'Oméga l'arrêtèrent et, pour une fois, il ne la repoussa pas. Elle tira sur ses bras, l'attirant vers l'épave qu'était leur nid.

Le regard las et sceptique, Shepherd obtempéra avec raideur.

À tâtons, Claire fit allonger le mâle, se positionna sur son torse et les recouvrit de couvertures afin qu'ils puissent rester immobiles dans le nid et profiter de la solitude de l'obscurité. Il ne ronronna pas, pas au début, et ce fut elle qui fredonna sa musique étrange pour lui.

***

Il l'avait vu de ses propres yeux. Leslie Kantor avait eu raison.

Accéder au secteur du Premier ministre n'avait pas été aussi simple que tourner une poignée ou déplacer une étagère cachée dans la bibliothèque d'une maison voisine. Afin d'atteindre l'accès secondaire, ils avaient dû emprunter une série de tunnels et d'échelles – un dédale coincé entre la Crypte et les fondations de la ville. À les voir, ces vides sanitaires poussiéreux n'avaient pas été utilisés depuis des années.

Les hommes de Shepherd n'avaient laissé aucune empreinte de botte dans la crasse, n'avaient dérangé aucune toile d'araignée.

Était-ce parce qu'ils savaient que le virus les attendait au bout du chemin ? Ou se pouvait-il que le tyran ignore l'existence de ce passage secret ?

Si Leslie avait raison, si ce qu'ils espéraient les y attendait, alors ce serait presque trop beau pour être vrai.

58

La femme connaissait son chemin, mais avait marqué plusieurs temps d'arrêt pour écouter les ténèbres. Ils s'étaient tous deux accroupis, muets comme des tombes, pour percevoir les murmures autour d'eux : les plaintes de tuyaux enterrés, les cliquetis distants du métal. Pas une fois elle n'avait semblé douter, mais elle était toujours restée sur ses gardes.

Ils crapahutèrent pendant moins d'une heure, même si chaque minute sembla durer une éternité.

Après un dernier virage, ils se retrouvèrent face à une porte étanche avec une poignée en forme de roue. Le design était intelligent, car il ne dépendait pas du courant et ne serait pas affecté en cas de panne. La famille Callas avait fait preuve de prudence en concevant sa résidence.

Pas que cela ait suffi à la sauver…

À eux deux, le Bêta employant toute son énergie et l'Alpha petite pour sa classe, ils eurent à peine la force nécessaire pour faire tourner le volant. Le mécanisme rouillé portait à croire que cela faisait des décennies que plus personne n'avait emprunté ce passage. Il fallut au duo plus de temps pour débloquer la porte que pour suivre le parcours ardu qui y avait mené.

De l'autre côté de la porte à pivot les attendait encore plus d'obscurité, de poussière et d'odeur de renfermé. Lorsqu'ils eurent franchi le seuil, Leslie suggéra qu'ils referment la porte étanche. En murmurant, elle expliqua que, si elle avait tort, le virus en suspension dans cet air confiné aurait peu de chance de s'échapper et d'infecter la population.

L'atmosphère leur sembla encore plus sombre de l'autre côté de cette porte sinistre.

Une minable lampe de poche tenue entre eux, Leslie et Corday se pressèrent l'un contre l'autre dans le passage exigu ; ils inspiraient et expiraient tous deux de l'air qui pourrait bien les tuer. Au bout de dix minutes sans rien de suspect, Corday sentit un sourire étirer ses lèvres.

Leslie lui rendit son sourire et s'avança pour l'enlacer, triomphante.

Ses vêtements étaient toujours ensanglantés après qu'il eut manipulé la dépouille du sénateur Kantor. Il empestait et était couvert de poussière, mais cela ne sembla pas la déranger. Leslie se rapprocha de lui et lui murmura de doux remerciements à l'oreille.

Il ne put s'empêcher de lui rendre son étreinte.

— Restons vigilants, dit-il. On ne sait toujours pas ce qui pourrait nous attendre à l'intérieur.

Elle déposa un baiser enthousiaste sur sa joue, et une larme de bonheur roula sur sa pommette couverte de poussière.

— Mais il n'y a pas de virus ici, sans quoi nous serions déjà en train de tousser.

C'était une petite victoire dont Corday avait grandement besoin.

Plus ils s'enfonçaient dans la résidence, plus ils avançaient dans les jardins privés et les pièces chauffées, plus ils en vinrent à réaliser que ce secteur du Dôme était toujours intact. Ici, ni brèches ni givre. Dans les atriums, les arbres portaient toujours des fruits mûris par l'été artificiel.

Émerveillé par cette végétation luxuriante, Corday tendit la main vers une orange et contempla l'écorce alvéolée du fruit blet. À ses pieds se trouvaient ses frères et sœurs pourris, tous gaspillés car plus personne n'entretenait le jardin, ne cueillait ses fruits et légumes. Dans ces fruits tombés, il vit une parodie de la résistance, les âmes perdues, gâchées, ce que leur avait coûté leur inaction pendant presque un an.

Combien d'hommes et de femmes de valeur avaient péri pendant que le sénateur Kantor prônait la prudence ?

Ils n'avaient fait que s'affaiblir…

Leslie prétendait que son oncle avait été au courant de l'existence du passage secret. Pourquoi le vieil homme avait-il eu si peur d'une porte ? Il aurait dû savoir que la franchir n'entraînerait pas obligatoirement l'infection des civils… pas alors qu'elle était souterraine et difficile à atteindre. Ils auraient pu envoyer des équipes communiquant par radio et mettre au point un plan pour désintégrer cet endroit si les volontaires s'étaient retrouvés infectés.

Alors qu'il traversait ces pièces silencieuses et élégamment meublées, Corday commença à éprouver des élancements de colère envers le vieil homme. Pour quelle raison avait-il tant craint cet endroit ?

Claire était également présente dans ses pensées, ainsi que sa foi et son sourire timide. À quel point avait-elle souffert parce que le sénateur Kantor refusait d'ouvrir une simple porte ?

Pièce après pièce, couloir après couloir, Corday et Leslie découvrirent bien plus que des fruits pourris.

Des corps décomposés, qui étaient restés si longtemps dans ces pièces chauffées qu'ils s'étaient putréfiés avant de se momifier. Toute la garde d'exécuteurs d'élite du Premier ministre était morte, sans exception. Mais c'était la façon dont les soldats étaient morts qui était la plus troublante.

Ce n'était pas le virus qui avait été à l'œuvre ici.

Pas un seul des gardes n'avait eu le temps de dégainer son arme. Pourtant, ils étaient nombreux à avoir la nuque brisée, leur tête pratiquement tournée à cent quatre-vingts degrés – comme si une ombre s'était faufilée de l'un à l'autre et les avait menés à leur perte.

Corday ne vit pas une seule victime de coups de feu. Ce carnage avait été fait à mains nues.

Plus ils s'enfonçaient, plus les faits étaient évidents. Une scène atroce s'était déroulée ici.

Shepherd et ses disciples étaient responsables de ce massacre, mais ils avaient mis la résidence sous scellés.

Pourquoi ?

Pourquoi avoir bouclé le secteur du Premier ministre ? Pourquoi n'avaient-ils pas fait bon usage des armes, de la nourriture, de l'espace, de la chaleur ? Sous le Dôme, même les soldats de Shepherd souffraient du froid.

Ils découvrirent un élément de réponse dans une des pièces les plus célèbres de la résidence. Sous une fenêtre donnant sur les pics montagneux enneigés au loin se trouvaient le bureau et le drapeau que tous les citoyens de Thólos avaient vu via leur écran COM pendant le discours hebdomadaire obligatoire du Premier ministre à la population. Il n'y avait pas un mur, pas un meuble, pas un carreau qui ne soit encroûté de vieilles éclaboussures de sang. Les restes du corps de Callas étaient éparpillés partout par terre. Doigts, bouts de bras, morceaux de jambes… ses membres avaient été brisés, arrachés à son torse et jetés au hasard. Même le plafond exhibait des traces d'organes écrabouillés.

Des tripes desséchées recouvraient le plancher, jusque dans les coins, et les bords brisés et ébréchés des os témoignaient de la rage de son bourreau.

À peine deux heures plus tôt, Corday s'était imaginé en train de commettre ce genre de violence à l'encontre de Shepherd. Voir le résultat en personne était extrêmement dégrisant.

Il n'aurait jamais pu faire subir cela à qui que ce soit… pas même à l'homme qui avait assassiné les siens.

Leslie s'agenouilla à côté du crâne pulvérisé de l'homme qui, d'après elle, avait eu l'intention de l'épouser.

— Je me doutais qu'il était mort, mais ceci…

Corday l'avait observée lorsqu'elle avait découvert la scène qui les attendait dans le lieu sûr, sa manière de contempler le corps sans vie de son oncle… comme si elle ne comprenait pas ce qu'elle voyait. Son visage avait été inexpressif, et elle avait lentement cligné des yeux. Mais pas une fois elle n'avait pleuré.

Il était sûr qu'elle avait été sous le choc.

Or, des larmes coulaient à présent sur son visage.

Corday vit Leslie pleurer l'homme qui avait dû être l'une des premières véritables victimes de l'assaut et s'interrogea sur la différence entre sa réaction impassible, déterminée, devant le corps de son oncle et les larmes silencieuses qu'elle versait sur les restes épars de l'homme qu'elle avait aimé.

Quelque chose lui sembla étrange dans son comportement.

En découvrant la dépouille de l'oncle aimant qui l'avait cachée pour la protéger de la résistance, Leslie Kantor n'avait pas pu se résoudre à le décrocher du mur où il avait été cloué. Mais, là, elle pleurait ouvertement un homme qu'elle avouait considérer comme mort depuis longtemps. Du bout des doigts, elle traçait amoureusement les bords tranchants du crâne fracassé.

— Vous deviez l'aimer beaucoup, dit Corday avant d'inspirer profondément et de soupirer. Après avoir quitté le bunker de vos parents, pourquoi n'êtes-vous pas venue ici tout de suite ?

— J'ai essayé, avoua Leslie, ses grands yeux bleu de Chine traversés par un éclair de contrition. Mais je n'avais pas assez de force pour ouvrir la porte.

Il n'avait pas vu une seule empreinte de pas dans la poussière du couloir. Si elle s'y était vraiment faufilée quelques mois plus tôt, la crasse accumulée aurait gardé des traces de son passage. Elle mentait.

Corday ignorait si ce fait était important, aussi il hocha la tête comme s'il comprenait.

— Je vois.

Main sur un genou, Leslie abandonna les ossements du Premier ministre et força son corps à se relever.

— Nous avons trouvé ce que nous étions venus chercher. Maintenant, vous et moi devons convaincre la résistance de venir se réfugier ici.

Et cela n'allait pas être facile. Si la résistance avait été infiltrée, cela voulait dire que Shepherd n'aurait aucun mal à découvrir leur nouvelle cachette.

— Si nous voulons que votre plan fonctionne, alors Shepherd ne peut pas se douter que la résistance s'obstine, expliqua Corday. Nous devons lui faire croire que nous avons baissé les bras.

— Je suis d'accord, approuva Leslie avec un sourire triste tout en essuyant ses mains sur son pantalon. Nous devons agir comme si nous avions échoué. Laissons-le croire que le meurtre de mon oncle a brisé nos rangs. La résistance telle qu'elle existe aujourd'hui doit disparaître. Une nouvelle rébellion se relèvera dans les ombres, là où l'oppresseur ne peut pas la voir. Il ne saura jamais que nous étions ici.

***

Claire regardait par sa fenêtre et essayait de se concentrer sur les pics enneigés au loin. Mais une distraction bien plus radieuse et tentante était assise derrière elle. Ses doigts froids posés sur la vitre, le fil chaud dans sa poitrine, elle se sentait incertaine et divisée.

— Tu penses à mon épaule, ronronna la voix familière et rauque. Tu te demandes si je souffre. Aimerais-tu voir ta marque ?

68

Claire rêvait constamment d'admirer l'endroit où elle l'avait mordu, avait peine à réprimer son besoin de toucher la plaie encore enflammée lorsqu'il était tout près d'elle. Mais elle refusa de répondre, consciente qu'il essayait de détourner son attention du paysage.

Son angoisse flamba lorsqu'elle comprit combien il lui était facile d'affecter son humeur : son ronronnement atteignit un pic, et elle se calma aussitôt.

Elle roula des épaules et poussa un soupir de frustration en retournant à sa contemplation, laissant la nature l'apaiser. Quelle ironie, quand c'était la nature, ses instincts biologiques, qui lui tordaient les entrailles.

Elle tambourina des doigts sur la vitre en songeant à son plan d'action et détourna les yeux du mâle.

Tâchez d'affamer l'ennemi au milieu de l'abondance, de lui procurer du tracas au sein du repos, et de lui susciter mille terreurs dans le temps même de sa plus grande sécurité. –Sun Tzu

La directive semblait assez simple mais, cette dernière semaine, Claire s'était surprise à avoir l'effet opposé sur Shepherd.

Il était déjà tracassé et las ; sa présence le détendait. L'Alpha était en mal d'affection, si affamé qu'il l'absorbait comme un homme qui n'y avait jamais eu droit, avide du moindre geste de tendresse. Une petite caresse ici – Claire baissant les yeux pour voir sa main posée sur lui, sans savoir quand ni comment elle avait atterri là. Un doux sourire là – ses traits se détendaient sans même qu'elle s'en rende compte. Et il semblait que l'Alpha ne veuille qu'une chose : se reposer et être en sécurité à ses côtés.

Elle dérapait et échouait, et sa résistance avait été anéantie par sa propre stratégie d'apprendre à le connaître… ou bien offerte en sacrifice au nom du progrès. Elle n'en était pas sûre.

Son objectif avait été de changer de perspective, de trouver les faiblesses de son ennemi. Son marquage et l'épanouissement du lien qui l'avait suivi avaient donné à Claire un point de vue impayable, si net que nul autre ne pouvait comprendre son Alpha aussi bien qu'elle.

Mission accomplie.

Elle *connaissait* Shepherd.

Ce qu'elle avait découvert à l'intérieur du mâle était si noyé dans sa constitution qu'elle se demandait s'il s'en rendait même compte : sa solitude, le vide qui exigeait d'elle qu'elle le comble.

Lorsqu'elle avait rassemblé assez de courage pour bien regarder, Claire avait pu voir son abnégation autojustifiée. Shepherd voulait que le monde devienne bon parce qu'il n'avait jamais connu la bonté, ne l'avait jamais vécue et ne pouvait l'imaginer en dehors des livres et de l'étude. Aux yeux de Shepherd, le *bon* était tout le contraire de la Crypte et le *mal* devait souffrir afin que le changement puisse en éclore.

— Ne fais pas la tête, ma petite, ronronna-t-il derrière elle.

Depuis qu'elle comprenait mieux ce qui se cachait derrière son orgueil démesuré, il lui était devenu difficile de résister à l'envie de lui donner exactement ce qu'il voulait. Surtout face à l'empressement qu'il avait de s'offrir à elle et d'admirer ouvertement ce qu'il aimait chez elle. À moins qu'elle n'arrête là et ne batte en retraite, à moins qu'elle n'abandonne sa mission de lui ouvrir les yeux, elle allait forcément finir par éprouver pour lui plus que de l'empathie ou de la compassion.

Peut-être était-ce déjà le cas.

Tourmentée par ses sentiments, Claire était tombée dans des silences moroses et avait exigé plus d'une fois de retourner dans la pièce à la fenêtre, où elle pouvait trouver une distraction. Shepherd avait tendance à accéder à ses demandes, s'asseyait à ses côtés pendant qu'elle s'occupait et faisait ce qui lui chantait – jouer au piano, admirer le vaste paysage enneigé, peindre au soleil… Le mâle restait attentif et vigilant, son extrémité du lien grande ouverte. Presque comme s'il tirait dessus pour l'attirer et l'attacher à lui.

C'était lui qui la tracassait, l'affamait et l'effrayait. Et il lui suffisait pour cela de rester assis et d'attendre que sa *nature* d'Oméga fasse son effet.

C'était injuste.

— Shepherd, souffla Claire en détournant ses yeux mélancoliques de la vitre pour regarder par-dessus son épaule. Je suis fatiguée.

— Je sais, dit-il, conscient qu'elle ne parlait pas d'épuisement physique.

— Je ne suis pas très douée.

— Tu t'améliores tous les jours.

Elle soupira ; le fait qu'ils discutaient de leur guerre personnelle prolongée comme si celle-ci était ouvertement reconnue par les deux camps la rendait à présent indifférente.

— Tu n'es pas fatigué, Shepherd ?

Il s'adossa à la chaise confortable tel le roi sur son trône et secoua la tête.

— Non. Tout au contraire.

Claire plissa les yeux et lutta contre le besoin pressant de lui donner un coup de pied dans le mollet. Elle éprouvait la tentation de le remettre à sa place et lui rappela froidement :

— Quand j'étais sur la glace, je t'ai dit que tes excuses ne feraient aucune différence.

Elle redressa les épaules pour lui faire face, sentit quelque chose de désagréable jaillir dans ses entrailles et s'efforça de l'affamer, de le tracasser et de l'effrayer.

— Je veux que tu me les présentes maintenant.

Quelque peu surpris, Shepherd se leva lentement de sa chaise pour la dominer de toute sa taille.

Voyant qu'il la menaçait sans pour autant bouger, Claire pensa préférable de s'éloigner, mais le mâle commença à se baisser, et la colère se volatilisa de ses traits.

Il se mit à genoux.

Ils étaient pratiquement yeux dans les yeux quand Shepherd déclara :

— Claire O'Donnell, je suis désolé.

— Noms de Dieux ! cracha Claire tout bas, abasourdie.

Elle le contourna et se laissa tomber sur la chaise imposante, certaine qu'elle venait de perdre une autre bataille.

Il pivota sur ses talons pour lui faire face et se pencha, l'emprisonnant dans ses bras.

— Je n'ai pas assez rampé à tes pieds ?

— Te serais-tu agenouillé sur la glace ? rétorqua-t-elle, un petit tic soulevant le coin de sa lèvre.

Shepherd se déplaça afin de positionner son torse entre ses genoux et lui sourit en l'avertissant malicieusement :

— Ma petite, tu es sur ma chaise.

— Et n'est-ce pas là toute la philosophie de ce cher Shepherd ? Prendre ce que tu veux ? Je la voulais, je l'ai prise. C'est ma chaise, maintenant.

Une seconde après son bon mot, Claire se rendit compte que leur échange pouvait presque être qualifié de flirt. Son sourire se volatilisa sous le coup de la confusion.

Shepherd recommença à ronronner, et ses grandes mains massèrent les muscles de ses cuisses.

Elle ferma les yeux et s'adossa à la chaise en poussant un soupir tremblant.

— Maryanne avait raison. J'ai plus de chance que tous les autres à Thólos. Je suis au chaud. Je mange de l'excellente nourriture. Tu as créé pour moi une réalité alternative remplie de distractions, y compris passer du temps avec une amie que je sais que tu n'aimes pas, et pouvoir voir des photos des personnes à qui je tiens pour que je ne m'inquiète pas pour elles.

— Je ne comprends pas où tu veux en venir, gronda Shepherd.

Claire leva ses cils sombres et regarda l'homme dont le visage planait tout près du sien.

— Sais-tu seulement combien il est difficile pour un Oméga d'ignorer l'appel de son Alpha ? C'est de la torture. Physiquement, c'est un peu comme se faire scalper. Puis il y a la peur, pas seulement du partenaire qui vous cherche, mais de soi-même. Tu entends des choses… tu es victime d'hallucinations tactiles. Ton esprit se rebelle contre tes vœux. Tu deviens impuissant, énuméra-t-elle, le regard déchiré. La première fois que je me suis échappée, j'aurais juré que tu m'observais, tapi dans chaque ombre. Je me réveillais en hurlant toutes les nuits. Chaque fois que tu n'étais pas là, je me sentais trahie, alors même que je te fuyais. Pendant ma deuxième période de liberté, j'ai déambulé dans tout Thólos sans rien ressentir. Il n'y avait pas de douleur, pas de rêves. J'étais comme une coquille vide – et c'était en soi l'enfer. Mais, jour après jour, je continuais à chercher quelque chose et, jour après jour, je me rapprochais un peu plus de la Citadelle. Je ne l'avais pas réalisé jusqu'à maintenant.

Claire secoua la tête, comme si cette vérité venait de la frapper.

Les yeux de Shepherd brillaient tandis qu'il absorbait chacun de ses mots comme s'il était vital. Son immobilité l'aurait même effrayée, au tout début.

Claire effleura une cicatrice légèrement boursouflée sur sa joue.

— Je ne peux pas peindre cette expression. C'est ça, essentiellement, l'énigme, n'est-ce pas ?

Shepherd passa ses bras autour de sa taille et la tira vers le bord de la chaise pour que leurs corps soient l'un contre l'autre.

— Dis-m'en plus, ma petite. Je veux en entendre plus.

Il restait une chose qu'elle pouvait dire et qui l'affecterait.

— Je ne peux pas vivre comme ça, dit-elle en étudiant son regard, en essayant de graver cette image dans son esprit. Je dois sortir d'ici. Je dois respirer l'air frais.

— Non, refusa Shepherd en la lâchant.

Il se leva et s'éloigna, balayant la conversation d'un geste de la main, la laissant déçue et mal à l'aise.

Il l'attendit près de la porte, les menottes à la main, lui indiquant sans rien dire que leur temps dans cette pièce était révolu.

— Je te donne ma parole que je n'essaierai pas de m'échapper, chuchota-t-elle. Trop de vies sont en jeu.

Elle le vit légèrement tourner la tête vers elle en entendant son aveu.

— Est-ce là la seule raison qui te pousserait à rester ? demanda-t-il en inclinant la tête.

Toute campagne guerrière doit être réglée sur le semblant. –Sun Tzu

Claire tritura l'étoffe de sa jupe, se leva et s'approcha de lui afin qu'il puisse l'enchaîner.

— Non, ce n'est pas la seule raison.

En la voyant tendre le poignet, Shepherd avança sa main pour caresser sa peau délicate du revers des doigts. Face à sa docilité, il rangea les menottes et libéra son bras.

— Tu me demandes ma confiance alors que tu ne l'as pas méritée.

— Tu me demandes la même chose tous les jours, rétorqua Claire sans ciller.

Chapitre 3

Les joues sa petite étaient roses et charmantes tandis qu'elle s'efforçait de rester à sa hauteur, mais c'était son regard terne que Shepherd n'appréciait pas. Ils tournèrent à un autre coin et empruntèrent le couloir qui menait à ses quartiers. Il n'y avait pas âme qui vive, car il avait ordonné à tous ses hommes de quitter les lieux afin que son Oméga soit tranquille.

Ils n'étaient pas enchaînés par des menottes, un acte qui, selon Shepherd, méritait une grande récompense, mais Claire ne semblait même pas consciente de sa générosité. Elle avait à peine regardé autour d'elle. Pas qu'il y ait grand-chose à voir.

Elle était si malheureuse…

Sa partenaire lui faisait penser à un poisson dans un bocal, observant d'un air absent un monde dans lequel elle ne pourrait jamais respirer. Il était clair dans son extrémité du lien qu'elle n'en retirait aucun plaisir, que cette promenade n'était pas la bienvenue – qu'elle se sentait plus piégée sans ses chaînes qu'elle ne s'était sentie pendant des semaines, enfermée dans son antre.

Il se demanda si elle se punissait à nouveau, si c'était ce qui la poussait à se cramponner à son bras quand elle se sentait malheureuse. Ou si c'était un test. Shepherd ne posa pas la question. Mais il resta proche, examinant son domaine, jaugeant ce qui pouvait constituer une menace, ce qui pouvait se tapir dans chaque coin, observant ces couloirs nus d'une manière stratégique qu'elle était incapable de concevoir.

Puisque cette promenade n'accomplissait pas son objectif, il l'emmena dans une autre direction et pianota un code sur la console d'une porte en acier. Celle-ci s'ouvrit et, même s'il n'y avait ni ciel ni vue, une bourrasque glaciale souffla vers eux.

Quand les soldats armés de faction à la porte se rendirent compte de qui leur rendait visite, ils gardèrent le visage tourné résolument vers l'avant. Claire fit mine de sortir, d'emprunter le tunnel pour voir d'où venait la brise, mais Shepherd l'empêcha de bouger.

— Je ne peux pas garantir ta sécurité dehors pour le moment, ma petite. Respire ton air, sens le froid, profites-en autant que tu le peux avant que je ne te ramène dans notre nid.

Elle ne s'était pas attendue à ce qu'il accède même partiellement à sa demande, pas après avoir senti la vague de malaise qui l'avait traversé lorsqu'elle lui avait dit qu'elle avait besoin de prendre l'air. Shepherd lui avait paru trop déterminé à la maintenir en quarantaine sous terre.

En se penchant autant que l'emprise du bras épais le lui permettait, Claire eut un bref aperçu d'une ville balayée par les vents. Tous ses idéaux étaient comme tournés en dérision par les relents de corps en décomposition et de fumée qui flottaient vers elle. Thólos était devenue tellement plus difficile à comprendre. Une partie d'elle avait commencé à lui en vouloir et, lors de tels moments – ces moments où les sentiments de Shepherd s'enchevêtraient avec les siens –, elle avait du mal à se rappeler qu'elle aimait cette ville qu'elle pouvait à peine apercevoir au bout de la coursive.

Mais ce dégoût indissoluble qu'elle éprouvait pour ce qu'elle avait vu, fui, craint… n'était pas entièrement l'influence de Shepherd. Il venait d'elle.

Et il lui faisait honte.

Ses souvenirs d'une époque plus heureuse se détérioraient. Elle leur trouvait des failles, presque comme si Shepherd lui murmurait à l'oreille les horreurs qu'elle avait endurées et refusait de reconnaître. Thólos avait été un endroit dangereux toute sa vie. Elle ne s'était jamais sentie en sécurité lorsqu'elle empruntait les rues seule, même en plein jour… car la ville avait des crocs et des griffes.

Personne n'en avait jamais parlé ouvertement, mais les Omégas à découvert avaient toujours été la cible des prédateurs. Les riches et les puissants de Thólos… ceux qui édictaient les lois… qui prenaient sans permission et prétendaient que tout était civilisé, acceptable. Après tout, qui diable aurait osé tenir tête aux sénateurs, aux exécuteurs, aux juges ?

Shepherd avait raison. Jamais elle n'avait été libre.

Même dans une ville civilisée comme Thólos, elle avait passé toute sa vie à cacher et à fuir ce qu'elle était. Et qu'en était-il des Bêtas ? Avaient-ils souffert financièrement ? Avaient-ils été lassés par le dur labeur prolétarien ? Avaient-ils été opprimés ?

Les Alphas, eux aussi, avaient été des victimes. Le propre père de Claire avait perdu tout prestige social quand sa femme s'était suicidée. Avant même que son corps soit froid et enterré, le gouvernement les avait expulsés de sa maison d'enfance et leur avait ordonné de déménager dans un quartier situé juste au-dessus des basses sphères. Le père de Claire avait été condamné publiquement comme un échec qui ne méritait pas de vivre dans les niveaux intermédiaires.

Leur nouvelle maison avait été humide et exiguë. Lors des rares beaux jours, les immondices empuantissaient l'air ambiant. Son père l'avait pris avec le sourire et supporté son ban en blaguant à tout va. Il avait tout fait pour elle, comme s'il avait suspecté qu'elle était une Oméga bien avant que sa puberté ne le confirme et qu'il essayait de se racheter.

Jamais il n'avait dissuadé sa fille d'utiliser les savons qui masquaient son odeur. Il avait payé ses pilules sans jamais lui demander pourquoi elle les prenait et s'était assuré qu'elle passe autant de temps qu'elle le désirait avec Nona.

S'appuyant sur son vécu, son père avait su que le monde ne serait pas sûr pour elle et avait fait de son mieux.

Il avait su que Thólos était un endroit misérable et malsain, et il l'avait protégée de tout cela bien avant que la campagne ciblée de Shepherd ne retourne la ville contre elle-même.

Son partenaire avait dit ce qu'aucun autre Alpha n'avait osé dire. Il avait traité les dirigeants d'escrocs, accusé les citoyens de gober leurs mensonges…

Et le peuple ne s'était pas amélioré. Les Thólossiens avaient choisi de s'incliner et de céder à la volonté de Shepherd par peur, et non parce qu'ils prenaient ce qu'il disait pour parole d'Évangile. Parce qu'ils étaient fondamentalement mauvais. Sans quoi, ils n'auraient pas choisi de profiter de ce nouveau paradigme pour se déchaîner, violer, assassiner et s'abandonner aux côtés les plus sombres de l'humanité.

Shepherd lui avait dit un jour que ses disciples n'étaient pas responsables de la violence. Claire rechignait à reconnaître la vérité, mais elle devait bien avouer qu'elle ne les avait jamais vus faire du tort dans les rues. Non, ils avaient limité leurs actes de cruauté ostensible à la Citadelle. Les véritables responsables étaient ses voisins… comme M. Nelson, qu'elle avait vu voler dans son appartement. Ou ses mentors, comme le sénateur Kantor, à la tête de la résistance mais refusant d'agir.

Ou encore le Premier ministre Callas, qui avait jeté des femmes dans la Crypte.

Distraitement, Claire posa sa main libre sur son ventre, un bien piètre bouclier pour protéger son fils de leurs mauvaises intentions, de ce champ de ruines et de ses pensées noires.

La situation n'allait faire qu'empirer.

— Tu n'es qu'un homme, murmura Claire, troublée, avant de lever les yeux pour croiser ceux de Shepherd. Des millions de personnes vivent sous le Dôme. Les gens désespérés peuvent changer. Bientôt, ils ne craindront plus ton virus. Ce n'est qu'une question de temps avant qu'ils ne se retournent contre toi.

Le mâle étudia sa main posée sur leur enfant et son regard vide, et sut à quoi elle pensait.

Il se renfrogna.

Intérieurement, l'Oméga était un vrai chantier mais, extérieurement, Claire restait placide, son visage indéchiffrable, et Shepherd n'aimait pas du tout ça. Il aurait préféré qu'elle pleure et se purge au lieu de rester de marbre, de consolider ses doutes. Son Oméga insolente et forte était en train de s'empoisonner elle-même.

Il décida de mettre un terme à leur promenade et la souleva dans ses bras. Elle ne se plaignit pas. C'était comme si elle ne l'avait même pas remarqué. Même lorsqu'il l'eut ramenée dans leur chambre, où Claire était à l'abri dans un endroit familier, rien ne vint altérer sa morosité.

Il fit apporter de la nourriture. Elle ne voulut pas manger.

Il ronronna. Elle se contenta de regarder dans le vide.

Où était son merci ? Où était sa récompense ? Elle aurait dû être satisfaite, l'honorer… fredonner ! Pourquoi était-elle toujours si difficile ?

L'Oméga recommença à faire les cent pas, comme avant, agitée, en se tordant les mains. Puis elle fit quelque chose qui dépassa les bornes : elle s'allongea sur le sol, boudant leur lit sans le dire, et fronça les sourcils en suivant du regard les fissures au plafond.

La montagne bouillonnante en avait eu assez.

— Si tu veux te reposer, tu te reposeras dans notre nid, ordonna Shepherd en se tenant au-dessus d'elle.

Il retira ensuite sa chemise et la lui tendit pour qu'elle aille la placer dans le lit, lui donnant une dernière chance d'agir de son plein gré.

Claire agita la main vers lui et renifla.

Il lui donna un petit coup d'orteils en plissant les yeux et en grognant gravement.

— Debout.

Claire secoua la tête et s'étala encore plus sur le sol.

Il la traînerait jusqu'au nid s'il y était forcé, étoufferait en elle un tel comportement. Shepherd se pencha, prêt à la redresser, et approcha son visage de son champ de vision.

— Debout !

Claire planta son pied droit sur son torse et le repoussa en sifflant :

— Dégage !

Le mâle se figea, les yeux écarquillés, furieux. Il avait peine à croire qu'elle ait osé le défier physiquement et le regarde avec une telle expression… Il ne comprenait pas pourquoi son extrémité de leur lien vibrait de manière discordante, alors qu'il lui avait donné ce qu'elle avait demandé.

Un poing épais enveloppa sa cheville. Claire montra les dents, et cela suffit à pousser le monstre à réagir. Elle jappa quand il la tira par la jambe. L'Alpha lui tomba dessus si vite qu'elle n'eut aucune chance de s'échapper. La malmenant jusqu'à ce qu'il l'ait maîtrisée, il *joua avec sa nourriture*. Shepherd la laissa se tortiller et lui échapper, se moquant de sa faiblesse, afin qu'elle sache à quel point sa résistance était futile.

Claire se débattit avec chaque once de son ancienne colère. En grognant et en sifflant, elle parvint à libérer un bras pour perdre toute mobilité une seconde plus tard, donna un coup de pied avant de se voir plaquée au sol. À peine consciente, elle blottit son visage au creux de sa gorge. Un grognement bas jaillit de nulle part, et l'étrange chose qui brûlait en elle devint plus satisfaite par leur lutte. Lorsqu'il se déplaça et éloigna sa chair musclée, Claire libéra son bras mais, au lieu d'essayer de s'échapper, elle laissa courir ses doigts sur la gorge de Shepherd, puis sur son torse sculpté. L'Alpha se cambra immédiatement à son toucher, et sa cage thoracique se dilata quand il prit une grande inspiration.

Claire s'étira juste assez pour poser la bouche sur la marque qu'elle avait imprimée dans sa chair, et Shepherd grogna violemment, pris de béatitude absolue.

En ratissant le ventre dur du mâle avec ses ongles, elle poussa un couinement impatient. Son ton était gorgé de frustration et de la seule chose qu'il désirait de sa part : le besoin. Elle se cambra pour poser sa bouche contre son oreille et, d'une voix désespérée, animale et lascive, gronda :

— Shepherd. Aide-moi.

Il poussa un rugissement et, d'une main brutale, la fit rouler sous lui, à plat ventre sur le béton, puis remonta son corps jusqu'à ce que sa chatte trempée soit alignée avec l'érection immense, douloureusement restreinte dans son pantalon.

Incapable de respirer correctement sous la montagne de muscles vibrants, Claire remarqua à peine sa jupe en train d'être remontée et le bruit d'une braguette qui se cassait avant qu'un coup de reins violent et punitif ne la remplisse à ras-bord. Shepherd passa son bras en travers de sa poitrine et l'attrapa par la gorge. Il comprenait très bien ce qui était en train de se produire : son Oméga se sentait faible car elle avait perdu la bataille. Elle avait besoin qu'il lui prouve qu'il était plus fort qu'elle – assez fort pour deux. C'était leur dynamique... un vestige de la Crypte qu'il lui avait appris.

— Crie autant que tu veux. Débats-toi, dit-il en se léchant les lèvres et en admirant son corps, agité de soubresauts chaque fois qu'il ruait brutalement dans sa chatte trempée. Tu ne gagneras pas. Tu veux que ton partenaire te conquière. La soumission par la contrainte te calme quand tu es enragée – quand tu te sens perdue et déroutée, ajouta-t-il en passant le pouce sur sa carotide.

Sa chatte était étroite, glissante et parfumée, et Shepherd la pilonna lorsqu'elle grogna. Il se délecta de l'écoulement de sécrétions sucrées et des bruits de succion qui couvraient ceux de la colère qu'elle exorcisait. Il commença à lui décrire la sensation d'étroitesse de sa chatte, à lui dire qu'il était le seul à pouvoir la satisfaire, à la remplir et à la combler avec chaque goutte de sa semence, même si elle luttait – parce qu'il savait ce dont elle avait besoin et que, en tant que son partenaire, il le lui donnerait.

Sa voix si saturée de possessivité, si gutturale et cupide, si pleine de l'arrogante assurance qu'il la possédait et qu'il était de son devoir de la dominer, donnait à Claire encore plus envie qu'il la malmène – même si cela la rendait malade. Chaque coup de reins brutal était orienté pour frotter sans pitié sa zone érogène douloureuse et palpitante. Le claquement rapide de ses bourses contre ses fesses, la légère brûlure due à l'étirement, les grognements vicieux, audibles et entêtants du mâle, et la pression presque trop forte de ses doigts autour de sa gorge, alimentaient son besoin de jouir autour de son membre.

Elle frissonna et sentit les parois de sa chatte étroite se comprimer comme un poing. Pendant tout ce temps, elle déblatéra une longue liste d'insultes. Claire le blâma pour ses tourments, pour la mort de ses amies, pour tous les maux en ce bas monde. Cela ne fit que le rendre plus bestial et dangereux tandis qu'il la contraignait et la conquérait, faisait exactement ce qu'il avait menacé de faire : s'enfoncer plus profondément en elle, la remplir au point de la vider de toute émotion et de son envie de lutter. Il transformait ses entrailles au point que Claire commença à sangloter son nom encore et encore, le suppliant d'arrêter, puis de la baiser plus fort, puis de lui donner quelque chose qu'elle n'arrivait pas à nommer. Sa chatte convulsa sous l'effet de cette délivrance. Le nœud se forma en profondeur, Claire hurla contre le sol, et le mâle rugit si fort près de son oreille que son soulagement fut teinté de peur, ce qui prolongea sa frénésie et la fit couiner.

Ce ne fut que quand la main épaisse qui enserrait sa gorge desserra son étreinte que Claire commença à sentir refluer son orgasme sauvage et bouleversant. La semence apaisante qu'il éjaculait si parfaitement en elle, sa chatte qui l'acceptait goulûment pendant qu'il poussait des râles bas à chaque salve prolongée…

Shepherd était pantelant et en train de l'écraser, d'enfoncer son visage contre le sol, mais il semblait satisfait de continuer à la piéger. Claire était incapable de bouger, avait peine à respirer et, pourtant, ses halètements laborieux formaient comme une mélodie apaisante pour remplacer sa rage exorcisée.

Elle commença à pousser des fredonnements entrecoupés de soupirs. Shepherd s'étira et frotta sa peau moite contre la sienne, puis se mit à ronronner pour récompenser sa réaction parfaite à sa domination.

Conscient que mieux valait lui apporter du réconfort après un accouplement si sauvage, il se déplaça pour les tourner tous deux sur le côté. Son nœud l'ancrait profondément à sa partenaire. Shepherd tint la femme épuisée dans ses bras et commença à lui donner du plaisir avec sa main, à effleurer les lèvres étirées autour de sa virilité, à faire des cercles autour de son clitoris, à savourer ses frémissements à chaque caresse délicate.

Claire ne comprenait pas ce qu'il était en train de faire, car le mâle ne l'avait jamais doigtée de telle manière lorsqu'ils étaient toujours unis. Elle se sentit fondre, ses chairs encore sensibles, et essaya de repousser sa main, mais il l'immobilisa et continua à lui donner du plaisir, qui s'accumula en douce vague de chaleur. Toujours remplie, étirée et possédée par le nœud, elle céda et se noya dans son offrande.

Il sentit sa réaction interne autour de son membre, la contraction de ses parois qui avalaient les dernières gouttes de sa semence, même s'il ne pouvait pas jouir avec elle. Chaque compression et ondulation de son tunnel était agréable, et il savoura le fait qu'il avait apporté à sa partenaire le réconfort dont elle avait besoin – un acte de tendresse après cet accouplement bestial mais nécessaire.

Tout cela pour elle.

Lorsque son deuxième orgasme fut véritablement terminé, il éloigna sa main de sa chatte et se mit à tracer les angles du côté exposé de son visage. Planant au-dessus de sa pommette, de ses cils baissés, faisant des tours autour du lobe de son oreille…

— T'ai-je fait du mal, ma petite ? s'enquit Shepherd.

Claire ne put répondre que par un gémissement épuisé, inintelligible.

— T'ai-je fait du *bien* ? ronronna l'Alpha en approchant ses lèvres de son oreille.

Un grondement presque inaudible s'échappa dans un souffle.

Shepherd gloussa et se délecta des palpitations de son nœud et de la sensation de sa chatte étroite qui se contractait toujours. Son corps parlait pour elle.

— Tu m'as fait grand plaisir, mon petit Napoléon, enchaîna-t-il en la caressant de l'épaule à la hanche. Ta soumission était magnifique.

Acerbe, Claire baissa la main et frappa le genou plié de Shepherd.

— Je suis sûre que je me sentirai vraiment magnifique plus tard, quand j'examinerai tous les bleus.

Son grognement perdit toute trace de douceur.

— Tu as choisi le terrain de jeu. Si tu ne t'étais pas débattue si sauvagement, je ne t'aurais pas restreinte pour revendiquer ma récompense.

Elle voulut se retourner pour le regarder dans les yeux, mais le nœud l'empêchait de jeter plus qu'un coup d'œil rapide par-dessus son épaule.

— Ta récompense ?

Le gloussement grave du mâle l'ébranla. Les doigts de Shepherd s'enfoncèrent dans le décolleté de sa robe pour tirailler ses tétons.

— Tout ceci est à moi. Tu me l'as offert quand tu as commencé à me caresser et que tu as posé les lèvres sur ta marque. Tu me l'as promis quand tu as scandé mon nom et que tu m'as supplié. Je t'ai donné du plaisir parce que je suis à toi. Et te sentir jouir sur mon membre, savoir que ton corps se satisfait du mien, est quelque chose que j'adore te donner, clama Shepherd en la serrant plus fort, ronronnant en tripotant vicieusement ses seins. Avoue que j'ai comblé tes désirs. Je refuse de t'entendre bouder et m'accuser.

Sa grande main remonta sur sa poitrine et se referma de nouveau sur sa gorge, mais sans la serrer, un geste possessif qui lui donna des papillons dans le ventre.

— Avoue, ma petite, ronronna-t-il dans son oreille.

Simuler le désordre demande une parfaite discipline, simuler la peur demande du courage et une apparente faiblesse cache une force certaine. – *Sun Tzu*

Le désordre, la peur et la faiblesse étaient tout ce qu'elle avait vu lors de ses promenades dans Thólos.

— Tu es mon partenaire, murmura Claire. Tu voulais que j'agisse d'instinct… et je suis à court d'idéaux.

— Je réalise que tu as du mal à accepter que tout n'est pas comme tu le pensais initialement, dit Shepherd d'une voix basse et sincère en la caressant. T'assagir ne signifie pas que tu as failli. Tu devrais être fière de posséder la force de regarder la vérité en face.

Elle avait plutôt l'impression d'avoir perdu la foi.

Shepherd caressa son corps, la combla jusqu'à ce que le nœud se défasse, puis l'emmena dans le nid pour recommencer – avide de sa récompense et de son attention.

Les bras pleins de son Oméga, Shepherd s'allongea sur le matelas, positionnant Claire sur son bassin pour qu'elle le chevauche.

— Cette fois, je serai ta récompense, et tu peux me prendre comme tu le désires, la taquina-t-il d'une voix de velours. Je me débattrai même, si tu le souhaites, continua-t-il avec un sourire dans la voix. Et je te laisserai gagner, mon petit Napoléon.

***

Depuis l'ouverture du secteur du Premier ministre, la rébellion avait fait des progrès presque effarants. Il avait été presque trop facile pour celle qui se faisait à présent appeler *dame Kantor* d'usurper le titre de la brigadière Dane. Naturellement, la résistance avait besoin d'un sauveur pour se remettre de la mort du sénateur, et il leur avait semblé que ce sauveur était apparu à point nommé. Aucun des exécuteurs survivants ne connaissait Leslie Kantor. Elle n'avait aucune réputation, bonne ou mauvaise, gloire ou déshonneur. Mais elle avait un nom – celui de leur héros récemment exécuté.

Tout ce qu'il fallut au groupe pour tomber sous sa coupe furent le nom Kantor, son sourire éclatant et sa promesse de les libérer de la tyrannie de Shepherd.

Un à un, les membres de la résistance s'inclinèrent de bon cœur – tous sauf la brigadière Dane, qui semblait extrêmement perturbée par ce qui se déroulait sous ses yeux.

Pour Corday, le problème n'était pas qu'il doutait de Leslie, mais plutôt qu'il faisait confiance à Dane. Même s'il n'avait jamais apprécié son supérieur, après l'avoir vue se battre sans relâche pour leurs concitoyens souffrants, après avoir vu son regard chaque fois qu'un membre de leur famille était déclaré mort, il en était venu à se fier implicitement à ses instincts.

La brigadière Dane ne s'éleva jamais ouvertement contre dame Kantor, mais elle ne reçut pas l'honneur de voir le secteur du Premier ministre de ses propres yeux. Elle obéissait à chaque ordre, mais c'était son manque d'effusion que Corday remarquait le plus. Il la connaissait assez bien pour savoir que la femme plus âgée savait distinguer ce qui était important. Elle savait ce qui était en jeu et comprenait l'importance de l'unité… et le danger posé par ce que Corday considérait à présent comme une démagogue bourgeonnante.

Sous le Dôme, la disparition de citoyens était monnaie courante. La situation permettait à dame Kantor de peupler sa milice clandestine plus facilement à chaque semaine qui passait. Un faible pourcentage de ces personnes portées disparues – celles qui n'avaient plus de famille et avaient tout perdu – étaient sélectionnées par Leslie elle-même et venaient grossir les rangs de sa rébellion organisée et dévouée.

Se joindre à sa cause signifiait lui offrir sa vie, littéralement.

Leslie Kantor parlait beaucoup, ses discours toujours enflammés, et, sous sa bannière, les hommes et femmes épuisés étaient de nouveau animés par la foi. Elle disait qu'il ne servait à rien de craindre que l'ennemi infiltre leurs rangs ; ils étaient devenus intouchables, car ceux qui étaient recrutés pour rejoindre sa croisade dans le secteur du Premier ministre ne seraient autorisés à en ressortir que le jour où ils reprendraient la ville.

Les seuls individus qui pouvaient encore franchir le tunnel secret étaient ceux chargés de continuer à jouer la comédie. La brigadière Dane, Corday et quelques membres clés de la résistance des débuts avaient reçu pour ordre de poursuivre leur vie en dehors des rouages de la nouvelle rébellion et de se réunir régulièrement avec, à l'occasion, Leslie Kantor. La brigadière Dane perpétuait donc son imposture depuis la maison dans laquelle le sénateur Kantor avait autrefois élaboré leurs plans.

Ses ordres étaient de servir comme cheffe de cette résistance fantoche, et la plupart de ceux qui la suivaient ne se doutaient pas qu'une organisation fantôme avait émergé d'entre leurs rangs.

Jour après jour, Corday jouait son rôle et, jour après jour, la *résistance* s'affaiblissait tandis que la rébellion se renforçait.

Contrairement à la brigadière Dane, Corday était retourné au secteur du Premier ministre plus d'une fois pour s'entretenir avec dame Kantor. Chaque fois qu'il s'y rendait, les rebelles ressemblaient plus à des disciples qu'à des citoyens. Une flamme dansait dans leurs yeux quand ils regardaient leur guide, un fanatisme qui le rendait nerveux.

Tout cela au nom du progrès…

Leslie s'était approprié le bureau de feu le Premier ministre, même s'il restait encore des traces de son sang sur le papier peint et le tapis. Quand Corday venait la voir, elle souriait toujours avant de se lever de son fauteuil, de faire le tour du bureau et de l'accueillir d'un baiser sur la joue.

— Je suis si contente de vous voir, Corday. Quelles sont les nouvelles ?

— Quinze de nos hommes sont morts hier soir en essayant de s'emparer d'une cargaison de nourriture.

Il ne parlait pas des soldats qu'elle avait rassemblés autour d'elle. Il parlait des partisans de l'ancienne résistance qui ignoraient tout de ce qui se passait ici.

— Les disciples de Shepherd ont bien défendu leur cache. Toutes les caisses de produits frais sont arrivées à destination, à la Citadelle.

— Ils ne sont pas morts pour rien, mon cher Corday, déclara Leslie en posant une main sur sa joue, l'air immensément triste. Ils ont servi de distraction pour que mon équipe puisse acquérir une réserve de fertilisants abandonnée aux niveaux agricoles. Notre première mission a été un succès. Le sacrifice de ces hommes et de ces femmes ne sera pas oublié.

Personne n'avait discuté de cela avec lui. Comment avait-elle pu sciemment le laisser mener ses hommes à leur perte ?

— Une équipe est partie en mission sur vos ordres ?

— Oui, opina Leslie en souriant. Une petite escouade, sélectionnée par moi-même. Je leur fais entièrement confiance. Hier soir, chacun d'entre eux s'est prouvé digne de cette foi. Bientôt, nous aurons tous les ingrédients nécessaires pour fabriquer des explosifs de type militaire.

Un obstacle de taille se tenait en travers du grand plan de dame Kantor, un obstacle que Corday refusait de taire.

— Nous ne savons toujours pas où se trouve le virus.

— Vos hommes ont ratissé la ville sans aucun résultat pendant près d'une année. Shepherd doit le garder dans la Citadelle. Si nous réduisons le bâtiment en cendres, si nous disposons assez d'explosifs pour incinérer tout ce qui s'y cache, le virus sera détruit. Le chercher comme l'a fait mon oncle n'est qu'une perte de temps, décréta-t-elle en attrapant sa main et en la serrant tout en le menant vers une chaise pour lui servir un café. Le mot d'ordre de cette rébellion est l'action.

En la regardant verser le contenu d'une théière en porcelaine dans une tasse ornementale, Corday se demanda si elle percevait le ridicule de cet acte d'étiquette civique alors qu'ils discutaient d'un véritable massacre.

Si son plan réussissait, plusieurs structures de la ville s'effondreraient, brûleraient et enterreraient de nombreux hommes vivants. Des dizaines de milliers de citoyens mourraient. Cependant, si le régime de Shepherd tombait, des millions d'autres seraient sauvés.

Corday n'avait ni envie de café ni de rester assis dans cette pièce somptueuse et tachée de sang. Il voulait que les siens soient enfin libres.

— Claire est dans la Citadelle. Vous m'avez donné votre parole que vous n'attaqueriez pas tant qu'elle n'aurait pas été sauvée.

Leslie hocha la tête en réfléchissant à une alternative.

— Les cubes de données classifiées que nous avons découverts ici contiennent des plans de la Citadelle, des sous-sols et même de la Crypte. Prenez-les, étudiez-les et choisissez les endroits les plus probables où elle pourrait se trouver. Le jour de l'attaque, j'enverrai des équipes en tête avant l'explosion. Ce sera une attaque coordonnée.

Corday fit tourner l'anneau doré à son doigt, encore et encore, en réfléchissant. Si le plan aboutissait, quand Claire apprendrait à quoi il s'était prêté, elle ne le lui pardonnerait jamais. D'un autre côté, en cas de succès… elle serait libre. Les survivants de la ville seraient libérés.

— Détourner leur attention de l'objectif principal – sauver leurs familles – pour secourir une femme que nombre d'entre considèrent comme une traîtresse saperait notre mission, murmura la beauté, consciente de la monstruosité de ce qu'elle offrait. C'est le mieux que je puisse vous offrir. Des sacrifices doivent être faits, Corday. Je pense que même votre Claire le comprendrait.

Dame Kantor se rassit à son bureau et prit l'air plus sérieux.

— Maintenant, je veux être franche avec vous. Vous pourriez trouver sur ce cube de données des choses que vous auriez préféré ne pas savoir. Ne creusez pas trop. Concentrez-vous sur les plans.

***

Sa Claire était profondément endormie quand la voix de Jules résonna derrière sa porte. L'Alpha l'avait épuisée, comme il avait coutume de le faire.

Savoir qu'elle était inconsciente lorsqu'il était rappelé était un maigre soulagement dans la mer tempétueuse de son agitation croissante. Shepherd gronda face à cette interruption.

Son second n'avait pas essayé de le contacter via l'écran COM. Une seule raison aurait poussé le Bêta à oser s'approcher et frapper à sa porte : Svana.

Shepherd sortit silencieusement de la pièce pour retrouver Jules dans le couloir et se renfrogna. Son bras-droit était entouré de nombreux soldats qu'il avait postés à sa porte comme si la guerre couvait à la surface.

Il y avait également quelque chose de déroutant dans les lignes rigides de sa bouche quand il prit la parole.

— Svana est dans le bâtiment. Elle veut *parlementer* avec toi.

La formulation du Bêta ne l'amusa pas du tout. Comme si Claire risquait de l'entendre depuis la chambre forte en acier renforcé dans laquelle elle était enfermée, Shepherd répondit à voix basse dans leur langue commune :

— Elle s'est volatilisée, et cela fait des semaines que tes pisteurs l'ont perdue de vue. Décris son approche. Était-elle furtive ? Apparente ?

— Je n'ai pas encore déterminé son point de départ, mais je peux te dire qu'elle a été repérée dans le tunnel GW94, en approche depuis le quadrant est. Elle voulait être vue.

Étant donné le temps qu'elle avait passé à les *punir* par son absence, Shepherd avait quelques réflexions bien senties pour la femelle Alpha.

— A-t-elle apporté le virus ?

Jules suivit son chef, concentré, le regard vide.

— Si elle l'a sur elle, il est invisible.

Shepherd accepta l'écran COM que lui tendait son second et visionna un enregistrement de Svana en train de consulter des schémas étalés sur la table de travail du quartier général des disciples.

— Espionner nos hommes est peu orthodoxe. Ils pourraient croire que nous ne leur faisons pas confiance.

Shepherd voulait se sentir fâché. Mais, surtout, il ne voulait pas éprouver du soulagement en apprenant que son second avait agi de manière si subversive.

Jules ne faisait pas confiance à Svana, et ce n'était pas un secret. Il n'éprouvait aucun remords.

— Il n'y a rien dans cette pièce que je n'ai pas anticipé qu'elle voie.

Shepherd gronda, un bruit de gorge grave. Ni une affirmation ni une négation.

Le fait que la femelle Alpha s'était faufilée à couvert jusqu'au centre de commande en disait long. Svana avait eu une bonne raison d'entrer dans le souterrain par effraction, et ce n'était pas pour lui parler. Elle cherchait quelque chose.

— Tu attendras dehors pendant que je lui parle.

— Entendu, commandant, répondit Jules, les coins de sa bouche baissés.

Shepherd n'avait pas terminé.

— Mais regarde et écoute via l'écran COM. Elle ne se douterait jamais que tu as mis notre propre quartier général sous surveillance, surtout maintenant que nous savons que la résistance a partiellement accès à nos communications.

— Quand j'ai entendu dire qu'elle se dirigeait vers nous, je n'ai pas seulement installé de l'équipement de surveillance dans le QG. J'ai fait placer un micro miniature sur elle.

Shepherd s'était douté de ce que le Bêta avait fait avant même d'entendre son aveu.

— Nous discuterons de ce que tu as fait plus tard. Pour l'instant, tu as intérêt à me prouver que ma foi en toi n'est pas mal placée.

L'espace d'un instant, Jules parut blessé.

— Mon frère, je te suis loyal, toujours. Raison pour laquelle je te conseille de ne pas la laisser quitter cette pièce.

Shepherd s'approcha du centre de commande et laissa le Bêta dans le hall, mais pas avant de lancer :

— Svana a tué Kantor. Ce qui est fait ne peut être changé. N'oublie pas que sans son appui, nous ne pourrons pas soumettre le peuple du Dôme Greth. Sans elle, nos frères ne connaîtront pas la liberté. Toi, moi, nous avons tous besoin d'elle.

Malgré sa taille, la porte tourna sur ses gonds sans faire de bruit. Comme il en avait reçu l'ordre,

Jules resta dans le couloir, coupé de son chef, et observa l'échange insatisfaisant sur son écran COM.

***

La porte verrouillée derrière lui, Shepherd inspira profondément et observa sa sculpturale *bien-aimée*. Rayonnante de santé lui paraissait être un terme cliché, mais il lui allait comme un gant.

— Svana, tu nous as manqué.

Ses cheveux foncés étaient lâches, brillants et propres. Elle les ramena sur une de ses épaules, comme pour exposer leur beauté, et lui lança un doux sourire.

— Je savais que tu m'en voudrais de m'être absentée si longtemps.

— Était-ce ton intention de me blesser ? demanda Shepherd en haussant un sourcil.

— Non, répondit-elle en secouant la tête, l'air contrit, perdant son ton impérieux. Bien-aimé, nous nous sommes disputés. C'était ma faute. Je le sais à présent. J'ai eu le temps d'y réfléchir et j'ai compris que des excuses ne suffiraient pas. Raison pour laquelle j'ai trouvé quelque chose de valeur à t'offrir.

112

— Tuer le sénateur Kantor était imprudent, la tança Shepherd.

Son rire éclata comme une trille, et ses yeux bleu de Chine s'illuminèrent.

— Sur ce point, je ne suis pas d'accord. Sa mort était nécessaire, et je ne vais pas prétendre que je n'ai pas apprécié ça.

Le mâle ne protesta pas immédiatement. Shepherd garda le silence, le prolongeant jusqu'à ce que même Svana commence à se sentir mal à l'aise. Pas une fois il ne détourna les yeux de son visage, pas une fois il ne cilla, attendant que l'inévitable se produise.

Lorsqu'elle commença à afficher de l'embarras, il lança :

— Tes agissements étaient redondants et provocateurs. À présent, tu as une dette envers Jules que tu ne pourras jamais lui rembourser, dit-il en serrant le col de son manteau, mesurant ses mots. Nous avions déjà infiltré la résistance. Explique-moi comment l'assassinat d'un pion précieux est un avantage pour notre cause ?

— Comment ne le serait-il pas ? s'indigna Svana, comme si elle s'était attendue à des louanges. Son meurtre combiné à mon emprise sur ces idiots a annihilé l'opposition. À l'heure qu'il est, ils sont impuissants, dispersés et affaiblis. J'ai fait ceci pour toi.

Shepherd croisa ses bras épais sur son torse et gronda :

— Svana, ton rôle dans notre offensive était de garder le virus en sécurité. De plus, te mettre en danger en essayant de démanteler une organisation que *j'ai permis* d'exister est, de facto, subversif à notre cause. La résistance offrait au peuple abattu la lueur d'espoir dont il avait besoin pour rester endormi en attendant d'être sauvé. Si personne ne se bat pour eux, ils commenceront à se défendre eux-mêmes.

Svana en avait fini de jouer et d'essayer d'arranger les choses. D'une voix dure, elle cracha :

— Ils ont déjà commencé à *se défendre eux-mêmes*. Ton Oméga a donné un coup de pied dans la fourmilière avec son tract. Le recrutement des rebelles a augmenté, ainsi que les attaques de guérillas. Des milliers de citoyens gardent son image dans leur poche.

— Je t'avertis, siffla Shepherd en arquant un sourcil. Les Thólossiens désespérés ne sont qu'une meute de chiens affamés. N'oublie pas que nous sommes en infériorité numérique et que nous ne pouvons pas partir tant que l'imagerie satellite ne montre pas que le passage Drake est dégagé. Étant donné la saison, notre exode pourrait être retardé de plusieurs mois. Ne sème pas la zizanie.

Svana leva les mains en l'air, moitié signe de défaite, moitié d'exaspération.

— Je ne suis pas venue ici pour argumenter avec toi. Je suis venue te prévenir, dit-elle en sortant une liasse de messages écrits de la poche de sa veste. Tu dois te protéger.

Shepherd attrapa les papiers qu'elle lui tendait et y trouva une photo de l'homme qu'il méprisait. Il hésita, ses yeux attirés par le cercle tracé en rouge autour de la main de Corday.

— L'exécuteur Corday porte une alliance en or à son petit doigt, dit Svana en perdant sa nonchalance, sa voix teintée de désespoir. Chaque fois qu'il entend le nom de Claire ou qu'il parle d'elle, il la triture et joue avec. Quand je lui ai posé la question, il m'a tout avoué. Ton Oméga t'a-t-elle dit qu'elle s'était promise à lui ? T'a-t-elle dit qu'il lui avait juré de t'ôter la vie ? Souviens-t'en, au lieu de te vautrer dans la béatitude de ton lien : elle a délégué la tâche de te tuer à un autre homme.

Voir ses yeux bleu de Chine le regarder avec pitié et déception le brûla. Shepherd déglutit, carra les épaules et fit comme s'il ne sentait pas la lame fendre son cœur en deux.

— Elle me l'a dit, mentit-il. Sa confession était… cathartique.

— Je vois…, murmura Svana en osant poser une main sur son torse pour caresser la peau nue de son cou. Je t'ai supplié de me pardonner, mon amour. Regarde les informations que je t'ai apportées et fais-en ce que tu voudras. Mais souviens-toi de ce que nous représentons l'un pour l'autre.

— Je ne l'ai jamais oublié, Svana, dit-il d'un ton triste, las.

— Je sais que tu vas me demander où je cache le virus et que tu t'attends à ce que je le garde pour moi – que je continue à le garder pour moi, comme si nous étions opposés et non des partenaires qui souhaitent bâtir un avenir grandiose, ensemble, dit-elle d'un ton déchiré, son regard embué, sincère. Afin de réaffirmer ce que nous sommes, je te l'ai apporté. Le virus est à toi.

Svana glissa la main sous ses couches de vêtements et en sortit un cylindre marqué du sigle « danger biologique ». Il était si petit et discret qu'il était difficile de croire que ce simple dispositif pouvait éradiquer toute l'espèce humaine. Dans la paume de Svana se trouvait un vrai cauchemar viral.

— Prends-le, mon amour, dit-elle en offrant librement sa seule monnaie d'échange. Je ne veux pas que tu aies de raison de douter de moi.

Le cylindre fut placé dans sa grande main. Shepherd soupira en refermant les doigts dessus.

— Quand tu agis de ton propre chef sans m'en parler d'abord, j'ai peur pour toi. Il n'a jamais été question de doute.

— J'aimerais tant pouvoir t'embrasser, murmura Svana en posant les yeux sur ses lèvres balafrées.

Le visage de Shepherd s'adoucit, et il sourit.

— Je t'embrasserai le jour où tu reprendras le trône et que tu libéreras les nôtres.

— Oui, ce sera adéquat.

Un doux sourire aux lèvres, Svana s'éloigna vers la porte.

— Au revoir, Shepherd.

Le virus était maintenant en son pouvoir, aussi il la laissa partir :

— Au revoir, Svana.

Trois minutes passèrent avant que Jules n'ose entrer.

— Elle est retournée en surface et se déplace vers l'est.

Lorsque la porte se fut refermée, Shepherd observa son bras-droit et sut que le Bêta avait bien compris ce qui venait de se passer. L'Alpha fit craquer son cou, se sentant misérable sous son air impassible.

— Fais analyser la capsule pour confirmer qu'elle contient bien le virus et qu'il n'a pas été trafiqué.

— Tu lui as menti, dit Jules, révélant la profondeur de ses sentiments d'un simple haussement du sourcil.

Oui, Shepherd lui avait menti, parce que Svana lui avait menti en premier.

— Ratisse cette pièce pour trouver tous les équipements de surveillance *que tu n'y as pas mis*. Je veux que les gardes restent en faction devant ma porte, même quand je n'y suis pas.

— Entendu, commandant.

Chapitre 4

Alors qu'elle était en train de plier le linge, Claire sentit le lien carillonner comme des clochettes. La sensation était bien plus calme que le brasier qu'elle avait ressenti durant la dernière heure. Shepherd avait été extrêmement fâché, et Claire soulagée par son absence et le fait que cette rage n'était pas dirigée contre elle.

Ensuite, elle s'était inquiétée que quelque chose n'aille pas. Ses appréhensions lui venaient des manipulations du lien. La pire de toutes était le doute. Claire ignorait ce qui suscitait chez lui ces émotions et était sûre qu'il ne répondrait pas à ses questions. Il ne lui parlait jamais du temps qu'il passait à tourmenter Thólos… comme si elle risquait d'oublier ce qu'il était.

— Tu pensais à moi, lança-t-il en glissant sa main chaude le long de son flanc.

Ne s'étant pas attendue à ce contact, Claire sursauta et poussa un cri perçant. Son cœur remonta dans sa gorge. Depuis qu'elle l'avait mordu, il avait pris l'habitude de la prendre par surprise, de rester tapi dans les ombres… de l'observer. C'était toujours déroutant. Elle se demandait s'il ne l'avait pas toujours fait à son insu.

Maintenant que le lien était *ouvert*, il ne pouvait plus se cacher.

— Si ton objectif est de me faire mourir de peur, tu es sur la bonne voie ! aboya Claire en regardant par-dessus son épaule. Je devrais m'approcher furtivement et voir si ça te plaît…

— Tu ne parviendrais jamais à me prendre par surprise, grommela la bête en posant des lèvres apaisantes sur le sommet de son crâne.

Une main sur son ventre légèrement arrondi, Shepherd l'enveloppa dans ses bras et ouvrit la paume de son autre main pour révéler un cadeau.

Elle l'attrapa sans attendre et fourra le chocolat dans sa bouche.

— Je ne suis peut-être pas aussi furtive que toi, mais je suis bien plus rapide, argumenta-t-elle.

— Oui, se renfrogna Shepherd à ce rappel. Tu es rapide. Un excellent trait chez une Oméga. Mais l'exultation est un trait beaucoup moins désirable. Mange ton chocolat.

Il lui décocha un sourire, une nouvelle habitude chez lui, comme s'il essayait de l'encourager à l'imiter. Claire fourra une deuxième truffe entre ses lèvres, sa faim étanchée.

— Alors, tu vas me gaver de sucreries jusqu'à ce que je devienne grosse et lente ? le taquina-t-elle.

Shepherd ronronna et appâta l'Oméga en frottant son bassin contre ses fesses.

— Ma partenaire est une gloutonne, mais je l'entraîne régulièrement.

— Le sexe n'est pas une forme d'exercice, contra Claire, la bouche pleine.

Shepherd se blottit contre elle, ravi qu'elle participe à leur chassé-croisé espiègle et avide de la récompenser. Du moins, jusqu'à que Claire recule, son odeur soudain imprégnée d'anxiété.

Il vit sa partenaire s'agiter et balayer du regard les quatre coins de la pièce, hésiter entre la colère et l'inquiétude.

Il lui suffisait généralement de la distraire pour l'apaiser, et il n'éprouvait aucun scrupule à la manipuler si le résultat était de la calmer.

— Qu'as-tu peint aujourd'hui ? demanda-t-il, la tête inclinée, en maintenant la distance qu'elle avait créée entre eux.

Claire fit un signe de main vers la table pour qu'il regarde par lui-même et se mit à renifler l'air.

Sans quitter la femme des yeux, Shepherd s'approcha de son travail. Il n'accorda qu'un bref regard à ce qu'elle avait illustré. Il put voir sa perspective de l'après-midi où il avait posé les yeux sur elle pour la première fois. Elle l'avait peint, gigantesque, elle-même minuscule, vêtue de guenilles, tenant un flacon de comprimés à la main. Jules montait la garde, le dédain parfaitement capturé dans ses yeux froids. Chaque détail était exquis. Shepherd aurait aimé le lui dire mais, en son for intérieur, il savait que son intention n'était pas qu'il apprécie ce moment.

Le plaisir de l'Alpha ne ferait qu'inspirer de la douleur à l'Oméga. Par ses peintures, Claire voulait qu'il voie d'autres perspectives et le pousser au changement. Il était déjà changé – de manière substantielle.

Il attendit que Claire fasse son discours, qu'elle l'éclaire sur sa vision, sur la leçon qu'elle avait mitonnée pendant les heures de son absence. Mais elle l'ignora et tritura nerveusement le linge de lit.

Shepherd se racla la gorge. Elle ne leva pas les yeux. Pour attirer son attention, il choisit un commentaire neutre sur leur premier souvenir commun.

— Tu as baissé ton cache-nez pour avaler une de ces pilules. Tu as expiré. C'est à ce moment-là que j'ai senti ton odeur pour la première fois.

Claire se figea.

— Combien d'heures suis-je restée sur place ? demanda-t-elle sans quitter le nid du regard.

— Six, répondit Shepherd en lâchant la peinture et en posant une fesse sur la table. Tu es restée dans la Citadelle pendant environ six heures.

— Ça m'a semblé tellement plus long, murmura-t-elle, les sourcils froncés. Je me sentais si malade, mais je ne pouvais pas repartir… parce que tu refusais de me voir.

— Des femmes viennent tous les jours à la Citadelle pour s'offrir à moi et à mes hommes. Elles sont toutes ignorées.

Cette pensée lui donna la chair de poule.

— Je ne sais pas que penser de cette déclaration…, grommela Claire en se mordillant la lèvre. Tu pourrais te tromper. Elles viennent peut-être uniquement pour te parler.

Shepherd traversa lentement la pièce pour pouvoir tracer des doigts sa marque de revendication.

— Non. Tu es différente, ma petite.

Elle n'avait pas eu l'intention de se tasser. Elle savait qu'il n'avait pas eu l'intention de l'insulter, mais c'était ce qu'elle ressentait. Ce n'était pas une sensation agréable. À la vérité, Claire comprenait la motivation de ces femmes. Après tout, n'avait-elle pas fait exactement la même chose en offrant son corps à Shepherd ?

— Peut-être au début… Mais ça n'a pas duré longtemps…

Il absorba sa réaction, sa honte à peine voilée, son idée fausse de l'injustice.

— Tu es ma partenaire, Claire, ronronna-t-il avec force en plantant ses doigts dans ses cheveux. Tu n'es pas une putain. Tu portes mon enfant… Il n'y a aucune corrélation entre l'offrande de ces femmes et ce que nous partageons.

Claire regarda la table en envisageant de se réfugier de l'autre côté.

— Je peux comprendre leurs raisons de s'offrir à toi. Je n'apprécie pas que tu les traites de putains. Elles cherchent uniquement à survivre.

Shepherd aurait pu essayer de l'attraper, d'immobiliser sa partenaire sur le lit pour exprimer son mécontentement face à ses hésitations et à sa distance, mais il la laissa faire. Il n'y avait pas que son odeur anormale. Elle agissait de manière très étrange.

Quand elle s'éloigna, il la laissa faire aussi.

Lorsqu'elle arriva devant la table, comme sorti de nulle part, son poing s'abattit sur la surface en bois, et elle cracha :

— Pourquoi n'as-tu pas apporté à manger ?

Parce qu'il avait passé l'heure précédente en conférence avec Jules, furieux d'apprendre que Svana avait récupéré tous les vêtements qu'elle avait portés sous terre et les avait planqués dans une maison abandonnée.

— Ton repas est en train d'être préparé en ce moment-même.

— Ah…

Consciente de sa grossièreté, Claire rougit et parut mal à l'aise. Sa rougeur s'intensifia un instant plus tard, et son embarras fut remplacé par une agitation croissante.

Elle retourna vers le lit, dépassa Shepherd et recommença à renifler l'air. Elle se tourna vers lui et plissa les yeux avant de siffler :

— Quelque chose n'est pas normal dans cette pièce. As-tu changé quelque chose pendant que je dormais ? Déplacé quelque chose ? l'interrogea la femme en respirant avec difficulté tout en surveillant chaque recoin de la chambre. Je veux que tu répares ce que tu as fait.

Shepherd plissa les yeux, pas du tout amusé par ce comportement étrange.

— Je n'ai rien changé.

— Non. Non, réfuta-t-elle en le regardant et en osant le pointer du doigt, avant de l'accuser. Quelque chose a changé ; quelque chose ici n'est pas normal.

— Il n'y a eu aucune modification, ma petite.

Claire gronda et serra les poings. Juste avant de s'abandonner à sa crise, elle sembla se ressaisir. Désarçonnée, elle grommela, un ton plus bas :

— Bien sûr que non… Rien ne paraît changé.

— Y a-t-il quelque chose que tu désires pour cette pièce ? demanda Shepherd, la tête inclinée, en écoutant sa respiration. Quelque chose qui manque à notre nid ?

— Non, répondit-elle en se tirant les cheveux, mal à l'aise, puis en regardant nerveusement autour d'elle. Oui.

— Tu agis comme si ton nid était menacé.

Comme si cela expliquait tout, l'homme croisa les bras sur son torse et attendit qu'elle confirme qu'il avait raison.

Le poids du regard qu'elle posa sur lui était colossal.

— Il l'est, espèce d'abruti ! s'écria Claire, dans tous ses états. La pièce n'est pas normale. CORRIGE-LA !

— De quelle manière ?

L'homme était-il idiot ?

— JE N'EN SAIS RIEN ! hurla-t-elle en levant les bras en l'air. Si je savais ce que tu avais fait à cette pièce, je l'aurais corrigé moi-même.

— Tu veux que je sorte ? Que j'aille chercher ton repas maintenant ?

Son comportement n'était pas normal, et il avait besoin qu'elle retrouve son état normal.

— Oui, répondit-elle avant de faire un tour sur elle-même et de changer d'avis. Non. Tu dois rester. Tout ceci est ta faute. Tu ne peux pas repartir avant d'avoir corrigé ce que tu as fait.

Shepherd se redressa de toute sa taille et, impérieusement, lança :

— Sur l'étagère, dans le coin supérieur droit, se trouve un livre avec une couverture blanche. Amène-le-moi.

Claire souffla et traîna ses pieds nus sur le sol pour faire ce qu'il lui avait demandé. Elle attrapa le seul livre blanc de la bibliothèque et le lança en direction de l'homme. Il rebondit sur son torse et atterrit sur le béton avec un bruit sourd.

L'Alpha gronda – pas le grondement guttural du rut, mais un avertissement, une menace qui aurait fait pâlir plus d'un homme adulte. Claire l'ignora et recommença à se tortiller les mains et à arpenter la pièce.

Il se jeta sur elle si vite que, quand un bras épais enveloppa sa taille et la souleva, elle poussa un cri de surprise en se débattant. Lorsqu'il se fut assis à son bureau, Shepherd la fit asseoir sur ses genoux et l'immobilisa avant d'ouvrir le livre. Le géant tourna les pages, s'arrêta lorsqu'il eut atteint un marque-page et leva le livre à hauteur des yeux de la femelle.

— Voici à quoi ressemble notre bébé dans son état de développement actuel.

Claire se raidit en regardant le papier glacé.

— Et ceci, continua-t-il en tapotant un paragraphe souligné, explique qu'à ce stade de la grossesse, les fluctuations hormonales peuvent parfois entraîner un comportement irrationnel.

Le bras se resserra autour de sa taille, puis le mâle irrité gronda :

— J'aimerais te signaler, ma petite, que je suis extrêmement indulgent avec toi en ce moment.

Elle sentit son nez contre l'arrière de son crâne, entendit son inspiration profonde et lut la liste de conseils offerte au futur papa. Il avait raison, elle se comportait comme une folle.

— Je pense que tu as suivi à la lettre « comment gérer les sautes d'humeur de grossesse », approuva-t-elle en hochant la tête. « Ne pas argumenter, offrir à manger… »

— Je suis d'accord, convint Shepherd, une lueur d'approbation dans les yeux.

— Vu ton tempérament, j'imagine que je devrais être impressionnée, ajouta-t-elle, penaude.

Lorsque sa crise sembla passée, Shepherd essaya d'en déterminer la cause.

— Explique-moi ce qui a entraîné ta détresse.

— Je n'en ai aucune idée.

L'Alpha eut le culot de glousser, et les pattes d'oie se creusèrent autour de ses yeux.

— Tu es un enfoiré, grommela Claire, irritée.

— Surveille ton langage, l'avertit-il en lui donnant une petite fessée.

— Mais il y a bien quelque chose qui ne va pas dans cette pièce, protesta-t-elle pour se justifier. Je peux le sentir. Et j'ai *besoin* de plus de chocolat, je déteste ces murs gris, j'ai cette envie bizarre de manger du charbon et tu empestes l'odeur de Svana.

Sa bouche se referma, et ses yeux verts se mirent à brûler lorsqu'elle reconnut la vérité dans ses mots. Il puait Svana ! Elle gronda comme si elle s'apprêtait à lui lacérer la gorge, et la furie brouilla ses pensées.

— Voilà ce qui n'a rien à faire dans cette pièce !

Claire jeta le livre contre le mur et inspira profondément, son nez contre son torse.

Sagement, Shepherd resta immobile et la laissa ramper sur lui pour qu'elle puisse sentir l'endroit où s'attardait son odeur. Il avait provoqué cette discorde en n'ayant pas considéré une telle conséquence, mais il n'autoriserait pas Claire à imaginer le pire. Elle le sentit partout, enfonça ses petites mains dans ses vêtements et renifla chaque effluve qui s'attardait sur lui. L'odeur était si subtile qu'elle était surprise de l'avoir remarquée. L'homme ne sentait ni le sexe, ni ses sécrétions, ni une douche récente. En réalité, c'était principalement sa propre odeur qu'elle pouvait sentir l'embaumer.

Prudemment, Shepherd lui suggéra un remède au problème :

— Veux-tu que nous nous lavions ?

Nous ?

— J'aimerais te signaler que je suis *très indulgente* avec toi en ce moment.

Shepherd inspira comme s'il voulait parler, mais Claire leva un doigt et le coupa :

— Tu pues l'Alpha que tu as baisée dans mon nid une minute après l'avoir trouvée en train d'essayer de me tuer, ainsi que notre bébé ! Parle, et il se pourrait que je te tue.

L'Alpha resta coi – mais ce n'étaient ni son ton ni sa menace qui l'avaient fait taire, c'était l'odeur de l'excitation de sa partenaire, qui gouttait déjà, ses sécrétions chaudes et épaisses, sur le tissu de son pantalon. Il observa la petite main remonter sous sa jupe, la vit se poser sous son sexe. Lorsque ses doigts furent couverts de cyprine, elle le regarda dans les yeux et l'étala sur son cou, directement à l'endroit d'où émanait l'odeur de sa *bien-aimée*.

Recueillant davantage de cyprine, Claire imprégna l'ouverture de sa chemise jusqu'à ce qu'elle ne sente plus qu'elle-même.

Cela ne lui suffit pas.

Aveuglée par sa rage noire, elle griffa le tissu et déchira la chemise de Shepherd en lambeaux.

Elle rapprocha son nez de sa gorge exposée et poussa le grognement le plus menaçant jamais poussé par une Oméga.

S'il essaya de la calmer, de la réprimander, de la toucher ou s'il était sous le choc, Claire ne s'en rendit pas compte. Chaque fibre de son être exigeait qu'elle revendique son droit, qu'elle imprime ses marques partout sur son corps, qu'elle y laisse un signe que d'autres femelles pourraient voir.

Elle le laissa ensanglanté.

Pantelante, elle se redressa jusqu'à se retrouver à hauteur de l'homme.

— Maintenant, tu vas me baiser sauvagement dans toutes les positions qui me plairont. Et, quand ce sera fini, tu iras me chercher à manger, parce que je crève de faim !

Il se jeta sur elle avec une telle ardeur qu'elle en eut le souffle coupé. Shepherd fit exactement ce que sa partenaire demandait, la pilonna avec un acharnement qui la fit hurler parmi leurs vêtements déchirés. De l'expérience de Shepherd, il n'avait jamais connu un tel accouplement. La convoitise de la femelle transcendait même la passion et la fougue de ses chaleurs. Sa possessivité furieuse se mêlait si superbement avec son besoin sensuel de revendiquer le mâle qui lui appartenait – mais c'était encore bien plus que ça. Ce qui avait commencé comme des ébats violents évolua jusqu'à ce qu'ils soient plus que physiquement unis. Il avait obtenu ce qu'il voulait : son désir pour lui émanait, honnête et pur, de leur lien. Shepherd s'en délecta avec voracité.

Elle avait envie de *lui*.

***

Ils n'en avaient jamais discuté ouvertement, ni même échangé de murmures furtifs après les rendez-vous bidons qu'ils organisaient semaine après semaine pour tromper l'équipe de surveillance de Shepherd. La brigadière Dane et l'exécuteur Corday avaient joué leur rôle, tenu des réunions où rien de valeur n'était accompli et s'étaient ouvertement disputés dans leur ancien QG. Tout n'était que spectacle, parodie, mais la souffrance continue des leurs était bien réelle.

L'ancienne résistance était en train de mourir. Leurs amis étaient en train de mourir ; pas uniquement de corps, mais à force de voir leurs espoirs brisés. Aux yeux du Dôme, la brigadière Dane et l'exécuteur Corday étaient deux échecs retentissants.

Ce titre ne les dérangeait ni l'un ni l'autre. Ils se raccrochaient tous deux au plus important : la survie.

Pas leur survie ; ils pouvaient tous deux lire ce qu'il était écrit. Il fallait que leur peuple s'en sorte. Ils devaient donner leur chance à Leslie Kantor et à son groupe grandissant de rebelles.

Du moins, c'était ce qu'ils se disaient.

Des citoyens étaient morts, d'autres avaient disparu.

Depuis le jour où dame Kantor lui avait révélé comment elle comptait reprendre le Dôme, Corday se contentait de hocher silencieusement la tête. L'horrible vérité le pesait comme un boulet sur la poitrine, mais il ne voyait aucune autre alternative.

La brigadière Dane devait être mise au courant et savoir ce que leurs actions entraîneraient, ce à quoi ils participaient.

Raison pour laquelle ils se retrouvaient pour la première fois en secret dans l'ancien abri sûr, où le cadavre décapité du sénateur Kantor était toujours enveloppé de plastique, sur la table.

Les chaussées étaient désertes, la ville vide et froide, et ils se trouvaient tous deux debout dans une pièce qui empestait la chair en décomposition.

Personne ne viendrait les épier ici. Dame Kantor et ses rebelles, Shepherd et ses disciples… nul ne saurait qu'ils s'étaient retrouvés là et pour quelle raison.

Personne n'était venu voir la dépouille. Ce n'était pas qu'une question d'odeur. Après tout, l'odeur de cadavres abandonnés prenait à la gorge dans l'entièreté du Dôme. Les gens ne venaient tout simplement pas ici, parce que seuls trois d'entre eux savaient à qui ce corps en décomposition appartenait.

Corday et Dane se tenaient chacun d'un côté de la table, se surveillant avec dans le regard un mélange d'animosité et de désespoir.

Dame Kantor et ses abus de pouvoir, ce que cela coûtait aux membres de la résistance qui avaient servi avec valeur, tout était devenu incontrôlable. Trop des leurs mouraient, des « sacrifices nécessaires » à ses yeux, afin que sa bande de révolutionnaires triés sur le volet puisse fabriquer des bombes à partir de détritus. Des bombes que ces *élus* comptaient sangler à leurs corps le jour où ils libéreraient la ville.

Comme d'habitude, la brigadière Dane adopta un ton dédaigneux quand elle s'adressa au jeune homme :

— Tu n'as jamais fait un bon exécuteur, et c'est parce que tu ne sais pas obéir sans tout remettre en question. Le Dôme n'a jamais encouragé l'insubordination et tout ce qui n'était pas une obéissance aveugle. Les ambitieux sages font ce qu'on leur demande jusqu'à ce qu'ils atteignent la position où ils peuvent enfin donner les ordres. Alors il n'est plus question de remettre en cause, car tout le monde doit obéir. Il semble que tu aies enfin retenu la leçon.

Et, à son sens, l'obéissance aveugle était précisément la raison pour laquelle il avait été si facile pour Shepherd de s'emparer de la ville, si facile pour dame Kantor de s'emparer du contrôle de la résistance avec pour seul atout le nom de Kantor.

— Je peux savoir quelle partie de votre âme vous avez sacrifiée pour atteindre le rang de brigadière ?

Dane fit quelque chose d'inimaginable : elle leva un sourcil et lui décocha un sourire. C'était une expression si inhabituelle sur le visage dur de la femme qu'elle lui parut vulgaire.

— J'ai vu assez des rouages de cette ville. J'ai fait ce que j'ai pu en sachant que je pourrais accomplir bien plus si je montais en grade. Des sacrifices ? On y devient insensible. On se raccroche à un idéal et on fait tout son possible pour ne pas l'oublier.

Le mal-être qui mijotait dans les entrailles de Corday depuis des semaines se mit à bouillonner.

— Si vous essayez de justifier les choses que nous avons découvertes sur le cube de données de Callas—

— Moi ? le coupa la brigadière, son sourire se muant en rictus, avant que Corday ait le temps de se plaindre. Mon garçon, ce que tu as fait, ton imprudence… es-tu à même d'en comprendre les conséquences ?

Tous deux avaient une bonne raison de s'être retrouvés à cet endroit, où ils pouvaient comploter dans le noir, car il n'existait plus d'endroit sûr où douter des fanatiques qui s'étaient ralliés à la cause de dame Kantor. Corday ne craignait ni la désapprobation de la brigadière ni de reconnaître qu'il avait fait une grave erreur en se fiant à la nièce du sénateur.

— Leslie Kantor…

— Les hommes… vous êtes si faciles à manipuler. Vous croyez tout savoir, vous vous pensez géniaux sans jamais vous remettre en question. Elle t'a cataloguée comme tel à la première bouffée. En tant que brigadière, j'ai vu des cruautés voilées, l'essor et la chute de ceux qui voulaient atteindre le rang de sénateur. Elle est comme tous les autres, une politicienne jusqu'au bout des ongles, qui s'est cachée dans un bunker pendant les premiers mois de l'occupation à ne penser qu'à elle-même. Quand elle n'a eu d'autre choix que sortir ou mourir de faim, elle a couru tout droit dans les jupes de son oncle puissant, a vu une opportunité à saisir et nous utilise tous aux fins d'accomplir l'objectif le plus élevé qu'une personne comme elle puisse atteindre. Le nombre de gens qui mourront quand ces bombes exploseront, le risque que nous anéantissions le Dôme... Elle est prête à tous ces sacrifices et plus pour devenir la nouvelle Première ministre.

— L'ennemi est Shepherd.

La femme poussa un soupir extrêmement agité.

— Comme tu es aveugle ! L'ennemi n'a jamais été Shepherd. L'ennemi, c'est nous. Nous nous entretuons !

— Ce que vous dites constitue une trahison.

La brigadière Dane s'en moquait éperdument.

— Il n'y a plus de gouvernement pour me juger. Il ne reste que Leslie Kantor, son ambition, et ceux si prêts à tout pour un répit qu'ils gobent tout ce qu'elle dit comme si c'était la parole de la Déesse elle-même.

— Si je fais obstacle à cette mission, je n'aurai aucune chance de sauver Claire, dit Corday d'une voix atone.

— Si tu penses vraiment que Leslie Kantor se soucie de ta Claire, alors tu es encore plus sot que je le pensais.

Dane passa une main dans ses cheveux courts et secoua la tête, abasourdie par la bêtise de l'homme.

— As-tu remarqué la fréquence à laquelle elle mentionne ta Claire ? Pourquoi, à ton avis ? Parle-t-elle souvent d'elle devant ses *rebelles* ? Ne la détestent-ils pas ?

Corday secoua la tête, ignorant comment répondre.

— L'Oméga est une cause perdue, et tout le monde le sait. Claire n'existe plus que dans les ficelles que Leslie tire pour te faire danser comme sa marionnette.

L'envie de frapper son ancienne supérieure fut si forte que Corday se força à prendre du recul.

— Je ne fais pas plus confiance que vous aux motivations de Leslie Kantor, mais elle a mis le feu aux poudres que le sénateur Kantor refusait d'allumer. Elle pourrait être notre seule chance.

— Oui, convint Dane. Elle a mis les choses en branle et il n'est plus possible de l'arrêter. Mais deux personnes pourraient remettre ses motivations en cause et modifier l'avenir, si elles étaient toutes deux prêtes à en payer le prix.

— J'ai promis à Claire, siffla Corday, dégoûté. J'ai les plans de la Citadelle. Leslie me les a donnés.

— Leslie Kantor ne t'a pas donné le cube de données du Premier ministre pour que tu sauves Claire. Elle te l'a donné pour que tu te mettes à haïr l'homme dont le cadavre gît entre nous… Elle te l'a donné pour que tu te mettes à l'aimer à sa place.

Leslie l'avait prévenu de ne pas consulter en détail les fichiers, et c'était évidemment la première chose que Corday avait faite. Tous les sénateurs avaient des secrets, certains plus monstrueux que d'autres.

Le stratagème de Leslie avait fonctionné. Quand Corday avait lu le fichier et vu l'horrible vidéo, il avait commencé à mépriser le vieil homme.

— Ce qu'il a fait à Rebecca… Sa femme décédée est la raison pour laquelle le sénateur refusait que nous pénétrions dans le secteur du Premier ministre. Nous aurions découvert son crime, exposé à la vue de tous.

— Mon garçon, le Premier ministre Callas avait des informations compromettantes sur tout le monde, et tout le monde a quelque chose à cacher. Mais, à la mort de Rebecca, j'ai vu moi-même le changement qui s'est opéré chez Kantor.

La femme baissa ses yeux durs sur le corps enveloppé et fronça les sourcils.

— Pour la première fois de sa vie, quand il parlait d'aider le *peuple* sous le Dôme, lorsqu'il disait que nous devions nous améliorer, il était sincère.

— Je ne peux pas lui pardonner ce qu'il a fait à cette pauvre femme, à son mari et à leurs enfants.

La vidéo du meurtre de ces garçons me brûle les rétines chaque fois que je ferme les yeux.

— Leslie a été perspicace dans sa dissection de tes… principes, sourit Dane.

Grinçant des dents, pris dans le contre-courant de toutes ces horreurs, Corday siffla :

— Comment pouvons-nous arrêter Shepherd autrement ?

— On ne l'arrête pas.

— Quoi ?

Sa patience pour la femme qui se tenait face à lui était à bout.

— Tu nous as laissés sans autre solution. L'attaque de dame Kantor sur la Citadelle aura lieu. Tu seras à ses côtés pour la voir brûler.

— Vous voulez que je la tue…, musa Corday en comprenant l'allusion.

— Après la détonation des bombes, au moment où les citoyens se rallieront, opina Dane.

— Mais je serai occupé à chercher Claire !

— Non, c'est hors de question. Le seul membre de *notre* résistance qui peut véritablement chercher l'Oméga, c'est moi. Si c'est le prix à payer, alors je te donne ma parole que je la trouverai ou que je mourrai brûlée vive en essayant. Il faut que tu acceptes le fait que Leslie ne te sacrifiera pas, la figure de proue de l'ancienne résistance, alors qu'elle pourrait t'avoir à ses côtés pour inspirer nos troupes à la suivre dans sa guerre. Tu as de la valeur et, contrairement à moi, elle te fait confiance. Tu seras en bonne posture. Une balle dans le crâne ne prendra que quelques secondes, puis tu pourras tuer Shepherd, ou gâcher ta vie à chercher Claire pendant que la Citadelle s'écroulera autour de toi.

Hors de question.

— Je serais tué dès que j'aurais appuyé sur la détente. Vous me demandez de risquer ma vie et d'abandonner mon amie. Pourquoi ?

— Ne me dis pas que tu ne le vois pas. Je sais que tu n'es pas aussi bête. Il y a quelque chose de louche chez cette femme. Elle n'aurait pas pu faire ça à son oncle, autrement.

— Non…, fit Corday, n'ayant jamais imaginé que Leslie aurait pu faire une telle chose. Impossible…

Les bras croisés sur sa poitrine, la brigadière demanda :

— Depuis quand Shepherd ne crie-t-il pas ses exploits sur tous les toits ? Quand il a infecté nos frères et nos sœurs dans le secteur judiciaire, il a diffusé le carnage sur chaque écran COM sous le Dôme. Quand il a pendu les sénateurs, il l'a fait sous les cris de la foule. Pourquoi avoir gardé le secret sur la chute du sénateur Kantor ? Pourquoi avoir enlevé sa tête de sa pique ?

C'était bien trop commode pour être envisageable.

— Une femme n'aurait jamais pu accomplir tout ce qui a été fait ce soir-là. Le démembrement, les Omégas disparues… Ce n'est pas possible !

— Et ça ne te fiche pas encore plus la trouille ? rétorqua Dane en hochant la tête.

Chapitre 5

Dissimulez vos dispositions, et votre condition restera secrète, ce qui mène à la victoire ; montrez vos dispositions, et votre condition deviendra flagrante, ce qui entraîne la défaite. –Sun Tzu

Eh bien, elle avait échoué sur ce point. Lamentablement...

Claire ne savait toujours pas ce qui lui avait pris, mais Shepherd prenait grand plaisir à exposer le résultat de sa crise de folie. Son torse et son dos étaient couverts de griffures, le motif artistique la preuve que ce n'étaient pas des blessures gagnées au combat, mais un genre de parure. Les marques étaient également fascinantes, et elle avait du mal à détourner le regard chaque fois qu'il entrait dans la chambre et retirait sa chemise pour qu'elle l'arrange dans son nid.

Il le faisait exprès.

Shepherd voulait qu'elle les voie et les exhibait fièrement. Par l'enfer, elle n'aurait pas été surprise qu'il se soit arrangé pour les montrer à toute son armée. Une situation qui était infiniment humiliante à ses yeux n'était autre qu'exquise aux yeux de son partenaire.

Claire ignorait si c'était en réaction à sa grossesse ou au marquage. Tout ce qu'elle savait, c'était qu'elle n'avait pas été dans son état normal. Peut-être le bouquin avait-il raison. Elle s'était montrée complètement irrationnelle et ne pouvait réfréner le fard qui s'emparait d'elle chaque fois qu'il lui adressait ce regard.

Le même que celui qu'il lui avait réservé après qu'elle avait peint son portrait.

Claire croisa son regard, puis détourna les yeux en sentant le rouge lui monter aux joues. Dans sa tête, elle s'entendait encore exiger qu'il la baise et expliquer en détails cochons l'exacte position et la cadence qu'elle désirait…

Shepherd l'avait traitée de faussement pudique par le passé et, par les Dieux, c'était exactement ce qu'elle ressentait à présent.

Il ne l'avait pas réprimandée pour le comportement réservé qu'elle avait affiché par la suite, ou pour le fait qu'elle essayait de garder ses distances et ses yeux pour elle depuis. Le mâle se montrait simplement patient, restait assis avec elle quand elle mangeait, et lui avait offert un chocolat chaque fois qu'il était revenu la voir, puisqu'elle avait exprimé si hargneusement son *besoin*.

Lorsqu'il finissait par l'attraper, une chose aussi inévitable que respirer, il ronronnait et la caressait pendant une éternité, jusqu'à ce qu'elle se calme et fonde, qu'elle sourie doucement en se cambrant et en fredonnant. Elle sentait alors ses propres doigts tracer distraitement les marques qu'elle avait gravées sur son corps, qu'elle avait mémorisées, et se délectait de sentir les cicatrices légèrement bombées.

Il venait de la baiser dans la même position que ce jour-là, mais s'était déhanché bien plus langoureusement pour qu'elle puisse tout sentir. Ses jambes étaient repliées entre leurs épaules, et elle était pliée en deux pour qu'il puisse plonger en elle aussi profondément que possible. Lorsque l'accouplement fut terminé et qu'elle se fut calmée, étendue sur son torse, ses yeux verts suivirent le tracé de sa main et elle demanda :

— Depuis combien de temps suis-je de retour ?

— Tu es de retour chez nous depuis huit semaines, répondit l'Alpha, tandis qu'un grondement bas secouait sa cage thoracique.

Chez nous ?

— Ce n'est pas chez moi, Shepherd, dit-elle doucement, sans rancœur, ses doigts figés alors qu'elle sortait un peu de sa stupeur. C'est un bunker souterrain dans une ville où le vice est légion.

Une grande paume se posa sur sa joue, afin de détourner son attention de sa chair, vers son regard affamé et souriant.

— C'est correct, ma petite. Thólos est viciée.

— Nous savons tous les deux que ce n'est pas aussi simple, dit-elle d'une voix plate en sentant la chaleur du lien s'évaporer.

Il lui répondit en caressant doucement sa colonne vertébrale nue :

— Ce n'est pas la réponse que tu m'aurais donnée il y a six mois.

— Il y a six mois, de nombreuses amies à moi étaient toujours en vie et la ville n'était pas complètement en ruines. Il y a six mois, je ne t'avais pas encore rencontré.

Sa sérénité s'était dissipée, et la tristesse prit sa place.

— Et tu mourais de faim… traquée et tourmentée par tes concitoyens.

— Et heureusement ignorante de combien le monde pouvait être affreux, soupira Claire en sentant son pouce caresser doucement sa joue.

— Regarde-moi, ma petite, ordonna Shepherd d'une voix douce.

Lorsque son regard croisa celui du géant, elle vit que son expression était celle du défi.

— Tout ce qui a été fait ici ne fera qu'inspirer un monde meilleur, promit-il.

Ses cheveux étalés sur le torse du mâle, Claire approcha son oreille du cœur de Shepherd.

— La simple idée que ce que toi et les citoyens de Thólos avez fait pourrait améliorer le monde en fait un monde dans lequel je ne veux pas vivre, soupira-t-elle en traçant les muscles qui surmontaient ses côtes.

Shepherd la fit taire et joua avec ses cheveux, conscient qu'elle était sincère. Un instant plus tard, il déplaça son corps massif pour pouvoir se pencher sur l'Oméga boudeuse. Il posa ses lèvres balafrées à l'endroit où son fils grandissait et inspira. Une grande main commença à caresser et à chercher les signes d'une nouvelle vie sous l'arrondi subtil de son ventre.

— Ta mère dit des bêtises, déclama Shepherd dans la voix qu'on utilise pour s'adresser aux enfants.

Le regard qu'il leva vers elle tandis qu'il traçait des motifs sur son ventre aurait pu dessécher un homme mûr. Ses yeux lançaient presque des éclairs.

— Elle croit que je ne sais pas ce que recèlent ses pensées, que je n'ai pas remarqué qu'elle évitait de penser et de parler de toi, mon fils.

Sa paume de main se referma sur son ventre, comme pour rassurer la vie qui y grandissait.

— Mais je sais qu'elle ne mettra pas son plan à exécution. Claire O'Donnell ne pourrait jamais se suicider, parce qu'elle ne ferait jamais de mal à son enfant. Elle ne t'abandonnerait pas comme sa mère l'a abandonnée, elle.

Le visage blême, Claire sentit son cœur chuter dans ses talons et poussa un cri étouffé. Il l'avait vaincue et dévoilé son mensonge.

Shepherd se redressa et la domina de toute sa taille, puis soutint son regard coupable et lança sèchement :

— Parce que tu l'aimes.

Elle ignorait s'il faisait cela par compassion ou parce qu'il essayait de lui soutirer une quelconque confession, mais il se rallongea et la prit dans ses bras pour la faire reposer sur son torse, sa position préférée.

— Tu ne ferais jamais de mal à ton fils.

Sa tactique était perfide, mais la perfidie était la spécialité de Shepherd. Le mâle soulevait un point auquel elle s'était efforcée de ne pas penser : Thólos ou son bébé. C'était un vrai dilemme pour Claire, qui la poussait à nier l'existence du problème. Prendre sa survie au jour le jour, prétendre qu'il n'y avait pas d'enfant, était tout ce qu'elle pouvait faire pour ne pas devenir folle.

Thólos devait être libérée.

Et ensuite ?

Si le règne de Shepherd prenait fin, elle se retrouverait sans l'Alpha qui avait engendré la vie qui grandissait en elle. Si la résistance de Corday échouait, elle passerait le restant de ses jours sous terre, à vivre une vie indigne de son fils pendant que Thólos continuait à souffrir.

Quoi qu'il arrive, elle ne le supporterait pas.

Un recoin de son esprit s'exprima par-dessus son brouhaha mental, lui murmurant sans cesse que son bébé ne pouvait pas rester ici – que Thólos n'était pas assez bien pour lui. La voix grattait et grattait, l'infestait et lui rappelait qu'elle avait une responsabilité envers son fils à naître, qu'il était plus important que toute autre vie sous le Dôme.

Chaque jour, il lui était plus difficile de faire taire cette voix.

À la guerre, il faut éviter ce qui est fort et frapper ce qui est faible. – Sun Tzu

C'était précisément ce que Shepherd faisait : frapper son point faible tout en la réconfortant.

Parler du bébé était extrêmement douloureux.

Comme si Shepherd le savait, ses bras chauds et rassurants la serrèrent. Il la tint avec amour et lui murmura de ne pas s'inquiéter, qu'elle devait juste rester patiente.

Ce dont elle avait besoin dépassait tellement la patience. Elle avait besoin de contre-attaquer.

— Tu es l'Alpha le plus fort que j'aie jamais vu, lança Claire, s'efforçant de marquer un point. Tu as un potentiel illimité. Mais, tout comme cet enfant à naître, tu es enfermé dans le noir. Les agissements d'hommes malfaisants t'ont façonné et distrait. Même après avoir accompli ta mission, même après t'être élevé de la Crypte, tu n'as jamais eu une chance de faire partie de ce monde, Shepherd. Comme moi, tu n'as jamais été libre.

Elle posa les yeux sur l'endroit où sa main s'était figée, sur la vie qu'ils avaient créée.

— Alors qu'est-ce qui lui arrivera ? Vivra-t-il une parodie de ta vie ? Emploiera-t-il la douleur et le meurtre contre ceux qu'il aura appris à haïr ?

Shepherd fit remonter sa main en une douce caresse jusqu'à son cou. Il serra sa nuque comme si elle était un chaton et la tint immobile.

— Tu ne sais pas de quoi tu parles, et ce n'est pas ta faute. Alors crois-moi quand je te dis que notre fils sera élevé dans la grandeur… soigné et éduqué. Et aimé. Mais, surtout, comment as-tu pu imaginer que j'infligerais sur mon enfant ce qui m'a été fait ? gronda-t-il d'une voix basse, à glacer le sang.

Impassible, Claire étala ses mains sur son torse. Elle avait une arme : la vérité.

— Svana était avec toi, il y a quelques jours. Qu'avez-vous planifié pour ce bébé, tous les deux ? Tes subterfuges et tes idéaux feront-ils de lui le prochain Premier ministre Callas ?

Ce fut comme voir un orage naître dans ses yeux. L'argenté s'assombrit, la rage commença à s'accroître et l'expression de l'homme se teinta de violence. Elle avait voulu une réaction, mission accomplie… Encore plus qu'elle ne l'avait prévu. Enfin, elle l'avait frappé là où il était faible. Et ce n'étaient pas ses accusations qui l'avaient ébranlé, mais bien le nom interdit : Callas.

Claire s'accrocha et écouta le lien, et sentit l'animosité de Shepherd. Il y avait plus : l'Alpha bouillonnait de dégoût.

Elle écarquilla les yeux en comprenant son secret ; elle sut ce qui avait inspiré ces émotions hostiles à l'extrémité mâle de leur lien. Il ne pouvait y avoir qu'une raison pour qu'il lui voue une telle haine. Elle le sut, parce que Shepherd lui avait donné matière à éprouver la même émotion.

Claire répéta le nom, juste pour être sûre :

— Le Premier ministre Callas.

L'extrémité mâle du lien devint rance, et une ancienne colère déferla entre eux comme une vague acide.

Sa haine dépassait ce que ce monstre avait fait à sa mère. C'était de la jalousie.

Jalousie ?

Claire avait du mal à le croire, n'arrivait même pas à comprendre pourquoi, mais elle savait : Svana avait trompé Shepherd avec le Premier ministre Callas, son ennemi. C'était forcément le cas, vu l'étendue de la trahison qu'il éprouvait.

Détournant les yeux du mâle féroce qui enrageait en silence, Claire se plongea dans ses pensées et secoua la tête, comme si cela ne pouvait être vrai. Le Premier ministre Callas était responsable de la souffrance et de la mort de la mère de Shepherd… Pourquoi Svana aurait-elle blessé son amant d'une telle manière ? La tête posée sur le torse de l'Alpha, elle regarda dans le vide et partagea la douleur qui émanait du lien, avec l'impression que le sol s'était dérobé sous ses pieds.

Tout comme elle avait repoussé les pensées de l'enfant qui grandissait dans son ventre, Claire avait refoulé les souvenirs de la beauté exotique chaque fois qu'ils refaisaient surface. Cela lui avait paru essentiel pour conserver sa santé mentale et son sang-froid lorsqu'elle affrontait l'homme qui avait souillé leur lien en la trompant. Mais elle devait à présent prendre sur elle et faire face à l'inconfort et à la tristesse qui lui tordaient les entrailles quand ces yeux bleu de Chine meurtriers flashaient au premier plan de son esprit.

Elle devait leur faire face, ou elle deviendrait comme Shepherd – un homme qui avait refoulé tant de colère, comme si celle-ci pouvait disparaître. Le lien lui assurait qu'une telle chute était inévitable… sa personnalité était tout simplement trop forte.

Claire n'oublierait jamais le visage de Svana. L'image de la femelle belle et effrayante était gravée en elle.

Soudain, ce fut comme si quelqu'un avait fracassé une fenêtre et que le jour avait percé l'obscurité de son esprit. Les yeux bleus écarquillés, les lèvres douces… Claire les avait déjà vus ! Elle n'avait jamais prêté très attention à la haute société et à la politique. Bien sûr, comme tous les autres habitants du Dôme, elle reconnaissait les principaux acteurs : le Premier ministre Callas, le sénateur Kantor…

Pourtant, Claire était certaine d'avoir déjà vu la femme.

Elle avait été habillée différemment sous terre : moins glamour, moins maquillée, mais tout aussi rayonnante et incroyablement belle.

Le magazine…

Claire l'avait gardé sur sa table basse pendant des mois. La femme en couverture de la revue *Le*

Thólosite avait porté une robe de bal et souri comme si elle était la princesse de la ville. Claire l'avait acheté pour un article de cuisine, mais la femme en couverture avait également motivé son achat, car elle avait voulu s'inspirer de ses cheveux légèrement ondulés.

Comment s'appelait-elle ? Et pourquoi se sentait-elle soudain nauséeuse ?

Son nom avait été imprimé en grosses lettres capitales.

Claire inspira par à-coups lorsqu'elle surmonta enfin sa cécité. Comment avait-elle fait pour ne pas la reconnaître, alors que son nom aurait pu être utile à Corday ?

— Elle s'appelle Leslie Kantor…, dit-elle d'une voix chevrotante, le sang glacé.

— Tu ne penseras pas à elle, Claire.

— Elle était assez importante pour être en couverture du *Thólosite*. J'ai coupé mes cheveux pour lui ressembler… Je suis une petite copie de ta bien-aimée, tout comme elle l'a dit.

— Tu n'es pas du tout comme Svana, réfuta Shepherd en plissant les yeux.

Un tiraillement sec provint de l'extrémité mâle du lien, comme s'il exigeait qu'elle interrompe le fil de ses pensées. Claire l'ignora et ouvrit tout grand son esprit pour se laisser submerger.

Leslie Kantor, Svana, était venue rendre visite à Shepherd sous terre quelques jours plus tôt. Elle l'avait touché, communiqué avec lui… et passait son temps en surface, dans Thólos, s'acharnant à détruire la ville. Voilà pourquoi, lors de ce jour funeste quelques mois plus tôt, elle avait insinué qu'elle ne voyait que rarement Shepherd.

— Kantor est un nom de famille très puissant…, marmonna Claire, aussi impatiente qu'horrifiée.

Shepherd retira sa main de sa nuque et resta les bras ballants, raides, et les poings si serrés que ses jointures blanchirent. Claire fredonna distraitement pour le calmer et tapota son flanc, plongée dans ses pensées, mais caressant instinctivement l'Alpha en colère. Elle ferma les yeux et tourna le visage pour le blottir contre son torse musclé, puis étouffa toute pensée sauf celles qui la reliaient à son partenaire. Son esprit lutta pour reconstituer les faits. Elle avait l'impression d'être au bord d'un précipice, que ce moment détenait quelque chose de valeur dont elle avait besoin, dont Thólos avait besoin, dont Shepherd avait besoin.

Claire se sentait physiquement mal, noyée par la vague de colère du mâle qui s'abattait sur elle. Le lien était enflammé, et ses yeux piquaient. Lorsqu'elle ne put le supporter davantage, elle releva la tête, cessa de fredonner et posa les doigts sous le menton de Shepherd. Son visage était détourné, comme s'il regardait délibérément ailleurs. Les yeux d'argent perçaient un trou dans le mur, et même son odeur était teintée de musc, signe de violence imminente. Aussi Claire se rassit et commença à chanter ; elle choisit une chanson douce dans une langue d'avant le Dôme, sûre qu'elle lui plairait.

Les yeux de l'Alpha s'animèrent, et il blottit son visage contre la petite femme qui chevauchait son torse. Il lui gronda dessus, pas de manière sexuelle, mais menaçante. Claire continua à chanter sans vaciller et, armée de toute la force de sa résolution, elle l'appâta. Le fauve continua à l'observer, à suivre les mouvements de sa bouche, et elle vit son cou se contracter, le vit déglutir et se détendre partiellement.

Le dernier refrain franchit ses lèvres, la musique s'interrompit, et elle se tut.

— Connais-tu le sens des paroles ? demanda Shepherd d'une voix sombre.

— J'ai une idée générale.

— Tu as chanté ton amour pour l'homme que tu désirais – tu as chanté que tu vieillirais dans mes bras.

— Ce n'était qu'une chanson, Shepherd, chantée pour un homme en colère afin de le calmer.

— Et donc tu as offert du réconfort à ton partenaire ? demanda-t-il, son regard amer tandis qu'il l'observait avec attention.

Claire l'avait touché, l'avait caressé et avait fait tout cela pour cette raison.

— Tu m'as dit un jour que ma sensibilité à fleur de peau ne me rendrait jamais service. Elle ne te rendra pas service non plus.

Un poing se desserra, et des doigts épais se levèrent pour entortiller une mèche de cheveux noir de jais qui pendait sur son sein.

— Tu es bien trop intelligente, ma petite.

Mais pas assez intelligente, si elle n'avait pas découvert plus tôt un fait si important.

— Je veux en savoir plus sur Svana.

— Et tu veux m'offrir quelque chose en échange de ce savoir ? railla-t-il d'un ton courroucé, conscient que sa partenaire désirait marchander.

— Tu pourrais simplement me le dire, répondit Claire, très sérieuse.

— Je le pourrais, fit-il, une lueur malicieuse rendant son expression cruelle, le gras de son pouce planant au-dessus de ses lèvres. Mais je ne le ferai pas.

Il s'attendait à ce qu'elle capitule, pensait l'avoir poussée au point qu'elle abandonnerait le sujet et avoir gagné avec un effort minime. Mais Claire se sentait incapable de renoncer. Le fait même qu'il rechignait à aborder le sujet, alors qu'il pouvait sentir ce qu'elle était prête à lui donner en échange… cela voulait dire qu'elle *devait* savoir.

Elle n'avait pas oublié son objectif.

Claire repensa à la conversation qu'elle avait eue avec Maryanne, à l'idée de rédemption.

— Shepherd pourrait-il changer ? demanda-t-elle doucement en fronçant les sourcils.

— Non, ma petite. Dans ces circonstances, je ne le pourrais pas.

Elle éprouva une tristesse déchirante. Sentant ses yeux s'embuer, dévisageant son ravisseur et son Alpha, Claire contempla les yeux de mercure dont l'expression hésitait entre l'insulte et le réconfort.

Elle inspira profondément et lui offrit la seule chose qu'il lui restait :

— Si tu réponds à toutes mes questions, je te donnerai ton baiser.

— Ce n'est pas aussi simple, Claire, rétorqua Shepherd, la voix froide comme la mort. Si tu veux tout savoir sur notre passé, connaître les rouages de l'ordre des disciples, alors tu dois me prouver ton dévouement à tous les égards. Il me faudra bien plus qu'un baiser.

Mais elle n'avait rien d'autre à lui offrir.

— Tu vas me donner tous les détails de ce complot que tu comptes mener contre moi, annonça Shepherd de but en blanc.

Elle secoua la tête en se renfrognant.

— Quel complot ? Tu sais déjà ce que je veux.

— Tu mens, ma petite. Tu penses avoir été futée dans cette guerre que tu mènes. Mais j'ai des décennies d'expérience et j'ai déjoué tous tes plans. Il n'y aura pas de négociation. Donne-moi ce que je veux, ou je ne te dirai rien.

Claire n'hésita même pas avant de lui révéler le fond de sa pensée.

— Je veux que tu échoues dans ta conquête de Thólos, Shepherd. Ce n'est pas un secret. Même si je suis liée à toi, même si je porte ton enfant, je me battrai contre toi à ce sujet aussi longtemps que je le pourrai. Je ne vais pas non plus faire comme si je ne comprenais pas en partie tes motivations, comme si ce que j'avais vu dehors ne me rendait pas malade. Mais je ne pourrai jamais cautionner une cause qui tire parti de la souffrance de tous, innocents ou pas, pour faire passer son message. Je dois croire en la rédemption, ou tout ce que j'ai fait ici aura été pour rien.

— Je t'ai déjà dit que la résistance avait été infiltrée il y a des mois, expliqua Shepherd, sa voix teintée de dégoût. Or, tu n'étais pas ouvertement inquiète. La raison pour laquelle tu as accepté mes paroles, c'est parce que tu espérais, tu pensais, que ton Corday pourrait se défaire de la prison invisible dans laquelle il est piégé.

— Mon Corday ?

Son estomac se noua. Claire venait de comprendre à qui Corday était en train de sourire, hors du cadre de la photo que Maryanne lui avait montrée : Svana.

— Êtes-vous tous les deux vraiment si insidieux ?

— Quand j'ai été rappelé avant notre premier dîner en tête-à-tête, c'était parce que le sénateur Kantor avait été décapité. Depuis ce jour, la résistance n'est plus que poussière.

Claire cilla deux fois, son visage autrement impassible, et ressentit un élan de culpabilité en comprenant que la résistance avait été infiltrée par sa faute, parce que Corday avait été vu avec elle. Elle posa ses yeux verts sur le torse du mâle, là où ils étaient enchaînés pour toujours, et essaya de se convaincre que Shepherd mentait, qu'il essayait de la piéger.

Ce n'était pas le cas.

C'était elle qui avait menti… qui s'était menti à elle-même. Et elle aurait pu mettre un terme à tout ceci, si seulement elle avait ignoré la douleur de l'infidélité et s'était concentrée sur les faits. Si seulement elle s'était permise de reconnaître la femme plus tôt et avait averti ses amis.

Dans ces batailles, Shepherd retournait toujours la table sur elle, se montrait toujours plus rusé et brandissait chaque élément d'information comme une arme tranchante. Pas aujourd'hui. Aujourd'hui, elle ferait front et ne céderait pas.

— Le sénateur Kantor m'a averti lui-même que, si la ville était au courant de qui j'étais et de ce que je représentais pour toi, la résistance risquerait de me trahir, expliqua Claire. Il m'a dit de me cacher. Je l'ai supplié de revoir sa position, j'ai soutenu que sa meilleure chance serait de m'utiliser, moi et le bébé, comme otages – d'inciter le peuple à se rebeller sans tarder dans l'espoir que tu ne propagerais pas le virus. Il a refusé. À cet instant, j'ai compris que toute opération qui reflétait la tienne, qui considérait une vie comme étant négligeable, échouerait. À la vérité, je n'avais aucune foi en la résistance. Ma foi va aux rares qui ne se sont pas laissé détruire. Ma foi va à ceux qui ont survécu le pire de ta campagne et s'en sont sortis grandis.

Il attrapa sa mâchoire et la tint doucement mais fermement.

— Penses-tu vraiment que tu vas gagner ?

— Nous savons tous les deux que je ne gagnerai pas, rétorqua-t-elle, son dégoût évident.

— Lui as-tu offert ta bague ?

Elle baissa ses cils noirs, et deux larmes roulèrent sur ses joues pâles.

— Elle appartenait à ma mère. Corday l'a trouvée dans mon appartement quand j'étais enfermée ici. Il me l'a rendue après que j'ai sauté de la terrasse. Le matin où j'ai décidé de me suicider, je l'ai glissée à son doigt, pour qu'il se souvienne de moi.

— Lui as-tu demandé de me tuer ?

— Non.

Le torse de Shepherd se dilata lorsqu'il inspira profondément, comme si le soulagement s'était frayé un chemin dans son cœur noir.

Claire choisit de corriger son répit émotionnel.

— Je ne lui ai pas demandé de te tuer et je ne l'ai pas encouragé. Sa promesse m'a été offerte sans que je l'y incite.

Shepherd la regarda comme si elle était la personne la plus déloyale qu'il ait jamais rencontrée.

— L'aimes-tu ?

Elle recouvrit la main de Shepherd, posée sur sa joue ; elle n'avait pas encore joué son dernier atout. Il avait fait des demandes spécifiques, et elle les lui accorderait, lui montrerait qu'elle était plus forte. Elle blottit son visage dans sa paume, dans la chaleur de la main qui avait étranglé des hommes, battu les faibles, qui connaissait toutes les courbes de son corps, et soutint son regard de ses yeux inquiets, puis pressa ses lèvres sur sa paume et l'embrassa.

— Je t'ai donné ce que tu voulais.

— Pas tout, répondit Shepherd sans honte. Aime-moi.

Un pouce épais traça les lèvres qui venaient d'embrasser sa main.

Le vermisseau était si désespéré, si invasif et brûlant, et ses besoins étaient si remarquablement banals, presque bestiaux… mais elle ne pouvait pas céder. Claire déglutit et s'appuya contre sa main.

Shepherd prit la parole, comme s'il connaissait la citation de Sun Tzu et les intentions qui lui traversaient l'esprit :

— Il est facile d'aimer votre ami, mais parfois la leçon la plus difficile à apprendre est d'aimer votre ennemi.

En la voyant écarquiller les yeux et inspirer doucement, il expliqua :

— Je t'ai vue lire *L'Art de la guerre* au repaire des Omégas. Tu as bien appris tes leçons, mon petit Napoléon, dit-il en l'attirant vers lui, jusqu'à ce que leurs lèvres se frôlent. La nuit où tu m'as marqué, quand tu m'as touché, j'ai senti ton affection. À d'autres moments aussi. Je sais que tu tiens à moi. Je sais aussi que tu ne veux pas m'aimer, tout comme tu ne veux pas tenir au bébé qui grandit dans ton ventre, que tu adores malgré toi.

Claire s'aventurait en terrain glissant et le savait.

— La nuit où je t'ai marqué, j'imaginais que tu étais le mari dont j'avais toujours rêvé, celui qui n'aimerait que moi, comme je l'aimais… que ce mal insidieux ne corrompait pas notre lien. Qu'il n'y avait pas de ruine. Pas de déception. Pas de Svana avec qui te partager.

Cela lui avait coûté de dire ces mots, et c'était marqué sur ses traits. Claire reprit son explication et répéta le nom haï :

— Svana, la femme qui prétend être Leslie Kantor. C'est elle qui a pris les commandes de la résistance.

Shepherd hocha la tête, ses yeux surveillant chaque facette de son expression, ses doigts traçant le contour de ses lèvres.

Claire inspira profondément, se préparant avant d'affronter un ennemi plus fort qu'elle. Elle lutta contre les exigences du lien et partagea le peu qu'elle savait :

— Avant l'assaut, c'est Leslie Kantor qui a mis en mouvement ce cauchemar. Tu m'as dit qu'elle était venue dans la Crypte, qu'elle t'avait trouvé. Qu'elle avait murmuré dans ton oreille, et dans celle du sénateur Kantor… et aussi celle du Premier ministre.

La main quitta sa joue et glissa jusqu'à son épaule pour agripper sa marque de revendication.

— Et, parce que je peux sentir la force de ton amour pour elle, je pense que tu n'étais pas conscient des intentions de Svana envers ton ennemi. Tu n'étais pas au courant de sa liaison avec le Premier ministre. Pas au début.

Shepherd n'acquiesça ni physiquement ni verbalement, mais son silence en disait long.

Claire inspira et exprima ce que le lien lui murmurait :

— Elle l'a séduit, tu l'as détruit, et tes disciples ont pris le contrôle de Thólos. Mais il y a une chose très importante que tu as omis de mentionner lors de nos précédentes discussions. Je suspecte que la raison, la véritable raison qui a motivé cette folie, m'a été cachée.

L'Alpha était raide, et ses yeux incandescents lorsqu'il la corrigea :

— J'ai été honnête envers toi en ce qui concerne notre objectif. Thólos doit être purifiée du mal. C'est pourquoi les disciples existent.

— Ta bien-aimée a couché avec ton pire ennemi, dit Claire en posant ses doigts sur le cœur de Shepherd. Et elle t'a fait du mal ici, une douleur plus aiguë que toute la tourmente à laquelle tu as survécu dans la Crypte. Mais tu la suis toujours.

— Claire…

Elle le regarda dans les yeux et prit le risque de le pousser dans ses derniers retranchements.

— Nous sommes trop différents dans nos idéaux pour que l'amour vienne facilement entre nous… surtout étant donné ce qui s'est passé, ce qui se passe toujours.

Sa voix se fêla ; elle ignorait si c'était la souffrance de Shepherd ou la sienne qui menaçait de la submerger. Elle prit son temps avant de lui révéler ce dernier fragment d'elle-même.

— Et cela me blesse, parce que j'aimerais vivre ce rêve, plus que tu ne l'imagines. L'affection est naturelle, je le vois à présent. Mais l'amour…, fit-elle en secouant la tête. Si je m'autorisais à t'aimer dans ces circonstances, cela me détruirait.

— Tu vas m'embrasser encore, exigea-t-il, quelque chose d'étrange brillant au fond de ses prunelles.

— Pour le restant de la nuit si tu le veux, concéda Claire, ne voulant pas ployer au point de se briser. Mais le prix sera la vérité. Tu ne me l'as pas donnée. Dis-moi, reconnais ce qu'elle a fait.

Soufflant comme un bœuf, Shepherd continua à entortiller une mèche de ses cheveux, comme si cela le réconfortait.

— Svana a couché avec le Premier ministre pour concevoir un enfant qui porterait dans son sang l'immunité supérieure des Callas. Elle croyait que les futures générations en ressortiraient enrichies, que cette ressource, peu importe qu'elle vienne de cet homme, ne devrait pas être gaspillée.

— C'est un mensonge – et tu n'y crois pas plus que moi, dit-elle en se penchant vers lui pour croiser son regard. La probabilité qu'une femelle Alpha tombe enceinte d'un mâle Alpha est minime, voire nulle, même avec l'aide de produits chimiques. Elle n'est pas enceinte. Si elle avait vraiment voulu porter son enfant, une femme aussi rusée que Svana, la femme responsable de la chute de notre gouvernement, aurait couvert toutes les bases. Elle aurait utilisé un préservatif pour recueillir son sperme et essayé la fécondation in-vitro. Elle l'aurait gardé en vie, emprisonné dans un endroit où elle aurait cultivé ce qu'elle voulait de lui, comme tu le fais avec moi.

Claire se rassit droite et fusilla du regard le mâle qui était lié à elle à jamais, sentant sa colère et son indignation s'enchevêtrer et surpasser celles de Shepherd.

— Ce n'est pas pour ça qu'elle a couché avec lui, Shepherd. Svana l'a fait parce qu'elle est une prédatrice psychologique tordue, égoïste et sans scrupules. Parce que ses intentions sont faillibles. Parce que…

Sa voix s'éteignit, et elle s'arrêta avant d'aller trop loin.

— Dis-le ! hurla Shepherd avec véhémence, ses côtes secouées par ses halètements.

Claire savait qu'il la frapperait dès qu'elle aurait parlé, mais elle se devait d'arracher cette brique à la forteresse de ses illusions. C'était le prix qu'elle paierait. La raison pour laquelle elle menait cette guerre.

Claire le regarda dans les yeux avec pitié, prit sa joue dans sa main et parla avec certitude :

— Parce que Svana ne t'a jamais aimé. Sans quoi, elle n'aurait jamais pu faire une telle chose.

Le coup ne vint jamais, mais quelque chose d'étrange se passa. Les yeux de Shepherd s'embuèrent, et le monstre que Claire considérait comme inhumain fit une chose terriblement humaine. Il versa une larme.

Ce n'était qu'une goutte d'eau salée, mais elle devait lui avoir coûté beaucoup. Claire la chassa en lui donnant le baiser qu'il désirait, l'apaisant comme il l'avait fait pour elle chaque fois qu'il l'avait poussée jusqu'aux larmes. Mais elle ajouta quelque chose qu'il ne faisait jamais. Elle éprouvait des remords face à sa souffrance et lança, d'une voix tremblante :

— Je suis désolée, Shepherd.

Ses paroles le poussèrent à fermer les yeux. Quand Claire essaya de bouger, de s'éloigner pour le laisser en paix, il resserra ses bras autour d'elle,

comme si elle risquait de disparaître dans un endroit
où il ne pourrait plus jamais l'atteindre.

— Tu aimerais que je te chante une chanson ?
demanda-t-elle doucement en s'approchant.

Il hocha la tête une fois.

Chapitre 6

Lorsqu'elle eut terminé de chanter, Shepherd la tint dans une position qui lui permettait de la regarder et l'observa pendant des heures. L'intensité de son regard la mit mal à l'aise mais, chaque fois qu'elle faisait mine de tourner la tête, il la ramenait lentement vers lui, afin que ses yeux verts ne le quittent jamais.

Ils avaient joué cartes sur table. Claire avait décrété que Svana ne l'aimait pas et, ce faisant, avait sous-entendu qu'il était un pion bercé d'illusions. Cette révélation l'avait blessé, mais elle soupçonnait qu'il s'en doutait déjà, même s'il avait du mal à l'accepter. Shepherd l'avait accusée de nourrir des pensées suicidaires envers leur enfant, afin d'empêcher Svana et lui de lui gâcher la vie. C'était la vérité, et elle s'en voulait pour les doutes qui naissaient en elle, se haïssait en sentant sa résolution faiblir chaque jour.

Aucun des deux n'était en paix. Leur bataille de tous les jours avait laissé des séquelles. Cependant, Shepherd était plus fort qu'elle et refusait de la laisser bouger.

Entre eux, le lien était… comme une dissension sans nom. Et il ne cessait de changer et d'évoluer. Une partie de Claire voulait continuer l'assaut et exiger de Shepherd qu'il mette un terme à sa folie sur Thólos maintenant qu'il était forcé d'accepter Svana pour ce qu'elle était vraiment. La partie la plus sage se taisait.

Laissez une porte de sortie à un ennemi encerclé. Ne vous acharnez pas sur un adversaire désespéré. –Sun Tzu

L'acculer au sujet de Svana était sans doute sa plus grande victoire à ce jour, mais Claire ne tirait aucune joie de la détresse profonde qu'elle sentait émaner de l'Alpha. Elle n'était pas non plus fière de ce qu'elle avait dû avouer pour obtenir ces informations. Elle avait beau l'avoir mis à genoux un moment, avoir déchiré d'un seul coup le voile de ses illusions, pour une raison qu'elle ignorait, elle se demandait si elle n'avait pas donné à cet homme sans scrupules plus de raisons de se battre.

Aux yeux de Svana, Thólos était un jouet, un divertissement et un subterfuge pour servir un dénouement que Claire ne comprenait pas. Mais aux yeux de Shepherd, Thólos était une mission. C'était un homme qui avait, d'une manière ou d'une autre, passé toute sa vie en tant que prisonnier – un homme qui croyait vraiment en sa cause. S'il poursuivait sa mission, c'était parce qu'il voulait tous les sauver, sauver Claire d'elle-même.

Peut-être était-ce la raison pour laquelle Shepherd l'observait ; peut-être avait-il peur pour elle. Ou peut-être avait-il enfin compris que la pureté qu'il semblait tant vénérer chez elle avait disparu. Peut-être que, maintenant qu'il connaissait toute la vérité, il la tuerait. Une partie d'elle en rêvait. En scrutant son regard infini, dur et calculateur, Claire sentit sa lèvre inférieure trembler juste assez pour trahir sa misère.

Elle fléchit ses muscles, lasse de son jeu, et se rendit compte que Shepherd refusait toujours de la lâcher. Comme chaque fois qu'elle était agitée, la réaction du mâle était de faire peser le poids de sa paume sur sa poitrine et d'intensifier son ronronnement incessant jusqu'à ce qu'elle se calme. Pendant tout ce temps, ses yeux étaient légèrement plissés, son regard lourd, comme s'il communiquait quelque chose qu'elle n'arrivait pas à comprendre.

Il lui sembla que des heures étaient passées quand l'Alpha souleva sa masse et la libéra. Aussitôt, elle quitta le nid et s'enferma dans la salle de bain, cherchant du réconfort dans la solitude. Elle n'en trouva pas dans le visage hanté de la femme aux yeux verts qui lui rendait son regard dans le miroir.

Elle se lava et s'occupa des besoins de son corps, prenant son temps, espérant que, lorsqu'elle sortirait de la pièce remplie de vapeur, Shepherd serait parti.

Mais elle n'eut pas cette chance.

Il était là, à l'attendre, toujours nu, fièrement dressé près de leur nid.

L'air austère, ses sourcils froncés, il tendit une grande main vers elle et recroquevilla un doigt. En silence, il l'appela à lui.

Claire secoua la tête, se sentant exposée et mal à l'aise. L'homme n'hésita pas à s'approcher et à l'attraper par les épaules, mais ce n'était pas une emprise dure ou punitive. Il la tenait doucement tout en frottant sa peau glacée avec ses pouces.

Lorsqu'il se pencha vers elle et que leurs visages ne furent plus qu'à un centimètre d'écart, il fit glisser sa main le long de son bras pour la refermer sur ses doigts et les remonter vers son visage. Il posa sa paume sur les poils épars de sa barbe.

Shepherd exigeait d'elle qu'elle paie sa dette.

Le timing n'aurait pas pu être pire. Claire ne voulait pas l'embrasser. Elle ne voulait pas le toucher. Tout ce qu'elle voulait, c'était se soustraire à son regard et se terrer dans son nid. Sa lâcheté la rendait faible, et elle commençait à en avoir assez de sa faiblesse. Ce fut pour cette raison qu'elle se força à approcher son visage encore plus près, pour effleurer sa bouche et en finir.

La sensation fut étrange. Les lèvres pleines de Shepherd ne lui étaient pas étrangères, puisqu'il les avait posées sur les siennes à de nombreuses reprises et de manière inopportune. Mais le fait de lui rendre son baiser… de l'embrasser… changeait tout à l'expérience.

Ce simple baiser, alors que Claire se sentait encore malade après leur conversation et savait qu'il l'était aussi, la fusion presque prudente de leurs lèvres… la firent se sentir un peu mieux.

Par le passé, quand elle vivait sous la fausse-identité d'une Bêta, elle avait toujours été consciente du problème que lui poserait l'excitation sexuelle. Aucun savon, aucun comprimé n'aurait pu couvrir l'odeur de ses sécrétions. C'était pour cette raison qu'elle n'avait jamais vraiment embrassé un garçon, pas même après un rendez-vous galant. À peine un petit bisou… comme le baiser platonique qu'elle avait échangé avec Maryanne. Mais ici, avec lui, alors qu'ils bougeaient et se touchaient à peine, le baiser était complètement différent. Il était décadent et doux, les lèvres du mâle aussi légères que des plumes et tellement agréables contre les siennes.

Et il semblait si patient.

Claire soupçonnait qu'il lui donnait le temps de tâter le terrain, comme s'il savait qu'elle était novice dans cet art. Lorsque le moment lui parut naturel pour arrêter, elle reposa ses talons sur le sol et observa la bouche de Shepherd en se frottant les lèvres, se demandant si elle avait bien fait ça.

— Oui, répondit-il doucement.

Claire n'eut même pas le temps de réfléchir au fait qu'il venait de répondre à ses pensées. Un grondement de gorge s'échappa de l'Alpha, qui la repoussa contre le mur et, dans un râle, reprit sa bouche.

Shepherd se délecta du festin et grogna dès qu'elle hésita, tel un tyran, jusqu'à ce qu'elle suive son exemple et se retrouve essoufflée et étourdie.

Un ronronnement agressif vint combler le silence. Toute sa tristesse et son embarras s'envolèrent. Claire ne s'était jamais imaginé qu'un baiser pouvait être si dévorant, si gratifiant, que l'acte pouvait être si intime.

Entre le ronronnement assuré, la force des mains rugueuses qui couraient partout sur son corps et le plaisir longtemps interdit de la bouche et de la langue de son partenaire, Claire se sentit transformée, réconciliée au lieu d'être tourmentée. Tout était différent, mais non, mais si. Chaque inspiration dans ses poumons venait de lui, de l'air qu'ils partageaient et, quand il grogna, ce ne fut pas pour lui soutirer de la cyprine, car elle était déjà trempée. C'était simplement l'appel d'un Alpha à sa partenaire Oméga.

Shepherd passa ses jambes par-dessus ses bras et la repoussa contre le mur. Il l'ouvrit sans interrompre le contact entre leurs bouches. La première ruade possessive qui la fendit suffit presque à la faire jouir. Claire le sentit sourire contre ses lèvres et gémit lorsqu'il mordilla son menton, goûtant chaque centimètre de sa peau. Sa bouche fourmillait de désir, avide de plus d'attention.

Débordant de l'épaisseur du membre de Shepherd en elle, Claire se prit à l'imiter. Elle l'embrassa dans le cou, lui mordit l'oreille, comme il le lui avait fait souvent, et lécha son lobe. Lorsque ses gestes poussèrent le mâle à enfoncer son poing dans le mur, elle ne se laissa pas apeurer. En profondeur, sous les couches de complications, ses inquiétudes se dissipèrent, et elle se sentit en sécurité. La peur avait disparu parce qu'elle se sentait aimée. Le lien lui chantait que, tant qu'elle restait dans cette pièce, tant qu'elle était liée à l'Alpha qui l'adorait avec sa bouche et son corps, elle serait toujours aimée et en sécurité.

Les bras passés autour de la nuque du mâle, l'Oméga se cramponna à la montagne qui allait et venait en elle et revendiqua ses lèvres. Il parut presque surpris, et elle vit de l'excitation dans l'éclat argenté entre ses cils. Le rut devint encore plus agressif, et Claire se demanda vaguement s'il réalisait combien ses gémissements étaient désespérés alors qu'il ruait en elle.

Elle pouvait presque entendre ses pensées : *Saisis ta victoire...*

Voilà donc ce qui était en train de se passer. Elle l'avait rendu vulnérable et s'était emparée du pouvoir, et c'était pour cette raison qu'il l'avait dévisagée pendant des heures... pour voir si elle s'en rendait compte. Il était si rare qu'il perde le contrôle ; pourtant, il était là, en train de gémir doucement, le souffle court, un murmure qui ressemblait à « aime-moi », encore et encore.

Et, que les Dieux lui viennent en aide, elle voulait l'aimer.

Shepherd se déhancha et modifia l'angle pour frôler sa zone érogène, puis gémit lorsque Claire se cambra de plaisir.

— Aime-moi, répéta-t-il, exigeant, tout haut, sans aucune honte.

Il continua à la prendre en caressant la peau sensible de ses seins gonflés, en jouant avec un téton. Son odeur était si parfaite, et son goût, encore meilleur. La langue de Claire dansait avec la sienne et le savourait, imitant la pénétration de sa queue. En fin de compte, le sentir sourire contre sa bouche fut tout ce qu'il lui fallut. Le goût de sa joie était bien plus exquis que tous ses efforts sexuels combinés. La vague de plaisir la submergea tandis qu'elle le serrait plus fort et scandait son nom.

Le gémissement qu'il poussa lorsque sa chatte commença à comprimer sa queue par vagues acheva de la briser. Elle frissonna en le sentant ruer profondément en elle pour nouer. Pantelants, ils séparèrent leurs lèvres et se regardèrent dans les yeux. Leurs expressions étaient à l'opposé de la méfiance et du soupçon qu'ils avaient ressenti avant.

— Je t'aime, ma petite.

Voir ces lèvres gonflées former sa déclaration d'amour la captiva.

Claire replongea les yeux dans son regard d'argent liquide et lui tendit le seul rameau d'olivier qu'elle put. Elle inspira profondément et dit :

— Ton fils me donne faim.

Shepherd éclata de rire, un son riche, beau et sans une once de méfiance. L'espace d'un instant, elle fut frappée par la splendeur de son sourire. Il l'embrassa langoureusement et passionnément.

— Alors je te nourrirai. Je m'occuperai de ma partenaire et de notre enfant.

— Je veux des framboises.

— Je m'assure qu'il y ait toujours des framboises en réserve pour toi, dit-il, ses bras plus doux autour d'elle.

— Je sais.

***

Franchir la porte avec un air renfrogné et une mâchoire contusionnée n'était pas le tableau que Corday avait voulu présenter à Leslie Kantor. Elle ne réagissait pas favorablement à ce qu'elle percevait comme de la faiblesse, et il fallait absolument qu'elle continue à lui faire confiance. La brigadière Dane avait raison. Leslie parlait de moins en moins du sauvetage de Claire.

— Je pense que vous avez raison, avait-il dit pour la tester en lui tendant ses notes et les cartes qu'il avait analysées. Il est possible que Claire nous ait trahis. Si vos rebelles arrivent à la trouver, elle devrait être jugée.

En entendant son mensonge, elle s'était animée.

Il l'avait fait par amour pour Claire. Il l'avait fait parce qu'il savait que la brigadière Dane était peut-être le seul soldat qui se souciait véritablement de la vie de l'Oméga.

Les allusions voilées de Leslie avaient bien fait leur travail. Autour du secteur du Premier ministre, le nom murmuré de Claire O'Donnell était devenu une malédiction. Il avait vu l'outrage des quelques rebelles choisis pour la mission de sauvetage lorsqu'ils avaient reçu leurs ordres. Il l'avait senti chaque fois que Leslie parlait de la partenaire de Shepherd.

Plus les jours passaient, moins il se fiait à dame Kantor et plus il priait en silence pour Claire.

Aujourd'hui, ses prières avaient été exaucées. La matinée avait assez bien commencé. Grappiller des denrées utiles était devenu comme une seconde nature, à ce stade. Corday savait de quoi et de qui il devait se méfier, et évitait de croiser les regards tandis qu'il cavalait le long des chaussées.

Grâce aux cubes de données de Callas, les rebelles savaient à présent comment fabriquer des explosifs, où trouver certains produits chimiques et les emplacements plausibles de ravitaillements qui pourraient être mis à profit par les rangs croissants de la rébellion.

Ayant récupéré tous les éléments de la liste de Leslie, Corday avait entamé le trajet de retour vers le secteur du Premier ministre, conscient qu'il était une cible maintenant que ses mains étaient pleines de marchandises jugées précieuses par d'autres que lui.

Quand les trois voyous dépenaillés s'approchèrent, Corday leur offrit aussitôt sa cargaison, car il ne pouvait dégainer son arme les mains pleines. Cependant, avant même que la caisse ait eu le temps de toucher le sol, un poing osseux était entré en contact avec sa mâchoire. Il s'était effondré sur un tas de neige, assez surpris qu'un homme aussi squelettique puisse être aussi costaud. Un autre l'avait achevé d'un méchant coup de pied dans le rein, juste au moment où il avait remarqué le troisième sortir un couteau.

Une balle siffla, mais pas de l'arme de Corday.

Une femme assez âgée pour être sa grand-mère se tenait sur un perron, le visage hagard. Elle visa et refit feu. Deux des malfrats étaient touchés – l'un d'eux mort, l'autre hurlant, une balle logée dans la jambe. Le troisième s'empara de la caisse de Corday et prit ses jambes à son cou, abandonnant ses comparses à leur sort.

La dame tira une dernière fois dans la poitrine de l'homme à terre, puis baissa son arme.

— Pourquoi n'entreriez-vous pas une minute ? suggéra-t-elle, visiblement ébranlée et plus apeurée que lui. Je vais vous préparer du thé.

Elle venait de lui sauver la vie. Ce fut la meilleure tasse de thé qu'il ait jamais bue.

Il apprit qu'elle s'appelait Margery, que toute sa famille avait péri ou disparu depuis le début de l'occupation. Quelques amies et elle s'étaient réfugiées dans cet appartement – l'union fait la force –, jusqu'à ce que leur union commence à faiblir. Être une femme seule de plus de soixante ans à Thólos était comme une peine de mort… Elle s'était mise à désespérer, mais avait fini par trouver la foi en elle-même.

La femme glissa une main dans la poche de sa veste et en ressortit quelque chose que Corday avait déjà vu, quelque chose dont tous les citoyens parlaient toujours tout bas : le tract de Claire.

— Si elle peut tenir tête, moi aussi.

La façon dont ses doigts noueux effleuraient la photo évoquait la vénération, la pitié et la compassion – quelque chose que Corday n'avait pas vu parmi les forces rebelles grandissantes. Non, eux étaient des durs. Ils devaient être choisis pour devenir des armes vivantes afin de servir *l'intérêt général*.

La photo de Claire fut comme une lame transperçant son cœur. Sentant ses yeux bruns briller de détresse, il se détourna du bout de papier.

— Claire était mon amie.

— Elle est mon amie aussi, déclara Margery, sa main tremblante venant tapoter celle de Corday. Même si je ne l'ai jamais rencontrée.

Il semblait que le dernier vœu de Claire avait été exaucé. Quelques-uns à Thólos s'étaient inspirés d'elle. Et, grâce à cela, une vieille femme venait de lui sauver la vie.

Claire O'Donnell avait raison.

Corday resta assis là comme un idiot, à faire tourner l'anneau autour de son doigt et à parler de son temps avec l'Oméga disparue. Il laissa Margery le chouchouter jusqu'à ce que l'adrénaline se dissipe et que ses mains cessent de trembler. Il lui raconta tout ce dont il se rappelait au sujet de son amie.

Il s'était fait voler ses provisions, celles de la vieille femme étaient rares, mais elle lui offrit quand même un sac rempli de vivres.

— Nous sommes nombreux, vous savez ? À faire circuler le tract. À collaborer, dit Margery en lui tendant une copie de la photo de Claire et le sac de nourriture, comme si elle pouvait l'attirer dans sa cause. Nous devons nous entraider, ajouta-t-elle en souriant, ses yeux chassieux brillants.

Malgré lui, il accepta son offrande, certain qu'il blesserait ses principes s'il ne la laissait pas jouer son rôle.

Quand il retourna enfin à la base, il avait des heures de retard, des heures passées à récupérer les articles dont Leslie Kantor avait besoin avant de les perdre, mais il n'avait aucune intention d'éviter la confrontation.

— Leslie, appela Corday en la voyant traverser le lobby en marbre poli du manoir du Premier ministre.

Sa tête était baissée vers un écran COM, et la femelle Alpha était occupée à débiter une litanie d'ordres aux hommes qui la suivaient comme son ombre. En entendant quelqu'un héler son prénom de manière si familière, dame Kantor leva les yeux et sourit en voyant Corday.

Elle s'arrêta dans son élan et demanda à ceux qui l'encerclaient de lui donner une minute.

— Mon cher Corday, j'étais inquiète.

Elle posa ses yeux bleu de Chine sur son visage et tendit ses doigts froids pour tracer l'hématome en train de se former. Malgré le public, elle le prit par la main et le mena vers un endroit où ils pourraient s'asseoir et discuter en privé.

— Que s'est-il passé ?

— J'ai été attaqué par des voyous. Ils sont tous morts.

Son inquiétude fut remplacée par un air approbateur.

— Bien joué ! Et, pour vous remonter le moral, laissez-moi vous apporter quelques nouvelles de votre Claire.

C'était bien la dernière chose à laquelle Corday s'était attendue. Il oublia la douleur lancinante dans sa mâchoire, bien trop concentré sur les nouvelles que Leslie avait à partager avec lui.

— J'ai jeté un œil aux cartes que vous avez étudiées, de même que l'équipe choisie pour aller la libérer. D'après les livraisons de nourriture, nous ne pensons pas qu'elle se trouve dans la Citadelle, dit Leslie en approchant son écran COM pour indiquer le coin supérieur d'une carte. Mais plutôt ici.

Son doigt était posé sur les appartements du dernier étage d'un immeuble voisin, qu'ils soupçonnaient être des casernes et des salles d'entraînement pour les nouvelles recrues de Shepherd.

— La nourriture que Shepherd y fait livrer est d'une qualité supérieure aux rations envoyées à ses disciples. Des vêtements pour femme y ont aussi été apportés.

La brune était belle et charmante, et elle lui souriait comme si le monde était merveilleux uniquement parce qu'il existait.

— Il y a une chambre près du sommet, avec une fenêtre donnant sur le territoire qui entoure le Dôme. C'est là qu'il la garde.

Shepherd la gardait sous terre, dans son antre, là où personne ne pouvait la voir, et non dans un appartement somptueux et ensoleillé avec vue. Claire le lui avait dit elle-même. Leslie se fourvoyait ou lui mentait. Cela ne l'empêcha pas de prendre son parti.

— Je savais que vous la trouveriez.

— Dans cinq jours, vous récupérerez votre Oméga.

Un non-dit dans ces merveilleuses nouvelles envoya un frisson dans l'échine de Corday. Il répondit ce que Leslie voulait entendre.

— Puisqu'elle ne se trouve pas dans la Citadelle, je ne briserai pas mon serment envers vous pour elle. Nous pourrons la récupérer plus tard, après l'attaque. La liberté des nôtres est primordiale. Votre oncle m'a confié la tâche de vous protéger. Vous seule pouvez tous nous sauver. Je choisis de vous suivre dans la bataille.

Dame Kantor se jeta à son cou et le serra fort. La scène lui sembla si fausse, très différente de la chaleur qu'il avait ressentie dans les bras de Claire.

Elle lui parut aussi froide que l'atmosphère à l'extérieur du Dôme.

Cinq jours avant que Shepherd ne contemple les flammes. La Citadelle serait réduite en cendres, et de nombreux citoyens terrés dans les bâtiments alentours seraient écrasés par les chutes de débris. Des immeubles s'effondreraient, la panique s'ensuivrait. Les survivants auraient pour responsabilité de reconstruire leur avenir ensemble ou risquer de mourir de froid et de faim.

La femme qui se tenait droite devant lui et lui parlait de sacrifice ne voyait en elle-même qu'une héroïne. La multitude de survivants l'acclamerait, la sauveuse qui les avait sortis des ténèbres. Ils n'étaient pas à même de comprendre que le plan de Leslie pourrait très bien signifier leur perte, la ruine du Dôme. Le Bêta sentit la culpabilité le ronger, de même que les mensonges et le désespoir.

L'exécuteur Samuel Corday serait considéré comme un monstre, et il le savait. Il allait assassiner la femme à qui il souriait. Il allait la laisser mener son plan à exécution.

Il n'y avait pas d'autre solution.

Les rebelles de dame Kantor n'avaient que peu de temps devant eux ; les dernières bombes avaient été assemblées ce matin-là. Dans quelques jours à peine, elles seraient attachées aux corps des douze *élus*, puis une attaque organisée dans les moindres détails serait lancée en milieu d'après-midi – quand la Citadelle et les chaussées seraient les plus bondées, que le nombre de victimes serait le plus élevé.

Shepherd mourrait durant ces premières secondes explosives ; de nombreux disciples périraient avec lui.

Tous ceux qui auraient le malheur de se trouver dans le rayon d'action perdraient la vie.

Il n'y avait pas suffisamment de médecins sous le Dôme pour sauver ne serait-ce qu'une fraction des civils blessés. Et, tandis que leur peuple agonisait, des rebelles armés escaladeraient leurs corps carbonisés pour faire la guerre aux disciples qui n'auraient pas succombé dans les flammes.

Lorsque leur étreinte prit fin, Corday serra la main de dame Kantor et s'assura de le faire devant les rebelles rassemblés dans le hall. Il lui décocha un sourire en coin et la remercia.

— À votre victoire.

Leslie plaça son autre main sur la sienne et enveloppa ses doigts.

— À *notre* victoire, cher ami.

***

— Pour un homme censé être un soldat effrayant, vous ne savez apparemment pas tenir en

201

place, se plaignit Claire en trempant son pinceau dans le pot de peinture bleue.

— J'ai mieux à faire que rester ici à poser pour votre amusement, mademoiselle O'Donnell.

Elle ne put s'empêcher de ricaner en entendant l'irascibilité de Jules. Il détestait chaque instant qu'elle avait passé à le peindre, mais s'était soumis à sa demande sans broncher… ce qui signifiait que le Bêta avait son propre objectif. Claire leva les yeux de son portrait à moitié terminé et les plongea dans ceux bleu vif et froids de son modèle.

Il était aussi facile à peindre qu'une nature morte.

Elle exprima ce qu'elle voyait, l'air peu soigné et dangereux de l'homme.

— Allez-vous me dire pourquoi vous vous laissez faire ? Ou vais-je devoir deviner ?

L'homme avait toujours été extrêmement direct avec elle.

— Je voulais observer le changement en vous.

— Et me jauger ? demanda Claire en haussant un sourcil, d'humeur vache. Vous me trouvez insuffisante ?

— Comme toujours.

Elle se remit à glousser et leva les yeux pour croiser son regard.

— Je le prends comme un compliment.

Le Bêta se tenait à une certaine distance, au garde-à-vous, raide mais agité… et la foudroyait du regard comme il le faisait toujours.

— Vous devez progresser plus. Vous devez accepter ce qui vous pend sous le nez.

Claire termina les dernières touches de son portrait et l'étudia, les yeux plissés, à la recherche de défauts.

— Si je vous disais que je hais vos platitudes énigmatiques, me croiriez-vous ?

— Thólos, mademoiselle O'Donnell, grogna l'homme. Vous ne pouvez pas sauver Thólos.

— Je ne veux pas sauver Thólos, le corrigea-t-elle en posant son pinceau et en l'observant longuement. Je veux que Thólos se sauve elle-même.

— Et moi qui croyais que vous étiez intelligente, renifla-t-il en levant les yeux au ciel.

— Pour quelqu'un qui est mon seul ami dans cette prison, vous êtes vraiment un pauvre con.

— Je ne suis pas votre ami.

— Si, vous l'êtes. Je doute que ç'ait été votre intention, mais vous l'êtes.

Elle tourna le portrait vers lui et le vit baisser brièvement les yeux pour l'examiner. Le Bêta semblait toujours si peu amusé.

— Vous m'avez peint différemment, dit Jules en levant vers elle ses yeux morts, sévères.

En l'entendant, Claire éclata de rire.

— Je me demande si vous ne vous voyez pas tous de manière déformée, musa-t-elle en poussant la peinture vers lui. C'est à ça que vous ressemblez, Jules.

Il pinça le morceau de papier entre ses doigts comme s'il le trouvait répugnant et le leva en fronçant les sourcils.

— Je veux voir vos autres peintures.

— Même celles de Shepherd ?

— Il y en a plusieurs ?

Il lui sembla qu'il avait haussé un sourcil, même si elle ne vit aucun mouvement sur son visage.

Pour une raison inconnue, la question la mit mal à l'aise, et le rouge lui monta aux joues. Sans répondre, elle alla chercher son carton à dessins et le feuilleta, en retira plusieurs et les mit de côté avant d'en déposer un tas devant le Bêta.

Le visage de marbre, il déposa son portrait encore humide et commença à parcourir sa collection : ses représentations de Thólos, de ses cauchemars, qu'elle lui permettait d'examiner en détail. Elle put voir que certaines toiles ne signifiaient rien pour lui, l'ennuyaient même. Il en étudia certaines plus longtemps. Il ne fit aucun commentaire jusqu'à ce qu'il atteigne celle de Corday en train de cuire des œufs dans sa cuisine.

— Vous n'auriez pas dû peindre son rival.

— Corday n'est pas son rival. Il est mon ami.

— Plus maintenant, lâcha Jules sèchement en l'observant de ses yeux bleus démoniaques. Svana l'a retourné contre vous. Ça n'a pas été difficile.

Bien sûr que non. Leslie Kantor en avait certainement fait sa cible.

— Mais vous le saviez déjà…

Pendant une fraction de seconde, Jules sembla intrigué.

Claire avait toujours un espoir auquel se raccrocher – quelque chose d'important que le disciple avait négligé. Dans chaque photo qu'elle avait vue, Corday portait sa bague. Quoi que croient Jules, Svana ou Shepherd, ce n'était pas la stricte vérité. Tant que Corday portait cet anneau, c'était qu'il avait toujours foi en leur cause commune.

C'était tout ce qui comptait.

— Vous me considérez toujours comme votre ami ? lança Jules avec un sourire torve.

Le visage blême, Claire leva les yeux de l'endroit où ils avaient vrillé un trou dans la table. Elle se renversa sur sa chaise et croisa les bras sur sa poitrine.

— Et les Omégas ? rétorqua-t-elle. Comment ont-elles été corrompues ?

— Ne vous tracassez pas pour elles, répondit-il en reposant les peintures. Elles sont toujours choyées et nourries.

— Et Maryanne ?

Le salaud vola un raisin sur le plateau que Claire n'avait pas encore touché et le fourra dans sa bouche.

— Elle finira par se faire tuer. Personne ne peut rien y faire.

— Si vous avalez un raisin de plus, je vous planterai ce pinceau dans l'œil, gronda Claire d'un ton menaçant, courroucé.

Jules éclata de rire, et tous ses traits s'animèrent. Mais l'éclat était rauque et presque anormal, comme un réflexe oublié depuis si longtemps qu'il se termina avant même d'avoir vraiment commencé. Cependant, son sourire demeura.

— Durant nos entraînements, j'ai vu les griffures et la marque de revendication sur le corps de Shepherd. Vous êtes une petite Oméga possessive.

— Attention à ce que vous traitez de petite, Bêta.

Son faux ton espiègle s'envola, mais il n'avait pas l'air offensé, pas le moins du monde. Jules posa les mains sur la table et se pencha vers elle.

— Que comptez-vous faire quand elle essaiera de vous tuer ?

— Je mourrai, répondit-elle simplement.

En voyant ses lèvres minces se tendre, Claire comprit qu'il était déçu par sa réponse.

— Votre cinéma ne m'impressionne pas.

— Et moi, je pense que vous comprenez bien mieux ce qui se passe que votre commandant. Shepherd sait qu'elle ne l'aime pas, qu'elle s'est servie de lui. Mais il croit toujours, et vous aussi, en une cause incompréhensible, et il obéit.

Claire tambourina du doigt sur la table.

— Malgré ce savoir, vous suivez tous les deux aveuglément une psychopathe qui ne désire que la mort de la partenaire et de l'enfant à naître de Shepherd. Dans cette situation, entourée d'hommes comme vous, combien de temps pourrais-je survivre, à votre avis ? Mon ami, vous et vos conseils indésirables ne m'impressionnent pas.

Jules se redressa et renifla.

— Vous savez ce que je vois quand je regarde vos peintures ? Elles sont toutes terminées. Toutes, sauf celle-ci.

Il sortit son autoportrait, qu'elle avait peint pour Shepherd des semaines plus tôt.

— Dites-moi, mademoiselle O'Donnell, pourquoi ce portrait n'est-il qu'une ébauche ?

— Pourquoi ne me le dites-vous pas, Jules ? rétorqua-t-elle d'un ton aussi froid que son expression.

— Je pensais autrefois que c'était la lâcheté qui vous retenait, dit l'homme en secouant la tête. J'avais tort. Vous n'êtes pas lâche. En réalité, vous êtes maligne… aussi maligne que vous êtes bête.

Claire fit la moue, refoulant un sourire face à son sermon.

— Mais je sais ce que c'est, continua Jules en l'ignorant. Je le vois à présent, dit-il en tournant l'autoportrait vers son artiste. Vous êtes délibérément inachevée.

— On dirait que j'ai toute ma place dans l'armée de tarés de Shepherd.

— Vous manquez de perspective impartiale et consacrez tellement d'énergie aux problèmes qui n'en sont pas… et vous en êtes consciente. Si vous aviez rencontré Shepherd dans d'autres circonstances, cette peinture aurait eu de la couleur. Vous avez beaucoup de chance que votre partenaire se batte pour ce qu'il veut.

— Je me bats, cracha-t-elle en grinçant des dents. Je me bats tous les jours !

L'homme secoua sa masse de cheveux hirsutes.

— Pas pour lui.

— Je me bats pour Thólos, grogna-t-elle, maussade, en détournant les yeux.

— Cessez de vous battre pour Thólos. Battez-vous pour votre famille.

Les yeux plissés, Claire se pencha sur sa chaise pour défier l'homme debout face à elle.

— Et contre qui me battrais-je, au juste ? À mes yeux, l'ennemi est le même.

— Vous ne pouvez pas avoir les deux et vous le savez, tempêta Jules d'un ton menaçant en posant les mains sur la table. Thólos ou votre fils – une ville remplie d'assassins et de violeurs, un peuple qui vous a tourné le dos, ou la chair de votre chair, innocente.

— Qu'aurait fait Rebecca ? lança Claire en fronçant les sourcils, prête à rendre les coups. Aurait-elle sacrifié ses idéaux ?

— À tous les égards, oui. Ma Rebecca s'est donnée volontairement au sénateur Kantor pour épargner la vie de nos enfants, expliqua l'homme comme si ce n'était rien, son visage un masque atone. En dépit de son sacrifice, il l'a montée et l'a forcée à regarder ses soldats exécuter nos garçons au moment où il l'a revendiquée. Il voulait une Oméga *libre*.

Peu de choses dans la vie étaient aussi tranchantes que ce récit que Claire venait d'entendre. Il surpassait toutes les horreurs qu'elle avait vues à Thólos et l'accablait énormément. Bouche bée, elle perdit sa langue pendant une bonne minute.

— Je suis désolée.

— J'en doute, déplora Jules, une expression sinistre traversant ses traits. Si vous l'étiez, vous seriez prête à mettre un terme à ce genre de cruautés pour de bon, quel qu'en soit le coût.

— Quel qu'en soit le coût, répéta Claire.

Alors, il comprit.

— Vous pensez toujours que votre mort ferait la moindre différence ? Vous seriez prête à sacrifier votre vie pour rien, à détruire l'enfant qui grandit dans votre ventre pour rien ? Me comprenez-vous ?

Cela n'y changerait *rien*. Évacuez ces pensées de votre esprit.

La colonne vertébrale droite, Claire ne daigna pas répondre.

— Shepherd doit être mis au courant que vous entretenez toujours de telles pensées, décida Jules en inclinant la tête.

— Inutile, rétorqua Claire, de guerre lasse. Il est juste derrière vous.

Le Bêta se raidit. Elle ne vit ni incrédulité ni trace de peur sur son visage, juste une acceptation placide. Au premier bruit de la respiration de l'Alpha, il se retourna et salua son chef de la tête.

— Commandant.

— Tu es excusé, aboya celui-ci à son subordonné, sans quitter Claire des yeux.

Jules s'approcha aussitôt de la porte. Lorsque les verrous furent réenclenchés, Shepherd s'installa en face d'elle.

— Tu connais son nom et son histoire… Il t'en a parlé librement, dit-il, l'air ébahi et troublé.

— Tu ne devrais pas lui en vouloir. Il est ton meilleur défenseur, et c'est toujours moi qui ai initié la conversation.

Le pressant de ne pas réagir de manière négative, Claire avoua :

— J'avais besoin de parler à quelqu'un, et il ne l'a fait que pour toi. Je sais qu'il ne m'apprécie pas.

Sous les couches de désapprobation, une lueur pénétra le regard du mâle… une lueur d'envie.

— Il t'a défendue et a parlé en ton nom plus d'une fois. Jules t'apprécie *beaucoup*.

Quelque chose guerroyait à l'intérieur de l'Alpha, comme s'il calculait les risques.

— Te disputes-tu toujours avec lui ?

— Toujours, répondit-elle en réprimant un sourire. Ton ami adore me réprimander.

Shepherd passa un doigt sous le bord du plateau et le poussa vers sa partenaire avant de lui faire signe de manger.

— Tu te comportes comme si c'était amusant, mais tu es bouleversée. Je suis prêt à discuter de Svana et de Corday avec toi.

Elle savait qu'il essayait de la manipuler et lui offrit un rictus boudeur.

— Je n'en doute pas un instant. Mais, de mon côté, je ne veux pas t'entendre exulter sur le fait que mon ami a été manipulé par ta bien-aimée, rétorqua Claire en s'emparant d'un fruit.

— Ma petite, dit Shepherd en s'adossant à sa chaise et en soutenant son regard. Tu n'as pas à te sentir menacée par elle. Je n'aime que toi.

Après avoir avalé la tranche de melon, Claire baissa sa fourchette.

— Si je t'en supplie, peut-on laisser tomber le sujet ? soupira-t-elle avec lassitude. Tu m'as déjà pris tout mon monde. Je n'ai pas besoin d'entendre comment je l'ai perdu, lui aussi.

Le mâle entonna son ronronnement dès qu'il perçut son trouble.

— Tu as encore Maryanne.

— Mais pour combien de temps ? demanda-t-elle, une question tranchante, l'écho de la sensation de désespoir dans ses entrailles. J'ai l'impression que tout me glisse entre les doigts et je ne sais pas pourquoi.

— Nous allons nous reposer maintenant, ronronna Shepherd en se levant et en marchant vers elle. Viens, ma petite.

Frustrée, elle commença à se plaindre, certaine qu'il n'écoutait pas ce qu'elle disait.

— Tu auras beau me baiser, je ne me sentirai pas mieux après ce que je viens d'entendre.

Il faisait déjà passer sa robe par-dessus sa tête pour masser ses épaules tendues.

— Le temps apaisera tes tourments, et moi aussi. Ce n'est qu'un mauvais jour. Ça va passer.

Chapitre 7

— Nous n'avons plus le temps. Décide-toi. Où Shepherd retient-il Claire ?

Ils étaient de retour dans le caveau du sénateur Kantor, à se disputer au-dessus de sa dépouille comme ils le faisaient toujours.

— Je ne sais PAS où elle est, Dane ! C'est ça, le problème. Tout ce que je sais, c'est qu'elle est dans la Citadelle.

La brigadière Dane se pencha sur l'écran COM qu'ils consultaient.

— Remontre-moi un peu la projection du bâtiment.

— Claire a sauté d'une terrasse près de l'arrière, expliqua Corday en étudiant le plan, les yeux plissés. Étant donné son penchant pour l'évasion, il doit la retenir enfermée quelque part pas loin de ses quartiers. Elle doit se trouver à proximité de cet endroit.

La femme plus âgée opina du chef.

— Et il n'y a pas de fenêtre à sa cellule. Elle t'a dit qu'elle était grise, sans décoration, juste du béton. Elle doit aussi avoir accès à l'eau courante, dit Dane en indiquant une section en relief au milieu des fondations du bâtiment. Elle doit être ici, quelque part entre ces deux étages souterrains. Ou alors ici, entre les quais de chargement et les bouches d'aération, dit-elle en désignant un quadrant complètement différent. Ces deux emplacements sont fortifiés, avec peu d'entrées. Quand je serai à l'intérieur, il y aura encore moins de sorties.

— Des bombes seront en train d'exploser aux étages supérieurs, l'avertit-il, ses yeux bruns durs. La seule échappatoire plausible serait de descendre.

— Dans la Crypte ? musa la brigadière en se renfrognant, plongée dans ses pensées. Il doit y avoir des tunnels sous tout le bâtiment ; les tunnels que Shepherd a empruntés le jour de l'assaut. Montre-moi les cartes de la prison. Nous devons déterminer les emplacements qu'il a jugés stratégiques avant de lancer son invasion.

— Les cartes sont obsolètes ; elles datent de quand la Crypte a été construite. Les disciples de Shepherd auraient pu creuser tout un réseau de conduits qui ne figurent pas dessus. Si vous vous perdez…

— Je ne me perdrai pas, siffla Dane, irritée, ses yeux se détournant de l'écran. Alors dis-moi, exécuteur, lequel de ces emplacements vais-je infiltrer ?

Corday soupira, conscient que, s'il choisissait le mauvais endroit pour chercher Claire, la brigadière n'en ressortirait peut-être pas vivante.

— Il nous faut une deuxième équipe.

— Impossible, et tu le sais, répéta Dane, comme elle l'avait déjà fait maintes fois. Pas en deux jours. Pas sans que Leslie ait vent de notre plan. Tu dois choisir entre ces emplacements potentiels. Tu dois t'engager.

Comment diable pouvait-il faire ça sans informations supplémentaires ? Et si elle n'était à aucun de ces endroits ? Alors quoi ?

La brigadière Dane l'avait vu tergiverser au sujet de la prison de Claire encore et encore.

— Et n'envisage même pas d'y aller toi-même. Les rebelles te verraient arriver et t'élimineraient avant que tu ne parviennes à dix mètres de la Citadelle. Pense à ce que Claire voudrait. La libération de notre peuple compte plus pour elle que sa propre vie. Tu as un devoir envers elle. Quand Shepherd aura été destitué, il devra y avoir des élections, une véritable démocratie. Leslie Kantor n'offrira pas ces choses. Elle déclarera la loi martiale… rien ne changera sous le Dôme hormis le nom du dictateur.

Son officier supérieur avait raison, évidemment. Tous ceux qui avaient vu les agissements de Leslie – *dame Kantor* –, sa manière de faire du zèle et de convertir les rebelles au nom de son oncle, étaient à même de comprendre que les pouvoirs qu'elle détiendrait à la fin de cette histoire s'accroîtraient au gré de ses désirs.

Elle voulait être reine et était prête à massacrer des dizaines de milliers de personnes pour atteindre son objectif.

Certaine que le Bêta comprenait la situation, la brigadière Dane retourna au sujet qui les occupait.

— Alors, exécuteur Corday… Claire est-elle dans le couloir est ou au sous-sol ?

Il l'ignorait, mais il était suffisamment désespéré pour aller trouver quelqu'un qui le savait peut-être.

— Donnez-moi un jour de plus.

— Très bien, opina Dane en fronçant les sourcils. Tu as vingt-quatre heures pour faire ton choix, ou je choisirai à ta place.

Corday abandonna la femme avec ses précieux cubes de données, afin qu'elle étudie et mémorise chaque passage, chaque tournant. Les mains dans les poches, il marcha dans les rues, les yeux plissés, car le soleil se reflétait sur le givre sale. Un manteau de neige recouvrait le Dôme. Les flocons blancs étaient un signe que le verre qui les protégeait s'était fissuré davantage.

Le trajet jusqu'au repaire de Maryanne allait être long.

Plus de deux mois étaient passés depuis qu'il avait découvert la véritable identité de la vieille amie de Claire.

Lors d'une mission de reconnaissance comme une autre, il avait vu un visage familier grimper les marches de la Citadelle. Ses cheveux blonds tressés dans son dos, ses lèvres rouges souriant comme si elle était la méchante de l'histoire… la garce qui avait un jour fait irruption chez lui en cherchant Claire était en train d'entrer volontairement dans l'antre du loup.

Et elle était vêtue de la tenue noire des disciples.

Corday s'était approché furtivement et avait patienté. Quand la coquine avait enfin redescendu les marches, des heures plus tard, il l'avait prise en filature. Il avait été facile de la suivre – si facile qu'il avait pensé qu'elle l'avait *laissé* la suivre.

La vue de cette femme, qui avait prétendu être la meilleure amie de Claire, avait été comme une lueur d'espoir maladif. Après tout, c'était la femelle Alpha qui était venue chez lui pour voir leur connaissance commune, qui avait avec elle les vêtements que Claire avait portés pendant sa fuite, qui avait affirmé que leur amie avait échangé sa vie contre la leur. Pour quelle autre raison se serait-elle rendue à la Citadelle, souriant comme si elle avait reçu une invitation à prendre un thé en or massif, sinon pour voir Claire ?

Tout revenait toujours à Claire.

Il ne l'avait pas approchée alors, car il refusait de risquer la mission en abordant l'électron libre qu'était cette femme. Corday s'était contenté de l'observer. Aujourd'hui, Maryanne Cauley représentait peut-être le dernier espoir de Claire.

Prêt à tout pour rassembler des informations sur l'endroit où était retenue son amie, Corday frappa trois coups rapides à la porte de la traîtresse. Quelques secondes plus tard, Maryanne lui ouvrit, souriant comme un chat prêt à lécher de la crème.

La garce eut l'audace de ronronner en le voyant.

— Je me demandais quand vous alliez venir me voir. Les hommes finissent toujours par venir, vous savez ?

Ignorant les riches vibrations de la femelle Alpha, Corday la contourna et s'invita à l'intérieur.

Comme il l'avait espéré, il sentit l'odeur de Claire dans la pièce encombrée… elle émanait de la pile de linge sale dans le coin.

— Vous fréquentez la Citadelle, dit Corday en faisant glisser un doigt sur la surface du mobilier. Je peux savoir pourquoi ?

Maryanne l'effleura en s'approchant du canapé, ses lèvres rouges pleines formant un sourire coquin.

— Parce que je suis un disciple, Corday.

— Vous mentez toujours ? Vous savez que je suis un exécuteur. Vous savez où je vis… Personne n'est venu m'arrêter.

— Je survis. Vous vivez votre vie, je vis la mienne.

— Arrêtez votre jeu de tentatrice, s'offusqua Corday, révolté par son ton aguicheur. Ça ne marchera pas avec moi.

— Quel dommage, gloussa-t-elle en s'installant sur son canapé. J'aime bien les beaux Bêtas.

— Je suis sûr que vous me détestez autant que je vous hais.

— Ça rendrait le sexe encore plus intéressant, vous ne croyez pas ?

Corday renifla.

— C'est bon, le taquina Maryanne. Je peux sentir Leslie Kantor partout sur vous. Viser les restes du Premier ministre… Vous avez un truc pour les femmes déjà prises.

— Je veux parler de Claire.

Son sourire de requin s'envola, et Maryanne devint très grave.

— Parler de ma meilleure amie morte est la dernière chose que je veuille faire.

— Quand vous allez à la Citadelle, Shepherd vous laisse la voir ?

— Claire est morte, Corday. Tournez la page.

— Je sais qu'il la retient prisonnière.

Bons Dieux, comme il était difficile de le reconnaître tout haut !

— Je dois la sortir de là. Si vous l'aimez vraiment, vous devez l'aider.

Un tourbillon d'émotions sincères, une tristesse bien ancrée, illumina les beaux yeux de Maryanne. Elle inspira avec lassitude et soupira.

— Claire n'est plus parmi nous, Corday. Elle s'est suicidée. Vous devez cesser cette folie que vous mijotez.

— Si je n'arrive pas à la sortir de là dans les prochaines quarante-huit heures, elle mourra, lâcha-t-il sèchement. Vous comprenez ce que je veux dire ?

— Dans tes rêves, mon tourtereau.

Il s'installa au bout de son canapé. Les coudes sur les genoux, le front posé sur ses mains jointes, il lui murmura le plus grand secret sous le Dôme :

— Leslie Kantor a convaincu les rebelles de faire sauter la Citadelle. Les bombes ont déjà été fabriquées. Je ne peux rien faire pour l'arrêter.

Il ne vit aucune réaction chez la blonde ; c'était comme si elle s'en moquait.

Corday grimaça et la regarda dans les yeux.

— Il ne reste que deux jours avant qu'ils frappent ! S'il vous plaît, dites-moi où il la garde. Dites-le-moi pour que je puisse la sauver.

— Tu es mignon, dans ton genre délirant. Bon, si tu veux baiser, je suis toujours preneuse, dit Maryanne d'une voix sensuelle en rampant vers lui comme un chaton joueur. Sinon, va enquiquiner quelqu'un d'autre.

Dégoûté par cette femme et par sa malice, Corday l'envoya paître avant de sortir en claquant la porte.

Lorsqu'il fut parti, Maryanne poussa un long soupir et reposa sa tête sur le canapé. L'espace d'un instant, elle avait craint que l'autre chiot éperdument amoureux de Claire ne voie clair dans son jeu. Mais elle s'en était bien sortie. Même Shepherd serait d'accord, et elle était certaine qu'il avait assisté à chaque seconde de leur conversation ; il avait dû faire placer du matériel de surveillance dans chaque recoin de son domicile.

À présent, elle devait se préparer à la réaction de Shepherd, car ce psychopathe transi d'amour ne savait pas comment gérer ses sentiments. Allez, il lui avait presque arraché la tête quand Claire lui avait fait un bisou.

Personne ne comprenait donc tout ce qu'elle sacrifiait pour aider ces enfoirés de la résistance ? Et l'exécuteur Corday, que Maryanne détestait mais gardait en vie alors qu'il aurait suffi qu'elle lui laisse entendre que l'Oméga était en vie, qu'elle l'avertisse qu'il ne pourrait jamais l'atteindre, pour assurer sa mort lente et douloureuse ?

Mais, si ce que le Bêta affirmait était vrai, Corday venait peut-être de sauver Claire à son insu. Shepherd n'exposerait jamais sa partenaire au danger. Par les enfers, il ne l'exposait à rien de plus dangereux que des couverts en plastique !

Maryanne leva la tête et décida qu'elle méritait une médaille. Après tout, Corday aurait très bien pu accepter son offre de s'envoyer en l'air…

Frissonnant à cette pensée, elle se leva et alla prendre une douche bouillante.

****

Jules visionna l'enregistrement, ayant entendu chaque insulte échangée entre Maryanne Cauley et l'exécuteur Corday. Immobile face à plusieurs écrans muraux dans le centre de commande, il lança un ordre immédiat :

— Convoquez Shepherd. Code rouge.

L'Alpha était dans la Citadelle, à moins de cinq minutes de là. C'était tout le temps dont Jules avait besoin pour initier la séquence de commandement Exode.

Lorsque Shepherd arriva, il regarda la vidéo de l'échange puis se tourna vers son bras-droit. L'Alpha était certain que ce n'était pas une ruse de la part de l'exécuteur ; il connaissait le lamentable combattant de la résistance comme sa poche. Sur écran, il n'avait vu ni combine ni subterfuge. L'homme croyait ce qu'il disait et était même perturbé par ses nouvelles. De plus, Maryanne Cauley avait commencé à faire les cent pas dès que le Bêta avait claqué la porte. Ces deux-là avaient été infectés par des intentions potentiellement dangereuses.

Shepherd connaissait l'origine de la maladie.

L'amour.

Shepherd pouvait contrôler Maryanne, mais le Bêta allait poser un problème. Il allait devoir l'éliminer, tant pis pour le marché qu'il avait passé avec Claire.

Quand l'Alpha entendit l'avertissement de Corday, il poussa un cri de gorge, un genre de grommellement. Il n'y avait qu'une seule explication plausible : Leslie Kantor, *Svana*, avait planifié cette chose terrible.

Ses yeux s'embrasèrent, et une odeur de fureur justifiée émana de tous ses pores.

— Tu avais raison, mon frère.

Jules n'exulta pas en entendant l'aveu de son chef. Il était au-dessus de telles choses.

— Svana doit projeter d'attaquer sur le temps de midi, pour assurer que la majorité des disciples soient à l'intérieur. J'estime qu'elle a besoin de moins de cinquante hommes si son plan est effectivement de démolir la Citadelle.

Bien sûr, elle s'assurerait de faire un maximum de victimes, d'éliminer le plus grand nombre de ses ennemis d'un seul coup. Shepherd le lui avait appris. C'était exactement ce qu'il avait fait lorsqu'il avait libéré les prisonniers de la Crypte.

— Avance la procédure de lancement. J'appelle à l'Exode immédiat.

— J'en ai déjà donné l'ordre, dit Jules, qui se devait aussi d'énoncer les risques d'échec. Il nous faudra au minimum vingt-quatre heures pour apprêter les vaisseaux. Les hommes seront disséminés, occupés à charger et préparer les transports. La Citadelle sera exposée, et la garde très réduite. Les disciples pourraient ne pas trouver toutes les bombes.

Il n'y aurait aucune bombe à trouver. Svana avait toujours préféré la chair à canon. Ceux dont ils devaient se méfier étaient les citoyens ordinaires, prêts à sacrifier leur vie.

— Quelles sont les conditions météorologiques au passage de Drake ?

— Pas favorables, répondit Jules en ouvrant une nouvelle fenêtre sur l'écran.

Shepherd comprenait les conséquences. Ils avaient longuement discuté et planifié en détail un Exode précipité.

— Nous volerons au-dessus de la tempête.

— Il nous faudra faire l'aller-retour trois fois avec les douze vaisseaux pour venir chercher et déposer tous les disciples.

Les écrans du centre de commande affichaient à présent le manifeste des soldats, leurs plans de bataille et les journaux de données. Jules indiqua tous les éléments prioritaires.

— Si Svana a fomenté une véritable rébellion, nous pourrions nous retrouver assiégés durant les trois jours de la procédure, et ici et pendant que nous annexerons le Dôme Greth. Le nombre de victimes pourrait doubler par rapport aux projections.

Exactement. Shepherd regarda son subordonné dans les yeux.

— Alors l'exode ne prendra pas trois jours… L'arrière-garde ne survivra pas pour connaître la liberté.

— Tous nos frères d'armes comprennent le sacrifice. Ils mourraient tous à tes ordres.

En connaissance de cause, Shepherd énonça :

— Les couples appariés et ceux qui ont retrouvé leur famille après l'assaut partiront en premier. Ceux qui sont en âge de se reproduire suivront. Les plus vieux et les blessés resteront pour défendre l'avenir de leurs frères.

— Si nous bouclons immédiatement la Citadelle, nos frères auront une plus grande chance de survie, suggéra Jules.

— Non, refusa Shepherd, conscient que l'adversaire n'était pas à sous-estimer. Il est possible que Svana ait planifié ceci depuis le début. Notre régime a éliminé tous ses adversaires. Elle connaît les rouages de notre organisation. Il lui serait plus difficile de s'emparer du Dôme Greth que de faucher notre autorité. Si elle apprend que nous avons anticipé son attaque avant le lancement des vaisseaux, elle frappera aussitôt. Nous devons gagner du temps pour nos hommes.

Jules acquiesça d'un hochement de tête.

— Svana doit être détenue immédiatement. Sa capture n'arrêtera pas l'attaque des rebelles fanatiques, mais nous avons besoin d'elle vivante.

Bien que, s'il fallait en croire son regard, Shepherd semblait grandement envisager de la tuer lui-même.

— L'exécuteur Corday est la clé.

— Je te prie de m'assigner à la tâche de la traquer, exigea Jules, l'expression sinistre, féroce. Je connais très bien Svana.

— J'ai besoin de toi ici, contra Shepherd. Tu devras mener nos hommes depuis le centre de commande pendant que je défendrai la Citadelle contre l'attaque.

Il arrivait rarement que le Bêta discute un ordre direct. Mais, ses yeux si vifs qu'ils semblaient irréels, Jules insista pour mener à bien la tâche qu'il avait méritée plus d'une fois.

— Shepherd, nous avons besoin d'elle. Sans Svana, nos transports ne pourront atterrir nulle part. Fais-moi confiance : je la trouverai. Je la tiendrai pour responsable devant nous tous.

Voyant l'avenir glorieux qu'il s'était imaginé lui glisser entre les doigts, Shepherd céda.

— Dès que les vaisseaux illumineront le ciel, Svana saura que ses plans ont été déjoués. Tu pourrais avoir moins de douze heures avant le début de l'attaque.

En stratégie comme à la guerre, Shepherd n'avait pas d'égal sous le Dôme. Jules le savait mieux que quiconque.

— Je sais que tu trouveras le moyen de la retenir et de mettre la ville à genoux, Shepherd. De déjouer ses plans et de sauver nos frères.

Le Dôme n'aurait jamais assisté à un carnage d'une ampleur telle que celui que Shepherd réservait à Svana et à ses rebelles.

— Je te le jure devant les Dieux, Jules.

Le Bêta hocha la tête en silence et laissa Shepherd seul avec sa culpabilité et ses obligations.

Thólos était en train de pousser son râle d'agonie. Laissant ces pauvres fous grappiller tout l'honneur qu'ils pourraient trouver à la dernière heure, il délimita un périmètre fantôme autour de la Citadelle et ordonna à ses hommes de se préparer à la guerre. Si les bombes des rebelles ne faisaient pas crouler le Dôme sur leurs têtes, alors sa vengeance les tuerait tous.

Le virus serait disséminé. Thólos serait effacée de la carte, et rien ne viendrait changer ça.

Si les disciples n'avaient pas été prévenus, Svana aurait eu une réelle chance de victoire. Désormais, ne s'ensuivrait qu'un bain de sang.

Shepherd serait seul victorieux.

Quand la bataille serait terminée, que sa famille serait établie sous le Dôme Greth, il deviendrait une figure de légende. Son succès, qui l'obsédait beaucoup autrefois, ne serait rien comparé au monde nouveau qui s'ouvrirait à son fils et aux enfants qui le suivraient.

Il connaîtrait la paix… après une période acceptable de deuil pour sa partenaire, bien entendu. Il savait déjà qu'elle s'effondrerait en apprenant la vérité, surtout étant donné son hyperémotivité de grossesse.

Claire ne prendrait pas bien la précipitation du transport, du vol et de l'installation dans de nouveaux quartiers si elle n'était pas mise au courant de ce qui était en train de se produire. Shepherd était d'accord avec Jules sur ce point, et chacun avait agi de son propre chef pour poser une base solide sur laquelle elle pourrait se reconstruire. Chaque brique avait été assemblée, chaque allusion préparée. Il ne restait plus à Claire qu'à renoncer à ses attaches et choisir volontairement son fils.

Shepherd avait une foi absolue en elle.

Sa petite Oméga en savait plus qu'elle ne le disait. Elle était également plus forte qu'elle ne le pensait. Il reconnaissait que Thólos avait été un endroit malsain pour elle pendant longtemps, mais ses mains avaient été liées à ce sujet. Cependant, la souffrance de Claire et le sacrifice qu'elle faisait à son insu mèneraient à une grande récompense. Tout irait bien, en fin de compte. Il la rendrait heureuse.

Il n'y aurait pas d'antre souterrain dans son avenir, seuls le ciel et l'air frais.

Il lui trouverait des fleurs d'oranger.

Quand ceci serait terminé, il lui apporterait tout ce qu'elle voudrait, tout ce qui était en son pouvoir. Elle deviendrait l'Oméga la plus gâtée sur la planète, car elle le méritait. Parce que, même s'il la couvrait de bijoux et d'objets précieux, cela ne changerait rien à son caractère. Et il y aurait d'autres enfants, peut-être une petite Oméga, comme sa maman… Une petite fille qui mènerait ses frères Alphas à la baguette.

Mais d'abord, Thólos devait être détruite. Le monde devait retrouver son équilibre afin que la femme qui dormait dans son antre ait une chance d'y survivre.

Ses disciples loyaux feraient valoir leur droit sur le Dôme Greth. Ni vu ni connu, ils s'épanouiraient pendant que les os contaminés de Thólos blanchiraient sous le soleil arctique.

Un an, peut-être deux, et Claire retrouverait le sourire. Elle verrait tous les bénéfices de ses actions ; elle pardonnerait, parce qu'il connaissait son secret… il pouvait le sentir émaner d'elle en ce moment-même, tandis qu'elle dormait.

Shepherd sourit.

Chapitre 8

— Bon sang, Claire, je ne t'ai chipé qu'une frite ! s'exclama Maryanne, yeux écarquillés et un peu sonnée.

Se rendant compte qu'elle avait aboyé sur son amie, Claire inspira profondément, penaude. Elle était fatiguée, car on l'avait tirée de son sommeil et traînée à l'étage alors qu'elle voulait encore se reposer. Shepherd avait insisté pour qu'ils aillent voir le ciel, prétendant qu'il avait fait préparer un repas spécial et que Maryanne l'attendait.

— Excuse-moi, Maryanne. Mais, si tu touches encore une fois à mon assiette, je vais devoir te tuer. Je n'en peux rien.

— Ma douce petite Claire… enceinte et tarée, la réprimanda Maryanne en pouffant. Allez, montre-moi ton petit bedon.

Depuis sa conversation douloureuse avec Shepherd, elle avait l'impression que tout revenait toujours à sa grossesse… comme s'il la manœuvrait dans une position où elle devait en parler encore et encore et encore. Elle posa ses yeux verts sur sa robe en coton et sur la bosse qui commençait seulement à transparaître.

— Il n'y a encore rien à voir.

— Montre-lui, ordonna une voix rauque et grave depuis le coin de la pièce.

C'était la première fois que Shepherd intervenait pendant un de ses tête-à-tête avec Maryanne, et cela ne fit qu'alimenter ses soupçons. Claire fit la moue en regardant par-dessus son épaule, soupira et se leva. Elle se tourna de côté et tira sur l'étoffe de sa robe pour la tendre et étayer ses propos.

Maryanne roucoula en posant ses yeux bruns sur le ventre de son amie.

— Tu as une petite bosse ! Tu le sens bouger à l'intérieur ?

Claire renifla et baissa les yeux, lissant le tissu et caressant son ventre avant d'avoir pu se retenir.

— Non. Ce que je sens, c'est de l'épuisement permanent et du délire quand j'ai faim… Je m'inquiète beaucoup.

— Rien de neuf, donc, sourit Maryanne, comme si elle se retenait de rire.

En contemplant sa belle amie, Claire marmonna :

— Je me sentais mieux quand j'étais affamée il y a des mois que quand j'ai faim maintenant. Regarde-moi un peu ! Je viens de menacer de te tuer pour une frite. Je n'imagine même pas ce que les autres femmes enceintes à Thólos doivent vivre.

— Avant que tu t'asseyes, je peux toucher ton ventre ? demanda la blonde en ignorant sa réflexion sur Thólos, la main déjà tendue.

Il était étrange qu'un autre que Shepherd touche le fœtus qui allait devenir un petit garçon.

— C'est bizarre, tu sais ? Je ne peux rien faire pour ce bébé…

Claire n'avait pas eu l'intention d'exprimer tout haut ses appréhensions ; elles étaient sorties toutes seules quand son amie avait touché son ventre.

Maryanne retira sa main et l'observa de ses yeux bruns doux.

— Que veux-tu dire ?

Claire chassa ses pensées noires, mais le mal était fait : Shepherd l'avait entendue.

— Je ne sais pas ce que je vais faire. Je ne sais pas ce que je suis en train de faire.

Elle ne savait même pas si elle était en train de parler du bébé ou d'autre chose. Quelque chose n'allait pas du tout dans cette rencontre. Maryanne en faisait trop. Le monde entier lui paraissait tourner de travers.

— Eh bien, dit Maryanne en se forçant à sourire. D'abord, tu vas te rasseoir, puis tu vas inspirer profondément et, enfin, tu vas terminer tes frites.

Méfiante, se sentant manipulée, Claire fit ce qu'on lui disait et vida son assiette. Lorsqu'elle eut terminé, elle posa les yeux sur la fenêtre. La nuit était en train de tomber, et les derniers coins de ciel bleu apparaissaient çà et là entre les nuages lourds. Au-delà du Dôme se trouvait le monde réel, un endroit qu'elle ne comprenait plus, pas plus qu'elle ne comprenait ses propres pensées tandis que les heures s'égrenaient.

Shepherd, Jules et même Maryanne s'étaient montrés plus que serviables, dernièrement. Et, parce qu'elle se sentait devenir folle, sa paranoïa ne faisait que s'accroître face à leur amabilité douteuse. Shepherd l'avait emmenée dans cette pièce presque à chaque fois qu'elle était réveillée, l'avait écoutée jouer au piano pendant des heures ou était resté assis avec elle sur la chaise, touchant constamment son ventre, le caressant, le tenant, changeant les motifs de ses caresses pour qu'elle ne puisse ni les ignorer ni se concentrer sur ce qu'elle faisait.

En temps normal, cela aurait été touchant : le père Alpha fanatique rempli d'orgueil… tout comme son père l'avait été. Elle avait perdu son calme deux fois avec lui sans raison. Elle n'avait pu supporter d'être touchée une seconde de plus. La chose la plus déroutante dans toute cette affaire était que Shepherd l'avait bien pris.

Puis qu'avait fait ce salaud ? Il avait sorti un de ses livres interdits et le lui avait lu. Et elle avait apprécié ça !

Pendant qu'il lisait, Claire avait examiné ses étagères, ses *fenêtres*, et fusillé du regard le dos du livre sur la grossesse, qu'elle évitait comme la peste. Elle se demanda s'il conseillait au futur papa de lire une histoire pour apaiser cette exaspération tactile chez la femme enceinte. Elle haïssait ce bouquin, détestait sa couverture d'un blanc brillant qui détonnait avec celles des autres livres, détestait être constamment tentée de jeter un œil, de lutter contre elle-même, de garder ses distances, car elle avait peur.

Pour interrompre le tourbillon de ses pensées, elle s'était rapprochée de Shepherd et, dans sa confusion, avait reniflé et fredonné, yeux fermés, pendant que sa main remontait sur sa cuisse musclée, en direction de ce qu'elle désirait. Elle avait caressé le tissu de son pantalon cargo jusqu'à ce qu'il soit aussi dur qu'elle était trempée.

Claire O'Donnell avait pris l'initiative de leurs ébats.

Il n'avait pas hésité une seconde à lui donner ce qu'elle voulait. Shepherd était même allé jusqu'à s'agenouiller quand elle l'avait forcé à se baisser, puis cambré le dos en exigeant silencieusement qu'il la dévore avec sa bouche. Telle une femme cupide et égoïste, elle s'était endormie dès qu'elle avait joui sur sa langue. Il avait dû la border car, lorsqu'elle se réveilla, elle était enfouie dans son nid et il était sorti.

Claire ne s'était pas réveillée heureuse, mais dans un état de détresse complet.

Shepherd était à nouveau d'une humeur massacrante, mais ce n'était pas ce qui l'avait tirée du sommeil. C'était son cauchemar récurrent sur la Crypte, qui semblait être sorti de nulle part et avait ébranlé son esprit : celui des prisonniers, l'écume aux lèvres, qui la regardaient à travers les barreaux tandis que le diable la baisait.

Ces horribles spectres cherchaient toujours à l'atteindre. Parfois, ils la touchaient et elle hurlait.

Claire s'était assise et avait essayé de calmer les frissons qui l'avaient réveillée, quand son monde s'était effondré. Sur le moment, elle avait été certaine que les Dieux la haïssaient, qu'elle était maudite. Elle avait posé sa main sur son ventre et inspiré profondément, réalisant enfin qu'elle ne pourrait jamais ignorer et oublier cette sensation : son bébé avait bougé. C'était cette minuscule palpitation intérieure qui l'avait forcée à reconnaître que son fils était vivant, qu'elle était une mère même si elle refusait de penser à lui.

Quand Shepherd l'avait retrouvée en train de pleurer toutes les larmes de son corps quelques minutes plus tard, il s'était précipité vers elle, l'air dérouté. À nouveau, elle avait réagi en se jetant sur lui et, pour la première fois, il avait semblé réticent, avait exigé de savoir ce qui n'allait pas. Pour le faire taire, elle avait embrassé sa gorge et posé les lèvres sur sa marque de revendication, consciente que c'était de la manipulation et qu'il ne l'arrêterait pas. Il était hors de question qu'elle lui explique le monstre qu'elle était.

Depuis cet accouplement, il l'avait observée attentivement et reniflée souvent, sur le qui-vive. Et avec raison. Il était le géniteur d'un bébé qu'elle avait été déterminée à tuer pendant des mois, un enfant qui mourrait si elle décidait de se suicider – un bébé bien vivant, mais qui n'avait pas existé dans son esprit jusqu'à ce qu'elle le sente bouger dans son ventre.

Mais à présent... qu'allait-elle faire ?

Claire chassa ces pensées et se força à se concentrer sur l'invitée qui attendait patiemment qu'elle prenne la parole.

— Tu te rappelles le soir après que la mort de ma mère a été classée comme un suicide ? Ce qu'a fait le gouvernement ? demanda Claire en souriant tristement à Maryanne.

— Oui. Pourquoi ?

— Je suis restée debout avec mon père toute la nuit. Il était anormalement silencieux, expliqua l'Oméga, l'air grave. On regardait un film quand ils sont venus frapper à la porte. Tu imagines comment mon père a réagi ?

Maryanne secoua la tête en observant attentivement son amie.

— Notre maison était confortable. Ma mère avait mis des bacs de fleurs sur tous les appuis de fenêtre. J'avais des amies, j'étais douée à l'école, je jouais sur la sécurité des chaussées. Quand ils sont venus, qu'ils ont donné leurs ordres, papa m'a attrapée sans poser de questions – on était tous les deux en pyjama – et il a fendu la foule d'exécuteurs. Son transport avait été confisqué, donc il m'a traînée derrière lui sur tout le trajet jusqu'au pont le plus proche, jusqu'au secteur suivant. Il m'a tirée si vite que je n'ai même pas eu le temps de me retourner et de regarder derrière moi. On a pris les ascenseurs jusqu'aux derniers étages avant le Dôme, jusqu'aux jardins de la Galerie… Mon père m'a emmenée voir les orangers avant que quelque chose de mal ne puisse m'arriver. Il m'a éloignée pour que je ne voie pas notre maison être pillée. On est restés au niveau supérieur pendant deux semaines. Il y a même eu des moments où j'oubliais de pleurer ma mère. Il nous a gardés là-haut jusqu'à ce que toutes ses économies soient épuisées et qu'on n'ait plus d'autre choix que de redescendre.

— Je reconnais bien là Collin, acquiesça Maryanne sans comprendre pourquoi elle lui racontait cette histoire.

— Je ne pourrai pas emmener mon fils dans un endroit où il sera en sécurité. Il n'y aura plus d'orangeraies. Pas d'amis pour jouer dans le parc, pas de vacances en famille, continua Claire, le ton lugubre, les larmes coulant lentement sur ses joues. Je n'arrive même pas à imaginer ce qui nous arrivera.

Les yeux bruns de Maryanne s'attendrirent. Elle resta muette, n'ayant pas de mots pour apaiser son amie. Elle n'allait pas lui mentir en lui disant que tout irait bien. Claire était une femme traquée dont le partenaire avait le pouvoir de mettre au tapis la plus grande ville du monde moderne – un homme que des millions de gens voulaient voir mort.

— Tu as choisi un prénom ? fut la seule chose qu'elle put se résoudre à demander.

— Non.

— Il y en a qui te plaisent ?

— Non.

— Eh bien, tu ferais mieux de choisir vite. Je sens déjà que ton Alpha pense que Shepherd Junior serait un prénom acceptable… ce qu'il n'est pas, la taquina Maryanne.

Claire poussa un gloussement las, et sa bouche s'incurva légèrement avant de retrouver son sérieux.

— J'ai essayé de me tuer, Maryanne. Shepherd m'a trouvée alors que je me préparais à plonger dans la réserve d'eau de Thólos. En cet instant, ma seule raison de respirer, c'est toi. Si je m'étais suicidée, tu serais morte, Corday serait mort, les Omégas…

C'était la première conversation de cette nature que Claire osait avoir en présence de Shepherd, et l'homme choisit de ne pas l'interrompre.

— Je n'ai pas quitté l'étendue glacée pour mon fils. Et me voilà aujourd'hui, vivante, et mon enfant est entre les mains de l'homme responsable du génocide de milliers de personnes et de…

Sa voix se fêla juste avant qu'elle puisse ajouter *la folle furieuse devant laquelle il s'incline*. Consciente que partager ses connaissances avec son amie équivaudrait à signer son arrêt de mort, que Shepherd ne laisserait jamais Maryanne sortir de cette pièce, Claire déglutit et ajouta :

— … l'armée qui le suit.

Son amie plissa les yeux et hocha la tête, visiblement perturbée par la tournure de leur conversation.

— À quoi penses-tu ?

— Je pense que je vais nommer mon fils Collin, en souvenir de mon père, répondit Claire en attrapant son verre d'eau.

Maryanne frotta ses lèvres carmin l'une contre l'autre en regardant son amie accablée dans les yeux et acquiesça.

— Ton père serait ravi.

Une sensation étrange s'empara de Claire. Elle se rassit droite sur sa chaise et lâcha :

— Je pense que tu devrais partir maintenant, Maryanne, dit-elle en se levant et en la regardant une dernière fois avec tristesse. Je t'aime, mais je ne crois pas que tu devrais revenir.

Elle tendit ses bras pâles avant que son amie ait pu réagir.

— Shepherd se sert de toi, lui souffla Claire à l'oreille en l'étreignant. On le sait toutes les deux, et on sait aussi que je ne pourrai pas te garder en vie éternellement. Quoi qu'il veuille de toi, ne le fais pas. Sauve-toi.

Quand elle recula et vit Maryanne poser automatiquement les yeux sur la silhouette en approche de Shepherd, l'Oméga soupira et hocha la tête.

— Tu peux lui répéter ce que je t'ai dit.

Quelque chose se passait entre Claire et Shepherd et, à cet instant, Maryanne ne savait pas lequel des deux se servait le plus d'elle. Claire essayait de lui faire passer un message, mais elle n'arrivait pas à comprendre lequel. Ce qu'elle comprenait, c'était qu'elle voulait effectivement fuir cette pièce et faire ce que son amie lui avait conseillé.

— Je veux l'embrasser, Shepherd, demanda Claire en la contemplant de ses yeux troublés et fatigués.

L'homme qui se dressait derrière elle tourna lentement la tête pour la regarder, comme s'ils communiquaient en silence. Il n'avait pas l'air enchanté.

— Je l'autoriserai pour cette dernière fois.

Maryanne ne comprenait toujours pas ce qui était en train de se passer. Claire fit un pas en avant, se hissa sur la pointe des pieds et embrassa les lèvres molles de son amie. Lorsque cet échange fut terminé, l'Oméga fronça les sourcils en lançant, le cœur brisé :

— Tu vas me manquer plus que je ne saurais le dire.

Elle recula vers Shepherd et sentit ses bras épais entourer sa taille, fidèle à son habitude de la restreindre chaque fois qu'il demandait qu'on ouvre la porte. Il aboya l'ordre et, quelques secondes plus tard, Maryanne avait disparu de sa vie, pour toujours.

La table fut repoussée de côté par une jambe épaisse, et les chaises rapprochées. Shepherd la fit asseoir, s'installa en face d'elle et attendit que sa partenaire croise son regard.

— Je veux que tu réfléchisses aux conséquences de tes pensées, tout de suite.

Claire pouvait sentir dans le lien que Shepherd ne savait pas du tout à quoi elle pensait ; il ne faisait que tâtonner au petit bonheur la chance.

Livrez aux autres ce à quoi ils s'attendent ; c'est ce qu'ils sont capables de percevoir et cela confirme leurs prévisions. Cela les enracine dans des réactions prévisibles et leur occupe l'esprit pendant que vous attendez le moment extraordinaire – celui qu'ils ne peuvent pas anticiper. –Sun Tzu

— J'ai menti à Maryanne quand elle m'a demandé si je pouvais sentir le bébé, dit Claire d'une voix ferme, sans émotion. Je l'ai senti bouger hier… Je peux le sentir en ce moment même.

Elle détourna les yeux vers la fenêtre et répéta les paroles qu'il avait prononcées des semaines plus tôt.

— Des cheveux noirs comme les miens, peut-être même mes yeux. Combien de traits seront similaires ? Je ne pourrai pas lui offrir plus qu'une existence contre-nature sous terre. Je ne pourrai pas sauver mon fils.

Son ton calme était en décalage avec les larmes qui coulaient sur ses joues.

Shepherd pencha son corps massif afin que ses coudes reposent sur ses genoux et regarda fixement sa partenaire.

— Notre fils ne sera pas élevé à Thólos.

Imitant son langage corporel, elle s'inclina vers l'avant, sa voix complètement passive, même si elle semblait vouloir le tuer.

— Il faudra me marcher sur le corps pour m'arracher cet enfant, dit-elle, ses yeux verts durs. Tu penses m'avoir déjà vue piquer une crise ? Ce que je te ferais subir si tu faisais un geste de travers à l'encontre de ce bébé te donnerait envie de retourner dans ta Crypte.

— Tu ne seras jamais séparée de nos enfants, répondit l'Alpha à brûle-pourpoint, éprouvant un immense plaisir en entendant sa réplique cinglante. Thólos n'est pas un endroit acceptable pour lui comme pour toi. Par conséquent, ton départ est imminent, annonça-t-il en lui serrant la main.

Claire inspira profondément.

— Et voilà la complication. Personne ne peut quitter Thólos.

— Il n'y a pas de Thólos. Thólos n'est plus… il est temps de l'accepter, dit-il en posant sa grande main sur sa joue. Tu dois l'oublier et aller de l'avant.

— Tu penses que je ne le sais pas ? J'ai vu ce qui se passait dans les rues malgré la jolie vue que tu m'as offerte depuis cette fenêtre.

Elle repoussa sa grande main et passa la sienne sur son visage pour chasser ses larmes.

— Alors embrassons le fait que notre fils mérite mieux, s'enflamma Shepherd. Tu vivras dans le confort et tu seras entretenue. Tu peindras toute la journée si tu le souhaites. Je t'offrirai un piano, et tu pourras enseigner à notre enfant à jouer.

Il employait un ton sincère en parlant de l'avenir, de ses plans pour le monde, de toutes les promesses qu'il lui avait faites et qu'elle avait jusque-là ignorées.

Cela la rendait nerveuse.

— Pourquoi souhaiterais-tu rester ici ? demanda-t-il, les sourcils froncés, dérouté par son obstination. Pourquoi choisir les citoyens d'une ville qui assassinent les femmes aux cheveux noirs, responsables de la mort d'innombrables enfants innocents, qui se retournent les uns contre les autres et détroussent les cadavres gonflés comme des rats ? Comment peux-tu leur être loyale plutôt qu'à notre fils ? Imagine ce qu'ils lui feraient subir s'ils apprenaient qui était le père.

Fermant les yeux si fort qu'elle vit des étoiles, Claire essaya de trouver une réponse sensée. Elle ne pouvait s'imaginer renoncer à Thólos même si elle haïssait ce que cet endroit était devenu – même si tout ce qui caractérisait le foyer qu'elle avait autrefois aimé avait disparu. C'était comme se raccrocher aux ossements d'une amie morte depuis longtemps, en se persuadant qu'un jour, elle pourrait se réveiller et vous rendre votre étreinte. Se raccrochant au moindre espoir, Claire répondit :

— Être séparée de l'Alpha est dangereux pendant la grossesse.

— Nous ne serons pas séparés, ma petite, intervint Shepherd, sa voix retenant une trace du plaisir qui brillait dans ses yeux. Nous voyagerons vers notre nouveau chez-nous ensemble.

Claire se força à ouvrir les yeux pour croiser son regard, disséquer son empressement, incapable de se fier à ses promesses.

— Tu comptes vraiment quitter Thólos ?

Shepherd intensifia son ronronnement. Aussitôt, Claire sursauta et le foudroya du regard.

— Je vais quitter Thólos… avec toi.

— Et Nona ? Maryanne, Corday ? demanda-t-elle, ébranlée, en serrant la main qui tenait la sienne. Que va-t-il leur arriver ?

— Ma petite, tu dois les abandonner, eux aussi, répondit-il en secouant la tête. En dehors de mademoiselle Cauley, ils te croient tous morte. Accepte-le et tourne la page.

Shepherd se leva de la chaise et s'agenouilla devant elle. Il passa un bras autour de sa taille et posa une main sur sa joue, essuyant ses larmes de son pouce.

— Un foyer nous attend au Dôme Greth ; je te donnerai quelque chose de beau. Les meilleurs tuteurs pour nos enfants, une culture libre pour notre famille, dit-il avec sincérité. Mais, non, il n'y a pas d'avenir pour Thólos, plus de temps imparti pour tes amis.

Claire lut entre les lignes ce que Shepherd comptait faire du peuple du Dôme Greth.

— Et ton fils, aura-t-il des amis ?

— Les enfants de mes disciples, et nous lui donnerons des frères et sœurs, expliqua-t-il simplement.

— Et cette grande maison, aura-t-elle des fenêtres ? demanda Claire amèrement.

— De nombreuses fenêtres donnant sur les montagnes au loin, et tu pourras te déplacer librement dans notre foyer.

Claire hocha la tête en terminant la pensée de Shepherd :

— Parce que nous vivrons sur une base remplie de disciples à tes ordres, et je serai tenue écartée de la civilisation pendant que tu prendras le contrôle de cette nouvelle population.

— Je demanderai que la terrasse soit vidée afin que tu en fasses ton jardin, l'amadoua-t-il. Tu pourras tuer autant de plantes vertes que tu le voudras.

Claire sentit son insistance, son désir de la réconforter et son pouls enfiévré tirer sur le lien. Elle concentra son attention sur chaque recoin de l'homme qui lui offrait un avenir. Mais quelque chose n'allait pas du tout, et elle pouvait le sentir bouillonner en elle comme les prémisses d'une crise de panique.

— Je dois sortir d'ici.

— Non, ma petite, refusa Shepherd, ses yeux de fer liquide durs et sereins, sa bouche boudeuse.

Le miasme était en train de l'étouffer. Claire se pencha vers lui, éprouvant le besoin de sentir la chaleur émaner de l'être qui était censé maintenir son équilibre. Il l'attira vers lui, lentement et délicatement, pour qu'elle s'installe là où elle voulait être, et ronronna tout haut jusqu'à ce que la respiration de sa partenaire se fut calmée.

Le front posé sur l'épaule de son partenaire, Claire sentit son mental s'effondrer. Être réconfortée par l'homme qu'elle aurait dû haïr était horrible. Il s'efforçait de la rassurer à travers leur lien, mais n'hésiterait pas à propager la consomption rouge et à laisser toute la population tousser du sang et mourir de manière horrible…

Ses yeux s'écarquillèrent à cette pensée, sa respiration se coupa, et la pièce manquante s'assembla enfin dans son esprit, comme si elle l'avait prélevée directement dans les pensées du mâle.

— Tu comptes relâcher le virus !

— Il n'y a que le mal ici, Claire, répondit Shepherd sans ciller.

Hors d'elle, elle lâcha le premier nom qui lui vint à l'esprit :

— Nona !

— Est une meurtrière, rétorqua-t-il. Et elle n'a pas tué que son mari. Le savais-tu ?

— Tu penses vraiment que je vais croire un mot qui sorte de ta bouche ? cracha-t-elle, les yeux embués.

— Ton amie, ton mentor, est responsable de la mort d'au moins sept Alphas, insista-t-il.

Ils l'avaient sans doute tous mérité, pensa Claire. Mais c'était le même argument que celui que Shepherd employait pour condamner Thólos. Près de s'effondrer, elle réessaya :

— Maryanne.

— Tu lui as dit de se sauver, contra Shepherd. Je sais ce qu'elle cache chez elle. Si elle est sage, elle écoutera ton conseil. Mes hommes n'essayeront pas de l'arrêter.

Claire se sentait perdue, mais elle agrippa l'avant de son armure en sachant qu'il y avait un homme, un seul, que même Shepherd ne pouvait pas considérer comme mauvais, un homme qui lui avait fait promettre de survivre.

— Corday est un homme bon, murmura Claire, le cœur brisé.

L'Alpha se raidit.

— Les seuls civils qui pourront quitter la ville sont les familles de mes disciples et les Omégas récemment appariées.

Et, enfin, elle comprit ce à quoi il avait fait allusion pendant des mois.

— Parce qu'elles portent la descendance de tes disciples ? Parce que *je suis enceinte* de ton enfant…, sanglota-t-elle.

— Oui, murmura Shepherd en massant les nœuds de tension dans son dos. C'était la seule manière de te sauver.

Le fardeau de ce cauchemar s'abattit sur ses épaules, et elle se sentit glisser de sa chaise. Elle se retrouva à genoux, imitant la pose de Shepherd, mais tellement plus petite que lui, et supplia :

— Je t'en prie, ne fais pas ça ! Je ferai tout ce que tu veux, je porterai autant d'enfants que tu le voudras. Je t'aimerai. Je ferai *tout*. Mais ne fais pas ça.

Elle n'avait jamais vu l'homme si désespéré. Il retint sa respiration, puis inspira d'un seul coup avant d'avouer :

— Je ne peux pas l'arrêter. Je ne peux pas risquer que la racaille de cette ville se soulève, se rassemble, se déplace et menace ma famille. Rien ne peut empêcher l'inévitable, dit-il en passant ses bras autour d'elle. Cesse de pleurer.

Mais Claire en était incapable. Elle ne put pas non plus s'empêcher de se raccrocher à lui en sanglotant quand le lien lui exposa le mobile de sa tromperie. Il émanait de lui de l'émotion pure, et ses agissements étaient ancrés dans le seul bon qu'il connaissait : son amour absolu pour elle. C'était pour cette raison qu'il lui avait infligé toutes ces choses horribles, y compris la seringue qu'il venait de sortir de sa poche et qu'il s'empressa d'enfoncer dans sa chair.

Chapitre 9

Corday avait gaspillé quatre précieuses heures dans cet interrogatoire futile de Maryanne Cauley. Il était reparti les mains vides et n'avait fait aucun progrès quant à son dilemme. Pendant la longue marche de retour jusqu'à son appartement, la température extérieure chuta de manière inconfortable, mais il accueillit l'engourdissement de ses doigts, car toute douleur le confortant dans sa misère était la bienvenue.

Les mains tremblantes, il déverrouilla sa porte et posa les yeux sur l'endroit où Claire s'était tenue un jour, frappant à sa porte en pleine nuit pour trouver refuge chez lui. Les plaies ouvertes sur sa peau pâle, la chair déchirée, la douleur intolérable dans ses yeux… Il détestait ce souvenir. Ce n'était pas comme cela qu'il voulait se la rappeler. Corday voulait se remémorer les sourires prudents et l'étincelle dans ses yeux les rares fois où ses blagues avaient chassé le nuage de terreur qui rageait en elle.

S'ils avaient eu la chance de se rencontrer avant l'assaut, Corday était certain qu'ils seraient devenus amis, peut-être même amants. Parfois, il suffisait de voir une personne pour le savoir… et il l'avait perdue avant même qu'elle ne soit sienne.

Il était certain qu'elle aussi avait senti leur attirance réciproque. Après tout, n'était-elle pas venue le trouver après avoir sauté de la terrasse de la Citadelle, n'avait-elle pas couru dans les rues froides et noires pour venir à *lui* ? Il voulait être là pour elle, mais elle s'efforçait si farouchement de prendre tout sur elle.

Elle avait résisté à son appariement.

Elle s'était opposée à son partenaire pour libérer les Omégas.

Grâce à son tract, elle s'était transformée en flambeau, en mouvement.

Elle l'avait fait sans aucun soutien. Elle avait agi en sachant que cela lui coûterait la vie.

Poussant un soupir saccadé, Corday s'assit sur son canapé, prit sa tête entre ses mains et marmonna tout bas : « Claire… »

Leslie Kantor faisait pâle figure à côté de l'Oméga. La fougue de la femelle Alpha avait beau inspirer les hommes et les femmes cachés dans le secteur du Premier ministre, elle avait beau avoir transformé la résistance en véritable rébellion, elle n'était pas prête à se sacrifier pour la sécurité de son peuple, contrairement à Claire. Non, Leslie préférait sacrifier les autres. Les rebelles vouaient une adoration fanatique à leur guide *envoyée par les Dieux*. Des hommes et des femmes calmes, posés, raisonnables, que Corday avait connus avant l'assaut, qui avaient perdu tellement et vu tant d'horreurs, s'étaient volontairement transformés en bombes humaines. Il détestait faire la comparaison, mais ses compatriotes avaient commencé à se comporter comme des calques troublants des disciples de Shepherd.

Ils ne remettaient rien en question, se contentaient d'obéir.

Ils étaient prêts à sacrifier des innocents dans les tirs croisés.

Comme dame Kantor l'aurait dit, c'était le prix du changement.

La triste vérité était que, quel que soit l'aboutissement de leur attaque sur la Citadelle, les rebelles auraient accompli quelque chose, contrairement à la résistance du sénateur Kantor. Ce ne serait peut-être pas le résultat qu'ils avaient escompté. Après tout, il suffisait d'une seule bombe mal placée pour que tout le Dôme s'effondre. Mais la révolution aurait lieu. Shepherd et son virus seraient éradiqués.

Une nouvelle vie s'élèverait des cendres de la ville.

Une détonation, et les citoyens du Dôme cesseraient de stagner. Des émeutes s'ensuivraient ; tous se battraient ou mourraient.

Comme Leslie aimait le dire, ce jour marquerait la renaissance du peuple de Thólos.

Corday pressa ses paumes sur son visage et essaya de dissiper ce cauchemar. Il lui restait à peine plus de vingt-quatre heures. La brigadière Dane mènerait sa mission à bien ; Corday n'aurait aucun moyen de savoir si elle avait réussi ou échoué, car il serait occupé à parader aux côtés de Leslie Kantor.

Son ancien supérieur attendait de lui qu'il assassine la cheffe des rebelles. Le raisonnement de Dane était monstrueusement logique. Mais appuyer sur la détente lui coûterait plus que probablement la vie. Il ne reverrait jamais sa chère Claire. La dernière chose qu'il pouvait faire pour elle était de déterminer l'emplacement le plus probable de l'antre de Shepherd, afin que son amie ait une chance de survivre.

— Le sous-sol ou le couloir est ? soupira-t-il tout haut.

Depuis un coin plongé dans l'ombre, une voix inattendue brisa sa concentration.

— Je suis surpris que vous soyez revenu ici, étant donné ce que vous savez à présent. On dirait presque que vous voulez être capturé. Est-ce ce que vous voulez, Samuel Corday ? Voulez-vous que je vous mène jusqu'à Shepherd ?

En entendant le ton moqueur de l'intrus, Corday sentit son cœur rater un battement. Sa respiration s'accéléra et, assis avec raideur sur le canapé, le Bêta scruta l'obscurité pour trouver la source de la voix. Ce n'était pas seulement la peur qui lui retournait l'estomac… c'était l'étrange sensation que l'intrus avait raison. Le souffle court, l'adrénaline rendant sa voix rauque, Corday répondit :

— Je n'arrive pas à me décider.

La voix atone continua à s'exprimer depuis les ombres :

— Il a sale caractère. Je ne pense pas que vous survivrez à une conversation avec lui. Heureusement pour vous, que vous soyez honnête ou non, je n'ai aucune intention de vous régler votre compte ce soir.

Les yeux écarquillés, Corday regarda par-dessus son épaule. Dans l'obscurité, il pouvait à peine déceler la silhouette d'un homme, armé d'un fusil d'assaut, pointé droit sur lui.

— Qu'est-ce que je suis censé *savoir* ?

— Vous ne savez que ce que nous vous avons laissé savoir. Aucun fait dans votre petite cervelle n'est entièrement correct… Et, oui, avant que vous ne posiez la question, Claire est bien vivante. Shepherd l'a soignée pour qu'elle retrouve la santé. Dans quatre mois, elle accouchera d'un petit garçon.

Soignée ? L'homme caché dans les ténèbres donnait l'impression que Shepherd était un amant tendre et dévoué, et pas un monstre qui tuait à mains nues. Corday ne prit même pas la peine de dissimuler le dégoût qui marquait ses traits.

— Après sa capture, Claire a trahi la résistance. Vous êtes venu ici pour exulter.

— Est-ce vraiment ce que vous pensez ? lança l'intrus avec un ricanement malveillant.

Puis, Jules sortit des ombres et exposa son visage à la lumière, juste assez pour que l'exécuteur puisse voir à qui il s'adressait. Corday le reconnut instantanément : le second de Shepherd, le messager de la mort au sourire torve. Il cachait sans doute autre chose derrière son expression indéchiffrable et sa voix monocorde, mais Corday ignorait tout des intentions du paria.

— Elle serait déçue d'entendre une telle chose sortir de la bouche de l'homme qu'elle admire tellement.

— Je sais qu'elle ne l'aurait pas fait s'il ne l'avait pas forcée, rétorqua l'exécuteur, déchiré.

— La partenaire de Shepherd n'a jamais révélé un seul élément d'information sur vous ou votre lamentable résistance.

Le visage soudain vide, Jules regarda droit devant lui, ses yeux étrangement concentrés.

— C'est plutôt vous qui l'avez trahie.

— Je n'aurais jamais trahi Claire, se défendit Corday, vexé.

Sans briser leur contact visuel, conscient de son apparence menaçante, Jules baissa son arme.

— C'est vous qui nous avez menés à elle, vous que j'ai suivi jusqu'à la cache des Omégas.

Corday se rendit compte que des larmes coulaient de ses yeux. Il ne put cacher l'impact de la révélation du disciple sur lui.

— Est-elle au courant ?

— Elle a fait une peinture de vous. Vous étiez en train de cuisiner quelque chose en souriant. Elle a omis de peindre l'anneau que vous portez au petit doigt. J'imagine qu'elle ne pensait pas que je remarquerais son absence.

Fusil dans une main, Jules s'éloigna de son coin. Il traversa l'appartement comme si l'homme assis sur le canapé ne représentait pas la moindre menace.

— Elle vous respecte beaucoup, Corday. Sans quoi, pourquoi aurait-elle promis sa vie à Shepherd en échange de la vôtre ? Et son partenaire épris a tenu parole : ses hommes surveillent les Omégas et s'assurent qu'elles aient accès à des vivres et à de l'eau potable sans jamais interférer dans leurs vies. Nous vous avons laissé en paix, et votre résistance a été autorisée à exister. Même Maryanne Cauley a été épargnée alors qu'elle a pris part à l'attaque de Claire sur la Crypte.

— Pourquoi me racontez-vous tout ça ? demanda l'exécuteur d'une voix lasse.

Jules baissa le menton vers son torse et laissa ses lèvres se recourber de manière subtile mais sinistre.

— Claire m'a demandé de vous parler, mentit-il.

Corday refusa de mordre à l'hameçon.

— Vous manquez complètement de subtilité, le nargua Jules. Cinq années de tourments dans la Crypte vous guériraient de cette faiblesse. J'ai passé plus de dix ans en bas. Que pensez-vous que cela m'ait fait ?

Corday resta coi. Il ne dit rien car il n'y avait rien à dire.

Jules était plus qu'heureux de combler le silence.

— De nombreux prisonniers sont silencieux, au début. S'ils ne parlent pas, alors le cauchemar n'est pas réel, expliqua-t-il, la tête inclinée de côté en examinant l'exécuteur. Il ne leur faut pas longtemps pour apprendre que le cauchemar est tout ce qu'il y a. Malheureusement, cette découverte les mène au désespoir. Le désespoir lessive peu à peu tout le reste, jusqu'à ce qu'il ne reste qu'une page blanche. Nous étions tous comme vous, un jour – des prisonniers silencieux. Bientôt, vous serez tout comme moi. Leslie Kantor a vu votre potentiel et s'en est servi ; elle vous a conditionné avec brio.

Dans l'air, l'oppression était palpable, un poids qui donnait à Corday l'impression que son corps était immergé. Il grinça des dents jusqu'à ce que les muscles de ses mâchoires soient pris de crampes.

— Qu'est-ce que vous voulez ? aboya-t-il.

— Je ne vous apprécie pas. Vous n'êtes pas un bon soldat. Vous feriez un meneur encore plus pitoyable. Toute la ville sera à feu et à sang dans quelques heures, et vous ne pensez qu'à votre besoin égoïste de libérer une femme au lieu d'essayer de protéger votre peuple.

Jules le narguait sur le ton de la conversation et eut l'audace de croiser les bras sur son torse, laissant le canon de son fusil meurtrier reposer sur son épaule.

— Je ne vous dirai rien.

— Gardez pour vous vos plans et votre guerre. Je ne veux savoir qu'une chose, fit Jules en s'approchant, sa voix baissant jusqu'à un sifflement terrible, grinçant. Je veux savoir où Svana se cache.

Corday sut que ce nom avait été prononcé exprès et ne put refouler son grognement.

— Aimez-vous Claire ? demanda le disciple du tac au tac.

L'exécuteur refusa de répondre, mais ses traits se déformèrent sous l'effet de la fureur.

— Croyez-vous que Claire vous aime ? insista Jules, plus menaçant à chaque mot.

L'air dans la petite pièce sembla s'épaissir et se charger d'une haine empoisonnée. Les effluves nauséabonds émanaient de Corday.

— Tic-tac, exécuteur Corday, fit Jules en faisant signe vers la fenêtre, vers un fragment de la Citadelle visible au loin. C'est là que se trouvent les réponses. C'est là que se trouve Claire. Allez-vous les laisser mourir au nom de la cupidité d'une femme ?

Corday secoua la tête – cela ne pouvait pas être vrai. Tout ceci était un subterfuge pour qu'il trahisse les rebelles. Le nom était trop commode.

— Je ne sais pas qui est cette Svana.

— Elle s'est pourtant trouvée dans cette pièce, avec vous. La femme qui a fait du mal à Claire, dont vous baisez les pieds depuis des mois. Un idiot épris de la partenaire de Shepherd est le genre de jouet qu'elle aurait apprécié le plus. Embrouiller votre esprit et vos souvenirs de la douce Oméga pour refléter ses désirs… C'est la spécialité de Svana.

J'imagine que sa victoire a été facile. Vous doutiez déjà de votre amie. Vous pensiez que la femme qui avait sauvé votre vie vous avait trahi ; même si vous avez été contraint de le penser.

— Arrêtez, siffla Corday, la gorge nouée.

— Vous suppliez déjà ? Mais nous venons à peine de commencer.

— Je ne crois pas un traître mot de ce que vous dites, déclara Corday en sentant une douleur pulser derrière ses yeux.

— Je dois avouer que vous n'étiez pas sous surveillance quand Claire vous a parlé de Svana, donc je ne connais pas les détails de ce qu'elle vous a raconté. Mais j'étais auprès d'elle après ce qui s'est passé, quand je l'ai retrouvée recroquevillée au sol. De quoi avez-vous traité Svana ? De délinquante sexuelle ?

Inutile de continuer à prétendre que ce nom n'avait aucun effet sur lui. Jules l'avait remarqué, aussi Corday n'accomplissait rien en jouant l'imbécile.

— Assez ! s'écria-t-il. Svana est l'amante de Shepherd.

— Encore une fois, vous avez tort, dit Jules sans hésiter à partager le secret. Svana est la *partenaire* de Shepherd… Du moins, elle l'était jusqu'à ce que Shepherd tombe amoureux d'une Oméga. Désormais, elle est sa rivale pour le pouvoir.

Corday essaya de ravaler le goût amer sur sa langue, pris de nausée en songeant que ce salaud disait peut-être la vérité.

— Vous voulez me faire croire qu'il est faible ?

— L'amour est une chose intéressante, rétorqua Jules, le regard éloquent, en dévisageant le Bêta qui avait pris décision idiote sur décision idiote sur base de son *amour* pour Claire. Svana saura que nous avons découvert sa trahison dans environ trois heures. Ses forces nous attaqueront immédiatement. Je vous dis tout ceci parce que je sais qu'il n'y a aucun moyen de les arrêter. Même si je la tuais, même si vous la tuiez, les mascottes qu'elle a façonnées continueront sa volonté. Shepherd pourrait tempérer une partie de l'attaque, mais certaines bombes exploseront. Combien, je ne peux le dire. Alors, comment comptez-vous sauver Claire ?

demanda Jules sans fléchir. Si vous me dites où Svana se cache, je vous dirai ce que Maryanne Cauley refusait de vous révéler.

— Vous n'avez aucune preuve que Leslie Kantor est Svana. Je ne vous dirai rien.

— Peut-être avez-vous raison. Parfois, il vaut mieux laisser la tempête faire rage.

Jules sourit, et une expression étrange s'empara de son visage. Il se redressa et hocha la tête en signe d'adieu.

— Claire est retenue au sous-sol : corridor 7, salle 3. Elle périra écrasée dès que la Citadelle commencera à s'effondrer. Ou, si elle joue de malchance, elle se retrouvera coincée sous des décombres impossibles à déblayer et elle mourra lentement de déshydratation. Peut-être que sa peinture de vous lui tiendra compagnie dans sa solitude poussiéreuse et obscure.

Corday se mit à trembler dès que la porte se referma et qu'il se retrouva seul avec ses pensées. C'était comme s'il sortait d'heures de torture, comme si quelques mots murmurés dans l'obscurité l'avaient endommagé de manière irréparable.

Grognant et essayant de s'éloigner de ce qui essayait de la tirer de son sommeil, Claire sentit son corps raide et engourdi. La tête lui tournait, et tout lui revint soudain en mémoire. Thólos allait devenir un cimetière à ciel ouvert ; la consomption rouge allait être propagée dans l'air. Un virus que l'homme assis à ses côtés, le partenaire aimant qui soutenait son regard, prétendait ne pas pouvoir arrêter.

— Tu as dormi de nombreuses heures, ma petite, dit-il dans un ronronnement doux et sonore. Tu dois manger, maintenant.

La dernière chose qu'elle voulait en ce moment était de la nourriture.

Claire ouvrit la bouche pour protester, le forcer à l'écouter, mais Shepherd en profita pour enfoncer une cuillerée de quelque chose entre ses lèvres. Elle avala d'instinct, l'esprit toujours embrouillé, et essaya de se concentrer sur l'homme tellement flou qu'il lui apparaissait en double.

Shepherd la nourrit de nouveau de force.

— Quand tu auras fini, je t'aiderai à t'habiller pour le voyage.

La voix rauque était autoritaire, presque sévère, comme s'il adressait des ordres à l'un de ses disciples.

— Puis tu seras de nouveau mise sous sédatifs, enchaîna-t-il en caressant de sa main chaude les cheveux sur son front. La prochaine fois que tu te réveilleras, nous serons dans notre nouveau chez-nous.

— S'il te plaît…

Claire eut à peine le temps de formuler sa requête qu'une cuillerée de soupe avait atterri dans sa bouche.

— Il est important que tu manges, ou les sédatifs te rendront malade. Avale.

Il la força lorsqu'elle fit mine de refuser, frottant et pinçant sa gorge juste assez pour obtenir une réaction automatique, et ce jusqu'à ce que tout le bol de soupe ait disparu.

Lorsqu'il eut terminé de la nourrir, la transformation de Claire commença. Il n'y aurait plus de robe verte à Thólos. Shepherd la vêtit de la tenue de ses soldats, enfilant des couches de vêtements chauds sur ses membres mous, laçant des bottes à ses pieds, la couvrant de tissus foncés et épais pendant que Claire restait là, étourdie et à moitié consciente.

D'un ton neutre, Shepherd lui raconta tout ce à quoi elle devait s'attendre, qu'une équipe l'escorterait jusqu'à un vaisseau de transport, comme si elle devait s'en soucier.

Elle s'en moquait.

Même sous l'influence des sédatifs, Claire lutta pour rassembler ses pensées. Elle essaya de pleurer le bon dans Thólos, mais ne parvint qu'à se remémorer les dernières choses qu'elle avait vues sur les chaussées, rêva pour la millième fois des femmes aux cheveux noirs et sans visage dont les corps jonchaient les rues, le pauvre garçon mort de froid dans la ruelle, toutes les Omégas disparues, les visages de ceux qui seraient abandonnés à la mort dans la ville.

Que restait-il de Thólos à présent ? Le rebut de la société ? Les pires criminels qui soient ? Tiendraient-ils tête ? Se battraient-ils ? Ou s'évaporeraient-ils dans une explosion de sang, effaçant tout ce qui s'était passé ici ?

Dans cet endroit où il était résolu à l'emmener, Shepherd imposerait-il le joug de sa *philosophie* au peuple du Dôme Greth ? Le carnage était inévitable, s'il fallait en croire le mal et les horreurs qu'il avait déjà inspirés dans sa ville. Et si elle était traînée jusque-là, personne ne saurait rien de ceux qui s'étaient sacrifiés et qui avaient souffert… tant de récits inspirants, les histoires d'hommes bons comme Corday, seraient perdus à jamais.

Le monde devait savoir que tout n'avait pas été déshonorant sous le Dôme Thólos. Qui le leur dirait ?

Refusant de penser un instant qu'il pourrait gagner, Claire interrompit ses pensées noires et passa sa main dans le tissu de la manche.

Shepherd prit ses doigts dans les siens et l'observa, patient.

Les sédatifs émoussaient ses sens, la rendaient léthargique, telle une poupée de chiffon, mais elle avait encore assez d'énergie pour l'accuser :

— Tu m'as donné ta parole, Shepherd. Sur la glace, tu m'as fait une promesse.

— Tu essayais de te tuer, ma petite. Je t'aurais promis n'importe quoi, reconnut-il sincèrement, sa main se refermant sur la sienne comme une ancre. N'importe quoi, Claire. Tu ne peux pas m'en vouloir d'essayer de protéger ma partenaire et mon enfant. J'avais fait une erreur et elle devait être rectifiée. Tu devais recouvrer la santé et ton bien-être, et te retrouver dans une situation où tu n'avais plus à t'inquiéter pour ceux que tu comptes comme tes amis. Tu aurais fait la même chose si les rôles avaient été inversés.

— Est-ce pour ça que tu m'as droguée ?

L'homme hocha une fois la tête et posa sa grande paume sur son ventre.

— Tu peux être très réactive quand tu es bouleversée. Je ne peux pas rester auprès de toi à chaque instant pour le moment et je ne veux pas risquer que tu craques et que tu te fasses du mal.

Claire sentit les larmes chaudes couler aux coins de ses yeux.

Le suicide avait été son plan, son seul recours contre Shepherd : pour le punir et refuser d'être sa partenaire, pour lui reprendre son enfant. Mais le temps avait fait son œuvre, comme Shepherd l'avait escompté. Le bébé était devenu plus qu'un amas de cellules qui la rendait malade. Il était devenu une créature vivante qui bougeait… son fils. Et l'homme qui l'avait créé était à ses côtés, s'occupant d'elle comme si elle était mourante.

Mais elle n'était pas mourante et elle n'allait pas se suicider. Shepherd avait raison : elle ne ferait jamais de mal à son enfant. Et, ainsi, il avait remporté la guerre. Claire savait, au plus profond d'elle-même, qu'il l'avait gagnée des semaines plus tôt. Cela ne changea rien à la terreur qu'elle éprouva en sentant que quelque chose d'horrible allait se produire pour le punir de ses péchés.

— Tu vas perdre, Shepherd, dit Claire d'une voix brisée. Je ne sais pas comment, mais j'en suis certaine. Tu vas perdre tout dans cette folie. Toutes tes bonnes intentions, tous tes progrès, tout aura été pour rien si tu poursuis ce plan cruel.

— Je ne veux pas me disputer maintenant. Quand tout ceci sera terminé, quand nous serons installés dans notre nouveau foyer, tu pourras pleurer tes amis. Avec le temps, tu verras que j'avais raison.

Nous nous tenons à l'aube d'un nouveau monde. Ne le crains pas, ma petite. Tu n'auras plus jamais rien à craindre.

Elle voyait double, mais elle fit de son mieux pour se débattre lorsqu'il sortit une autre seringue et l'enfonça dans son bras. Puis il n'y eut plus aucune raison de lutter, car le monde n'était plus qu'un rêve étrange et bruyant.

Chapitre 10

Essoufflé, Corday fit irruption dans la chambre de la brigadière Dane, qui se réveilla en sursaut. L'homme était comme fou et ne fit rien pour baisser le ton.

— Ils savent qu'une attaque se prépare ! Ils sont sûrement en train de nous écouter en ce moment même !

Dane n'avait pas le temps de faire dans la subtilité. Elle était furieuse qu'il révèle les secrets de la résistance dans une pièce plus que probablement truffée de micros.

— Mais de quoi parles-tu ?

— J'ai reçu de la visite ce soir. Le second de Shepherd, le Bêta. Il était chez moi, siffla Corday en scrutant par les volets, guettant le moindre mouvement. Je suis sûr qu'il m'a suivi.

Dane repoussa la couverture de côté et s'empressa de s'habiller.

— Et tu l'as mené jusqu'ici ? Tu as perdu l'esprit ?

— Vous ne comprenez pas, répondit Corday en essuyant la sueur qui perlait sur son front et à la naissance de ses cheveux. Il m'a dit où Shepherd gardait Claire.

Elle poussa un grognement, comme si elle n'arrivait pas à croire la stupidité de l'homme qui se tenait devant elle.

— Espèce d'âne bâté !

— Écoutez-moi ! Vous vous rappelez le nom « Svana » ?

Dane fronça les sourcils en réfléchissant. Il lui fallut une minute pour s'en rappeler, mais elle avait déjà entendu ce nom.

— Il y a six mois, tu nous as révélé que l'amante de Shepherd s'appelait Svana… la femme qui a attaqué Claire.

— C'est ça. Ce soir, le second de Shepherd m'a révélé la position de Claire en échange de celle de cette femme. Il a affirmé qu'elle était véreuse et qu'elle cherchait à évincer Shepherd pour s'emparer du pouvoir.

Cette description correspondait affreusement à celle d'une femme en qui ils n'avaient aucune confiance.

— Dis-moi que tu n'as pas trahi la position de Leslie Kantor.

— Je n'ai rien dit et je n'ai pas eu à lui dire. Il m'a donné la position de Claire quand même. Couloir souterrain 7, pièce 3.

— Il t'a menti, Corday, déclara Dane en secouant la tête.

— Non, je ne crois pas, contra-t-il avec véhémence. Regardez la situation dans son ensemble. Ils savent que l'attaque sur la Citadelle est imminente, le Bêta me l'a dit lui-même. Il m'a également dit qu'ils n'avaient aucun moyen de l'en empêcher complètement. Ils savent que vous et moi sommes des éléments clés de la résistance, parce qu'ils nous *ont* surveillés pendant tout ce temps, mais ils ignorent où se trouve Svana. Elle a déjoué leurs plans et elle nous a manipulés ; je n'ai pas besoin de révéler la cachette de Leslie Kantor pour que le disciple de Shepherd la trouve. Il suffit que j'apparaisse en première ligne, et les rebelles me mèneront tout droit jusqu'à leur cheffe.

Corday était passé à côté du plus important. La brigadière Dane ferma les yeux et poussa un soupir las.

— S'ils sont au courant de l'attaque des rebelles, ils ne garderont pas le virus à l'intérieur de la Citadelle. Toutes les victimes et les dégâts structurels n'auront servi à rien.

Raison pour laquelle Corday avait couru jusqu'ici. Il leur restait une option, quoique terrible.

— Si nous leur révélions ce que nous savons, nous pourrions minimiser ces deux facteurs.

Cela ne marcherait pas. Dane avait la sagesse de refuser de faire le jeu des disciples.

— S'il pensait que tu détenais des informations précieuses, il t'aurait arrêté. Nous savons qu'ils n'hésitent pas à torturer. Et, surtout, Leslie a été très maligne en compartimentant ses forces. Aucun de nous ne connaît tous les détails de l'attaque.

— Je sais qu'ils comptent faire exploser au moins six bombes. Nous connaissons les noms et les visages des hommes et des femmes qui ont été choisis pour les porter.

Après un instant de réflexion, Dane resta solennelle.

— Si tu cédais, que tu trahissais la rébellion, *quelles que soient tes raisons*, cela équivaudrait à cautionner le règne de Shepherd. En l'état, la rébellion a toujours un certain pouvoir.

— Il a dit que Svana…, lança Corday avant de secouer la tête. Je veux dire Leslie, saura que Shepherd a démasqué son plan endéans trois heures. Il m'a fallu trente minutes pour arriver jusqu'ici. Dans deux heures et demie, quelque chose va se passer. Mais quoi ?

— Je n'en sais rien, répondit Dane tristement, comme si elle aurait préféré ne pas se réveiller. Qu'elle soit Leslie Kantor ou Svana importe peu, tu ne peux pas dévier du plan. Même si Shepherd est au courant pour l'attaque, ça pourrait être notre seule chance de libérer Thólos. Laisse-la l'attaquer… *puis fais ta part*.

Corday ne put s'empêcher de demander :

— Et pour Claire ?

— Si tu me jures que tu feras ce que tu as promis, je m'arrangerai pour tenir ma parole.

La brigadière Dane lui offrait sa vie en échange de la possibilité infime que Claire puisse encore être sauvée.

— Ils sauront que vous venez.

Dane renifla avant de ravaler un gloussement.

— Grâce à toi, ils savent que nous venons tous.

Avant qu'ils aient pu tirer un quelconque réconfort de leur accord mutuel, le sol trembla. Cela commença par un grondement lent, mais qui devint de plus en plus fort, presque assourdissant. Le grabuge n'était pas dû au « boom » lointain des détonations, mais au rugissement du métal qui ployait et au crissement du verre qui tombait.

Dane ouvrit les volets et eut le souffle coupé en contemplant le désastre.

— Non !

L'origine de l'explosion n'était pas la Citadelle. Quelqu'un avait fait exploser des charges contre le Dôme en verre. Les quadrants est et ouest étaient en train de s'affaisser.

***

— C'est trop tôt..., souffla Shepherd, si choqué que l'incompréhension marqua ses traits. Svana a dû découvrir que nous nous préparions au lancement.

Quand l'explosion inattendue avait tordu les poutres métalliques et détaché les panneaux solaires de leurs socles, Shepherd était dans le centre de commande, en train de calculer les rapports de sinistres qui arrivaient en masse. Il était inutile de nier l'évidence. Les rebelles avaient délibérément endommagé deux énormes sections du verre qui protégeait le Dôme. Shepherd et les disciples rassemblés dans la pièce restaient plantés là, à regarder les barrières nord-est et sud-ouest s'effondrer. La ville s'était transformée en soufflerie géante.

Svana avait modifié le champ de bataille.

Shepherd se tourna vers les disciples rassemblés derrière lui et n'hésita pas à contre-attaquer.

— Bouclez la Citadelle. Diffusez un ordre de repli et coupez toutes les communications et le courant dans le Dôme en dehors de ce bâtiment.

D'après les enregistrements sur les moniteurs, la différence de pression atmosphérique avec l'extérieur créait déjà d'immenses courants d'airs chargés de débris. Un soldat assidu l'avertit :

— Shepherd, avec une défaillance du Dôme si catastrophique, la température en ville va chuter rapidement. Si nous détournons le courant des générateurs de chaleur du Dôme, nos hommes mourront de froid dehors.

— Ils n'auront pas le temps de mourir de froid, lança Shepherd, ses yeux brûlants, écarquillés.

— Commandant ? demanda le soldat sans comprendre.

— Ce n'était pas une attaque contre la Citadelle, contre leur *ennemi*. C'était une attaque contre la population. La panique s'ensuivra… les émeutes. Couper le courant les ralentira.

— Commandant, je ne parviens pas à couper le réseau de communications, intervint un autre soldat en pianotant frénétiquement sur la console de la salle des commandes. Impossible d'envoyer l'ordre de repli.

— Qu'est-ce qui t'en empêche ?

— Quelqu'un a pris le contrôle du système, répondit l'homme, frustré.

Un message commença à défiler sur l'écran : *Citoyens de Thólos, les forces rebelles sont en possession du virus. Prenez la Citadelle d'assaut, détruisez notre ennemi.*

Plusieurs jurons étouffés fusèrent en même temps lorsque le soldat termina de lire ce mensonge. C'était à la fois ingénieux et douloureusement sournois. Svana avait ouvertement trahi tous les disciples qui avaient fait serment de la couronner reine du Dôme Greth.

Shepherd n'avait pas le temps de rugir sa colère. Pas tout de suite.

— Apprêtez la première vague de transports pour le lancement. Le vaisseau 7 devra rester jusqu'à ce que Svana ait été capturée et soit à bord.

Demandez à nos hommes de lancer un feu tout autour pour le garder au chaud.

Un jeune homme qui avait survécu au calvaire de la Crypte grâce à Shepherd se tourna vers son commandant pour reconnaître qu'il ne pouvait pas exécuter cet ordre :

— Ils ont besoin d'encore au moins une heure, commandant.

Shepherd s'empressa de leur expliquer les répercussions s'ils n'arrivaient pas à lancer ces vaisseaux dans l'atmosphère :

— Si les moteurs gèlent, les transports se figeront. Nous ne pourrons pas les lancer. Svana essaie de bloquer notre seule issue de secours, dit-il impatiemment avant d'aboyer d'autres ordres. Les ponts reliant la Citadelle à la ville doivent être détruits. Cela coupera au moins sept points d'accès à nos portes. Il ne restera que la chaussée au pied des marches. Les citoyens s'engouffreront dans cette arène, et nous pourrons les éliminer avant qu'ils n'assiègent nos murs.

— Entendu, commandant.

— Je serai de retour dans une heure, annonça Shepherd en regardant son spécialiste COM. À mon retour, je veux que nous ayons repris le contrôle du réseau de communications et intercepté le message des rebelles.

— Oui, commandant.

Shepherd observa les lieutenants rassemblés dans le centre de commande et dit ce qu'ils pensaient tous :

— Nous nous battons pour nos frères, à présent. Si nous parvenons à retenir la populace pendant douze heures, à protéger la Citadelle et à garder la rampe de lancement intacte, ils vivront la vie dont nous avons tous rêvé.

Tous l'acclamèrent sans se laisser abattre. Chaque homme dans cette pièce était plus que prêt à mourir pour ses frères d'armes.

Shepherd les laissa exécuter ses ordres. L'expression de détachement et de concentration intense qu'il avait maintenue devant ses hommes se dissipa dès qu'il fut sorti. Il se mit à courir à travers les catacombes souterraines, jusqu'à sa partenaire.

Jules lui avait juré qu'il accomplirait sa tâche et trouverait Svana. Ses hommes allaient boucler la Citadelle et détruire autant de points d'accès que le temps le leur permettait. À présent, Shepherd n'avait plus qu'une heure devant lui avant de devoir envoyer sa partenaire vers un avenir où il était de moins en moins sûr de pouvoir la suivre.

La seule chose qu'il pouvait faire était gagner du temps.

Mais même cela ne suffirait pas… Il lui faudrait gagner soixante-douze heures pour qu'une troisième salve de disciples puisse être sauvée.

Le grincement de la porte métallique ne suffit pas à réveiller l'ange qui dormait dans son nid. L'espace d'un instant, Shepherd s'autorisa à la regarder et à se persuader qu'il pourrait admirer cette vue chaque jour tandis qu'ils vieillissaient ensemble.

Ses longs cheveux noirs étaient étalés sur les oreillers turquoise, sa couleur préférée. Elle semblait si paisible dans son sommeil ; ses cils en éventail étaient recourbés sur ses joues pâles, ses lèvres légèrement entrouvertes et, bien sûr, sa petite main était posée sur son ventre. Lorsqu'il pousserait bientôt son dernier souffle, ce serait l'image qu'il emporterait dans sa tombe.

Shepherd s'installa sur le lit et tira Claire sur ses genoux pour la bercer. Il la serra comme elle serrerait Collin quand il viendrait au monde. Alors qu'il faisait le parallèle, le mâle traça les traits qu'il préférait sur son visage, essayant de garder en mémoire ce dernier instant de paix.

À aucun moment de sa vie il n'avait vécu quelques minutes plus précieuses.

Son temps dans la Crypte était passé au ralenti, au rythme lancinant de la peau qu'on gratte doucement sur un tesson de verre. Certains jours avaient été presque intolérables ; de nombreux prisonniers devenaient fous en moins de quelques années.

Depuis que Svana l'avait guidé hors de cet enfer, le temps avait commencé à passer presque trop vite. Il n'y avait jamais assez de temps, tant de choses à faire, des heures nécessaires à l'entraînement, à la planification…

Tout cela avait changé dès qu'il avait posé les yeux sur Claire.

Le temps l'affectait différemment en sa présence. Un seul de ses regards doux lui paraissait durer une éternité – de joie et non d'ennui. Elle avait insufflé la vie en lui, restauré ce que la Crypte lui avait volé avant même qu'il ait su ce qui lui manquait.

À cet instant, alors qu'il la berçait et que ses caresses délicates la réveillaient doucement, une heure ne lui parut pas assez.

Le regret n'était pas une émotion à laquelle il était habitué mais, alors qu'il la serrait dans ses bras et la tirait du sommeil, la poussait à ouvrir les yeux afin qu'il puisse les voir une dernière fois, il regrettait intensément tant de choses.

— Regarde-moi, ma petite.

À la quatrième ou cinquième fois qu'il l'appela, Claire entrouvrit les cils et le contempla de ses yeux verts vitreux – sa couleur préférée.

— Je veux que tu te réveilles quelques instants, dit-il en souriant.

Ses pupilles semblèrent se contracter juste assez pour exprimer son attention, tandis qu'elle luttait contre l'emprise des sédatifs.

— Shepherd, murmura-t-elle.

— Ma petite, écoute-moi bien. Je dois t'envoyer au loin, et je ne peux pas t'accompagner pour l'instant.

L'homme sentit une pression croître derrière ses yeux en voyant l'inquiétude écarquiller ceux de Claire.

— Une équipe est prête à t'escorter jusqu'à notre nouveau chez-nous. Je ferai tout ce qui est en mon pouvoir pour te suivre, si je le peux. Au cas où je n'y parviens pas, j'ai choisi un Alpha appelé Martin pour te servir de partenaire de substitution jusqu'à la naissance de notre fils. C'est un homme bon. Tu le trouveras à ton goût.

— NON !

— Je suis désolé…

Pour la première fois de sa vie, Shepherd entendit sa voix se fêler. Ses épaules tremblèrent, et sa respiration se fit saccadée tandis qu'il essayait de ne pas effrayer la femme implorante.

Claire sentit les gouttes jaillir de ses yeux et atterrir sur elle lorsqu'elle l'attrapa par le revers de sa veste et approcha leurs visages.

Malgré la qualité onirique de sa vision, affectée par les calmants, elle savait que ce n'était pas un cauchemar. Elle fit de son mieux pour ne pas manger ses mots en parlant à son partenaire éploré.

— Shepherd ! Quoi qu'elle ait fait pour te forcer, il te suffit de dire non. Pars avec moi, maintenant. Choisis-moi, choisis notre fils… et lave-toi les mains de tout ceci. Il n'est pas trop tard, sanglota-t-elle en l'embrassant. Je t'en prie !

— Je t'aime, ma petite, mais je ne peux pas t'accompagner. J'ai un devoir—

— Envers moi ! le coupa Claire en se jetant à son cou et en le serrant de toutes ses forces. Envers notre fils !

Il approcha ses lèvres de son oreille et s'empressa d'expliquer, en murmurant :

— Si je pars et que j'abandonne mes hommes, je serai considéré comme un traître. Tu seras éliminée avant même que nos vaisseaux aient atterri. Tu n'imagines pas la puissance de cette armée, et jusqu'où chacun de ses membres est prêt à aller. Ma seule solution pour arranger les choses est de me battre ici pour que Collin et toi puissiez vivre.

Son armure les séparait et étouffait le ronronnement qu'il projetait aussi fort que possible. Claire se pressa contre lui, sa bouche posée sur sa marque, sa langue léchant le sel de sa sueur.

Shepherd savait ce qu'elle voulait. Il en avait envie aussi.

Il lui ôta une botte et dénuda une de ses jambes afin qu'elle puisse le chevaucher. Claire passa ses jambes autour de sa taille comme si elle avait la force de s'opposer à son verdict et de le retenir auprès d'elle. Alors qu'il caressait ses fesses nues, elle glissa une main entre eux pour libérer sa virilité. Se baissant pour l'accueillir en elle, elle le supplia de rester, se déhancha sans qu'il ait à la forcer, jusqu'à ce qu'il soit plongé dans son tunnel jusqu'aux bourses.

Il lui répéta qu'il l'aimait tant de fois qu'il perdit le compte, effleurant ses lèvres avec les siennes, sentant sa chatte se contracter tandis qu'il se déhanchait pour parfaire leur union. Tous deux désespérés, bien plus absorbés par les mouvements de leurs lèvres, la danse de leurs langues et leurs respirations mêlées que par l'accouplement, ils s'efforcèrent de communiquer à l'autre pourquoi la situation devait être telle qu'ils le désiraient.

Les mains de Shepherd étaient enfoncées dans ses cheveux. Claire n'eut de cesse d'embrasser son visage, de sentir ses joues humides, sans savoir à qui appartenaient les larmes. Lorsqu'elle jouit, ce fut presque trop tôt, et elle essaya de résister au plaisir jusqu'à ce qu'il murmure :

— S'il te plaît...

— *Shepherd*...

Elle appela son Alpha en gémissant contre ses lèvres, et l'orgasme la frappa sans faire cas de son désespoir.

Shepherd la serra plus fort, son corps tremblant de besoin.

— S'il te plaît, ma petite... dis-le moi au moins une fois.

Alors que les vagues de plaisir la réchauffaient jusqu'aux entrailles, que la gratification sexuelle la submergeait, sa voix se brisa et, le souffle court, elle croisa son regard et sanglota :

— Tu sais déjà que je t'aime.

Il jouit à son tour, inspirant dans un hoquet comme si c'était la première fois qu'il respirait. Il la regarda avec une adoration éternelle, ses yeux de fer liquide mémorisant chaque détail de son regard tendre, de son cœur brisé.

Pendant toute la durée du nœud, Shepherd la toucha comme si elle était irréelle et embrassa chaque partie de son visage. Il la caressa aussi longtemps que possible, comme s'il pouvait emporter avec lui le souvenir de sa chair, s'attarda tant qu'il put.

L'accouplement, les ronronnements, les caresses révérencieuses, tout cela mêlé aux puissants sédatifs… Avant qu'il ne se soit retiré, sa Claire était retombée dans son sommeil médicamenteux. Il l'étreignit si fort qu'elle se réveillerait contusionnée, afin que, même s'il n'était plus de ce monde, elle sache qu'il avait été avec elle.

Conscient qu'il n'avait que peu de temps devant lui, il glissa le portrait qu'elle avait fait de lui, plié, dans la poche intérieure de sa veste après avoir griffonné un message rapide à l'arrière. Il remit ses vêtements en place et relaça la botte à son pied. Puis il lui dit une toute dernière chose, une chose qu'il n'avait jamais dite de sa vie à quiconque, pas même à Svana. Il lui répéta combien il était désolé. Il murmura ensuite le prénom que Claire avait choisi pour leur fils, appelant Collin tout en cherchant un signe de vie sous sa paume.

Sans une minute à perdre, Shepherd la prit dans ses bras et la porta jusqu'à l'ascenseur où l'équipe qu'il avait choisie attendait de pouvoir escorter sa partenaire et son héritier hors de cet enfer. Parmi ses frères se trouvait l'Alpha remplaçant que Jules lui avait suggéré des semaines plus tôt : Martin, un homme qui avait gardé sa porte pendant des mois... un substitut que Shepherd avait approuvé, même si c'était à contrecœur.

La confier à un autre homme, même à un disciple aussi respecté que Martin, fut presque impossible. Lui laisser la vie sauve quand Claire fut dans ses bras lui parut encore plus difficile. Martin avait lu son dossier et savait à quoi s'attendre. Il connaissait les ordres de Shepherd quant au traitement qui devait lui être réservé : celui d'une reine.

En le regardant droit dans les yeux, Shepherd gronda, toute trace de douceur envolée :

— Elle va être extrêmement difficile à son réveil. Si elle refuse de manger, gave-la si nécessaire. Ne la laisse pas se faire du mal quand elle perdra son sang-froid. Si tu perds tout contrôle sur elle, ce qui ne manquera pas d'arriver, dis-lui que je t'ai demandé de l'appeler ton petit Napoléon. Elle sera sous le choc, elle pleurera, puis elle se calmera.

— Entendu, commandant, acquiesça le disciple.

Shepherd inclina la tête pour indiquer qu'ils devaient refermer la porte et se rendre sans plus attendre à la rampe de lancement de la Citadelle.

Quand la porte de l'ascenseur commença à se baisser, il l'arrêta d'une main et ajouta d'une voix puissante, intimidante :

— Tu ne peux la battre sous aucun prétexte.

— Je comprends, mon frère, répondit Martin, l'air stoïque mais honoré. Je la traiterai comme si elle était à moi, ajouta-t-il avec une lueur de compassion dans le regard.

Shepherd lâcha la porte, conscient que c'était terminé. Il retourna au centre de commande en décomptant les secondes comme un maniaque. Il savait combien de temps il restait avant le lancement, avant que Claire ne soit dans les airs.

Elle l'avait souvent taquiné au sujet de son obsession avec le temps.

De retour au quartier général, il sentit le bâtiment frémir ; l'écran lui confirma que onze vaisseaux brillants avaient décollé, illuminant le ciel d'avant l'aurore au-dessus du Dôme brisé de Thólos.

La première phase de l'opération Exode était un succès et, même si les hommes restants avaient peu de chance de survivre, ils acclamèrent leurs frères qui avaient réussi.

Shepherd soupira et se reconcentra sur le problème en cours, sans savoir que Claire n'était jamais arrivée à destination.

Svana s'en était assurée.

Chapitre 11

Maryanne Cauley avait tout ce dont elle avait besoin : quelques générateurs, assez de carburant pour tenir plusieurs années, des vivres et de l'eau, des vêtements, des médicaments – tout ce dont une personne avait besoin pour survivre à l'apocalypse.

En sécurité dans son sanctuaire, elle put entendre le vent se mettre à siffler comme un train cargo dehors et choisit de l'ignorer. Blottie contre une source de chaleur, elle avait éteint les lumières pour que personne ne réalise qu'elle avait encore du courant, contrairement aux autres. Elle n'avait besoin ni de guetter par la fenêtre ni d'ouvrir la porte, son écran COM lui montrait tout ce qui se passait dehors. Le Dôme avait été délibérément fracturé. Les réseaux avaient lâché et étaient à présent infestés de virus informatiques.

Elle savait comment les contourner.

Les cracks étaient maladroits, mais si nombreux qu'il lui fallut un certain temps pour se rendre compte que les hommes de Shepherd n'étaient pas responsables de ce désastre. Au contraire, ils semblaient débordés par ce foutoir informatique.

Un dangereux message défilait continuellement sur son écran :

Citoyens de Thólos, les forces rebelles sont en possession du virus. Prenez la Citadelle d'assaut, détruisez notre ennemi.

Une autre série d'explosions tonna au loin, des petits « pops » qui la firent sursauter.

Mais alors, qui s'attaquait au Dôme ? Qui d'autre allait-elle devoir affronter ?

Cet enfoiré de Corday lui avait dit que la résistance allait s'attaquer à la Citadelle. C'était logique, quoique futile. Alors pourquoi avaient-ils choisi de s'en prendre au boîtier de verre qui les maintenait tous en vie à la place ?

Cela entraînerait plus qu'un coup d'état. Toute la ville serait prise de panique, et il y aurait des émeutes.

Entre les vents glacials et la violence pure, en plus de la possibilité que Shepherd libère le virus, toute la population risquait de mourir.

Maryanne passa ses bras autour de son torse et remonta ses genoux sous son menton ; elle éprouvait une étrange sensation qu'elle essayait d'ignorer. Un élancement de honte lui déchirait la poitrine.

Elle savait ce que la ville paniquée ignorait. Une seule chose attendait ceux qui s'élèveraient contre Shepherd : un bain de sang.

Sauf si…

Non. C'était impossible. Elle ne devait rien à cette ville. La seule âme pour laquelle elle se souciait un tant soit peu était Claire. Son amie lui avait conseillé de se cacher. Maryanne comptait bien l'écouter.

Mais… peut-être pouvait-elle juste triturer les circuits, faire disparaître ce message et rouvrir le réseau de communications. Après cela, elle s'en laverait les mains. Que Thólos aille se faire cuire un œuf.

Il lui fallut un certain temps pour dépatouiller ce bordel et jouer au plus malin avec celui qui avait piraté les réseaux. Plus Maryanne déjouait leurs plans, plus elle comprenait ce qu'ils faisaient vraiment…

C'était vraiment horrible et peu soigné, comme s'ils se moquaient des conséquences. Pour cette seule raison, elle poursuivit sa cyberattaque contre leurs portes. Elle se faufila derrière leur pare-feu et découvrit quelque chose qu'elle eut du mal à accepter.

Les rebelles étaient responsables de la ruine du Dôme. Leurs échanges montraient des recrues disséminées dans toute la ville, travaillant de concert pour haranguer la foule et encourager l'insurrection. Ils utilisaient les civils qu'ils étaient censés protéger comme chair à canon.

Malgré ses défauts et son égoïsme, Maryanne était dégoûtée.

Et, parce qu'elle avait envie d'être une sale garce, parce qu'elle en avait les moyens, elle saisit les commandes de tous les réseaux et les coupa entièrement. Elle ne pouvait peut-être pas sauver les imbéciles de Thólos et n'en avait pas vraiment envie, mais elle pouvait leur offrir une alternative.

Elle inscrivit un nouveau message, à diffuser en boucle.

Le seul abri est sous terre.

Connaissant ce qui se trouvait en bas et ce qui se trouvait en haut, Maryanne n'était pas sûre que son geste ait été si clément que ça.

***

Un sentiment de vertige et de nausée fit voler en éclats la stupeur de Claire. Une claque bien trempée venait d'atterrir sur sa joue. Elle cligna des yeux, déroutée par les dépôts de chaux circulaires qu'elle vit sur le plafond inconnu. Elle essaya de toucher son crâne et découvrit que ses poignets étaient attachés, étirés au-dessus de sa tête et fixés à quelque chose dont elle ne pouvait pas se libérer. Alors qu'elle se débattait, un visage apparut dans son champ de vision – le beau visage d'une femme incroyablement malveillante.

Malgré les sédatifs, un sentiment de terreur glaça ses veines à la vue de ces yeux fous qui la dévisageaient de nouveau. Elle s'efforça de rester impassible, de ne pas donner à la femme le plaisir de se nourrir de sa peur.

— Bonjour, Svana, dit Claire en hochant la tête.

— Salut, ma jolie, répondit Svana avec un petit sourire entendu, l'exact sourire qui avait plané sur ses lèvres lorsque ses mains entouraient sa gorge, des mois plus tôt. Je vois que tu as étudié l'art de l'imperturbabilité de Jules.

Claire eut soudain la chair de poule, mais le frisson ne résultait pas de sa peur. Elle était glacée, parce que tous ses vêtements avaient été retirés et que le lit sur lequel Svana l'avait allongée était nu, mais nauséabond et couvert de taches de sang.

— Je ne vais pas pouvoir jouer très longtemps avec toi. Tu vois, j'ai l'intention de rendre visite à un ami cher que je me réjouis vraiment de voir.

Un ongle long traça délicatement la vallée entre ses seins, jusqu'à son nombril, Svana admirant hypocritement le corps qui lui était inférieur.

— Mais les Dieux m'ont accordé ce temps avec toi, et je ne le gâcherai pas. Martin et les autres ne se sont posé aucune question quand l'ascenseur s'est ouvert au quatrième. Pourquoi auraient-ils douté de leur sauveuse ? Je les ai tués si rapidement que je suis surprise que tu ne sois pas couverte de plus de sang… Mais ce n'est que partie remise.

— J'espère que tu te rends compte que tu me donnes ce que je veux, rétorqua Claire en la défiant du regard, forçant son corps à rester détendu quand un ongle lui gratta le ventre. Je ne pourrais pas vivre sans mon partenaire, de toute manière. Il est juste que nous mourrions ensemble.

Svana ronronna en traçant légèrement le contour de son ventre rond.

— Alors je t'autorise à me remercier.

Claire lui cracha à la figure.

Son regard incrédule, la rage instantanée face à l'audace de l'Oméga… Claire ne put les savourer qu'un moment avant que Svana ne lève son bras et n'essuie la salive qui couvrait sa joue avec sa manche.

— Tu sais ce que la vie m'a appris, ma petite ? gloussa Svana tout bas avant de lécher le crachat qui s'attardait au coin de ses lèvres. C'est de toujours laisser les hommes te sous-estimer. De leur laisser croire que tu es imparfaite, que tu as besoin d’eux. Sais-tu combien de fois je me suis tenue dans votre chambre à le regarder te baiser ? Aucun de vous deux ne se doutait que j’étais assez près pour vous toucher. Quand tu fermais les yeux, quand il blottissait son visage dans ton cou, parfois, les doigts qui tiraient sur tes cheveux étaient les miens.

Le masque stoïque de Claire se fissura. Il lui fut impossible de ravaler son dégoût. En sentant Svana éroder le peu de courage qu’il lui restait, l’Oméga comprit la cruauté dont parlait Shepherd lorsqu’il évoquait le mal qui rôdait dans la Crypte. Toute cette vilénie était rassemblée chez la femme qui passait le doigt de haut en bas de sa fente, toujours humide de la dernière éjaculation de Shepherd.

— Les choses sont devenues très désagréables, geignit Svana en approchant sa bouche de son téton froid et dressé. Mais j’ai rendu un vrai service à Shepherd. Tu es une putain, profanée et aussi répugnante que cette ville – indigne d’un homme comme lui. Malheureusement, comme tous les hommes, il est faible.

Un doigt solitaire se glissa en elle malgré ses efforts pour contracter ses parois et lui refuser l'entrée.

— Ils s'inclinent tous devant le sexe. Le Premier ministre Callas, Shepherd, même feu mon oncle. Dommage que je ne sois pas née Oméga. J'aurais fait la loi il y a des années.

Après la pénétration initiale, Claire cessa de lutter ; elle resta passive, consciente que Svana voulait qu'elle résiste. Droguée, elle n'avait de toute manière aucune énergie pour se battre et avait même du mal à garder les yeux ouverts. Elle décida de s'abandonner à la vague d'euphorie chimique au lieu de la terreur que lui inspirait sa situation.

Elle ravala un cri, ne voulant pas tressaillir quand la garce lécha son téton, et resta immobile, concentrée sur les mouvements de son fils dans son ventre. Elle bloqua toutes les autres sensations.

Svana caressa affectueusement ses cheveux noirs et lui sourit, comme si elles étaient de vieilles amies, sans cesser de faire aller et venir son doigt dans son vagin.

— Allons, je ne peux pas m'attarder davantage. Des choses bien plus pressantes requièrent mon attention.

Après un doux baiser sur la bouche, un petit coup de langue forcé entre ses lèvres, Svana retira ses doigts, les lécha et fit ses adieux.

— Je veux que tu saches quelque chose, lança Claire dans son dos avant que l'Alpha ne sorte de la cellule.

Svana se tourna, impatiente d'entendre l'Oméga la supplier.

— Oui, ma chérie ?

— Je veux que tu saches que je l'aime, dit-elle sans hésitation. Qu'après tout ce qui s'est passé, j'ai quand même appris à l'aimer. Et que c'est quelque chose que tu n'as jamais pu accomplir.

Svana éclata de rire, comme si le concept était absurde. Elle resta plantée là un moment, admirant la vue de son ennemie pieds et poings liés, à sa merci. Du bout de sa langue, elle se lécha les lèvres. Un dernier gloussement, puis elle ouvrit la porte barrée, abandonnant Claire nue et attachée sur un matelas moisi. Trois Alphas couverts de marques Da'rin entrèrent à sa suite, souriants et entreprenants.

Claire savait ce qui allait suivre ; un monstre tel que Svana voudrait qu'elle se sente dégradée et horrifiée avant d'accueillir la mort à bras ouverts. Elle pouvait sentir les deux cadavres qui se décomposaient dans le coin de la cellule exiguë et savait à leurs membres décharnés et leurs silhouettes menues que les pauvres femmes avaient été des Omégas.

La mort l'attendait. La mort attendait son bébé. C'était évident dans le sourire des indésirables qui l'encerclaient comme des requins.

Dès que le premier la toucha, Claire sut qu'elle ne pourrait pas retenir longtemps ses cris.

***

La brigadière Dane avait dû se frayer un passage à coups de coudes dans la foule qui engorgeait les tunnels. Les rues étaient plongées dans le chaos, et il lui avait été difficile d'atteindre le point d'accès souterrain le plus proche. S'orienter sous terre au milieu des masses déboussolées était pratiquement impossible. Certains dans la ville avaient été sages :

une portion des citoyens avait choisi de ne pas s'engager dans la guerre, mais de se replier dans la Crypte, loin du froid pénétrant qui vidait déjà la ville de toute vie.

Ou alors, ils étaient simplement lâches.

Plus Dane s'enfonçait sous terre, plus elle en était certaine. De toutes les directions, la cacophonie de voix, de cris, de gémissements et de hurlements était si assourdissante, encore amplifiée par les tunnels, que Dane pouvait presque sentir les frémissements de leur peur.

Elle l'avait supporté moins d'une heure. Cet endroit avait autrefois débordé de dizaines de milliers d'indésirables. Quels effets sur l'esprit pouvaient avoir cinq ans d'enfermement dans la Crypte ? Cela suffirait amplement à rendre une personne complètement dingue.

Elle voulait sortir de là, mais la seule issue était la surface. Même munie de son écran COM, qui projetait les cartes du cube de données, elle avait souvent dû deviner son chemin en se retrouvant face à un embranchement qui n'apparaissait pas sur la carte. La fourmilière creusée par les hommes de Shepherd était un labyrinthe infernal conçu pour piéger les malvenus. Les chemins ne suivaient aucune logique. Chaque direction qu'elle empruntait la ramenait au même endroit.

C'était sans doute pour cette raison que tant de gens hurlaient : ils étaient perdus.

La brigadière Dane vit le premier d'entre eux derrière la porte hautement barricadée qu'elle venait de forcer. Un homme squelettique, son corps couvert des marques Da'rin révélatrices et répugnantes, se jeta sur elle depuis les ombres. Elle dégaina son arme et tira sans réfléchir. Ce n'était qu'après qu'il se fut effondré qu'elle avait réalisé que sa main tremblait.

La Crypte lui tapait sur les nerfs.

Le corps était recroquevillé, un surin dans la main, à peine une loque couvrant sa peau.

Il y en avait d'autres ; elle en découvrit à chaque tournant ou presque. La plupart s'écartèrent en voyant la lueur de son écran. Ils se terraient contre les murs en sanglotant, comme si elle était venue les tourmenter. Certains essayèrent de la suivre dans ses méandres. Heureusement pour Dane, elle avait plus de balles qu'il ne leur restait de jours à vivre.

Ces hommes n'étaient pas censés être libérés. Shepherd les avait laissé pourrir ici pour une bonne raison.

Les narines saturées de la puanteur des excréments humains et de choses encore plus pourries que les cadavres en surface, Dane poursuivit courageusement son chemin. Elle suivit le nord, toujours le nord. Il lui fallut une heure pour atteindre le portail qui, croyait-elle, séparait ce secteur du centre-ville.

Mais quelqu'un avait déjà forcé le métal, les charnières et les verrous.

La brigadière Dane renifla l'air et hésita. Quelque chose n'allait pas. La Citadelle était de l'autre côté de cette porte, elle en était certaine, mais elle pouvait sentir l'odeur de l'Oméga ici.

Elle tendit l'oreille pour percevoir ce qui frémissait derrière les cris, l'horrible mélodie à laquelle elle s'était déjà habituée.

Elle entendit des cris entrecoupés par un prénom qu'on sanglotait. Quelqu'un appelait *Shepherd* en hurlant.

***

Corday avait peine à croire à quoi il s'était prêté. Les rebelles avaient fait tellement de dégâts que, quelle que soit l'issue de la bataille, des millions de personnes mourraient de froid. De plus, rien qu'en venant ici, il était en train de trahir la résistance. Tout le monde faisait du mal à tous les autres.

Il n'y avait pas de *juste* voie. Pas à Thólos.

Il faisait si froid que ses doigts étaient gourds. Les rebelles qui l'entouraient étaient emmaillotés dans des couches de vêtements car, contrairement à lui, ils avaient su à quoi s'attendre.

C'était comme Dane l'avait dit : Leslie avait délibérément dissimulé les détails de ses plans de bataille aux deux marionnettes qu'elle avait utilisées pour distraire les disciples de Shepherd.

Que leur avait-elle caché d'autre ? Était-elle vraiment celle que prétendait le bras-droit de Shepherd ? Svana ?

Était-ce elle qui avait agressé sexuellement Claire, des mois plus tôt ?

La graine du doute avait germé dans son esprit. Corday avait du mal à le reconnaître, mais il *croyait* le Bêta qui était entré par effraction dans son appartement, et il s'en voulait pour cela.

Il avait aidé la femelle Alpha à s'emparer du pouvoir. Il avait participé à son plan, rassemblé les pièces qu'elle avait utilisées pour fabriquer les bombes qui avaient démoli deux sections du Dôme. Elle s'était servie de lui, et il s'était rendu au point de rendez-vous des rebelles, conscient que le second de Shepherd était toujours quelque part, en train de l'épier.

— Où est Leslie ? lâcha-t-il d'un ton pressant en se hissant sur le dernier barreau de l'échelle.

Sur le toit devant lui se tenaient dix rebelles, perchés pour observer la ville se dévorer elle-même.

— Elle nous a dit de tenir notre poste, répondit un homme grisonnant, que la situation rendait apparemment imperturbable. Dame Kantor reviendra quand elle aura terminé sa mission.

— Quelle mission ?

L'homme aux mâchoires couvertes d'une barbe rousse hérissée posa les yeux sur Corday et ne répondit pas.

Les lèvres pincées, Corday réprimanda la recrue assez récente comme l'aurait fait l'officier Dane.

— Puis-je te rappeler ton rang dans nos forces ? aboya Corday. Pendant que tu étais au chaud et nourri, à l'abri dans le secteur du Premier ministre, je menais à bien des missions et risquais ma vie pour que ce jour puisse venir.

L'espace d'un instant, l'homme sembla perdre son calme et prit un air contrit.

— Sa mission était classifiée. Nous ignorons où elle se trouve. Toutes les communications ont été coupées il y a vingt minutes, donc nous attendons. Il se pourrait qu'elle se soit repliée ailleurs.

Comme s'il était de son droit de prendre les commandes, Corday indiqua le plus jeune du groupe.

— Toi, descends et va retrouver l'équipe du secteur G. Si elle s'y trouve, tiens-nous immédiatement au courant.

— J'ai bien peur que cet homme ait déjà des ordres, Corday.

L'exécuteur se retourna, cherchant la source de la voix. Leslie Kantor s'était faufilée parmi eux sans qu'un seul membre de l'équipe l'ait entendue monter sur le toit.

— Leslie ?

Elle lui sourit en gardant ses distances.

— Notre plan progresse exactement comme prévu. Chaque rebelle est prêt et connaît son rôle. La coupure du réseau de communications ne change rien.

— Leslie, pourquoi ne m'avez-vous pas dit que nos hommes allaient faire exploser le Dôme ? demanda-t-il, ses doigts à quelques centimètres de l'arme attachée à sa hanche.

Voyant son air dur, il sut que Leslie s'était préparée et n'était pas inquiétée par sa question.

— Le courant d'air autour de la Citadelle n'est qu'une contre-mesure au cas où Shepherd libérerait le virus avant que nos bombes puissent l'enfouir sous les décombres.

Le virus était aérien, et cette soufflerie ne ferait que le disséminer plus rapidement. Son excuse manquait tellement de crédibilité que Corday ne put contenir son désespoir.

— Sans la protection du Dôme contre les éléments, cette ville deviendra inhabitable. Vous avez condamné notre peuple à la Crypte.

— Vraiment, Corday… vous en rajoutez tellement.

Leslie fit un geste dédaigneux de la main et s'approcha du bord du toit, s'assurant que la seule manière pour Corday d'entendre la suite de son explication était de la suivre au pas comme un chien.

— Oui, les choses seront difficiles au début. Étant donné l'état de nos industries et de nos ressources, les projections montrent qu'il faudra quatre ans pour réparer les dégâts. En attendant, les citoyens qui ne sont pas nécessaires à la reconstruction immédiate du Dôme seront en *sécurité* sous terre. Ceux qui sont essentiels à la restauration de notre ville trouveront un sanctuaire dans le secteur du Premier ministre.

Ainsi, certains vivraient dans la grandeur et le luxe pendant que les autres dépériraient dans le noir.

— Je vois.

— C'était la seule manière de garantir le changement, hésita-t-elle en le regardant dans les yeux. Le sacrifice doit venir de chacun d'entre nous.

Et qu'allait-elle donc sacrifier pour sa cause ?

Sur le moment, il la détesta. Quand bien même, il hocha la tête comme s'il comprenait. Il posa les yeux sur la folie qui s'étalait à leurs pieds et vit que la foule de citoyens en colère qui encerclaient la Citadelle s'était accrue, formant une masse unique et ondulante qui s'efforçait d'atteindre le perron.

Les disciples leur tiraient dessus avec aisance, comme sur des vaches dans un couloir.

Ils allaient mourir pour rien. En fait, ils allaient tous mourir si Leslie faisait exploser ses bombes. Lorsqu'il jeta un coup d'œil à la femme souriante à ses côtés, il sut qu'elle percevait sa méfiance. Il lui sembla ridicule de continuer à jouer la comédie. Après tout, il les avait déjà tous condamnés.

— Il m'a dit que vous vous appeliez Svana. Est-ce vrai ? demanda Corday, la lèvre frémissante.

Les coins de sa bouche se relevèrent, et l'Alpha passa d'un rictus à un sourire franc.

— Qui ça ? rétorqua-t-elle effrontément, ce qui lui suffit à confirmer son identité.

Dans leur dos, une voix rauque résonna :

— Il est temps, Svana. Shepherd m'a envoyé vous chercher. Il souhaite négocier les conditions de sa capitulation.

Tout comme Leslie, il était apparu sans faire un bruit.

Le bras-droit de Shepherd n'était plus vêtu de l'habit noir des disciples. Il ressemblait à n'importe quel civil. Du moins, ç'aurait été le cas s'il n'avait pas tenu une arme si imposante dans ses bras ballants.

Tournant le dos au carnage, Leslie leva la main pour indiquer à ses hommes que tout allait bien. Lorsqu'ils eurent baissé leurs armes, elle salua le nouveau-venu.

— Jules, je t'attendais plus tôt. Ceci n'a-t-il pas assez duré ?

Lorsqu'il le vit en plein jour, Corday pensa que le Bêta n'était plus que l'ombre d'un homme. Il y avait quelque chose d'étrange dans sa manière de suivre du regard leurs moindres gestes, dans son visage inerte. Quand il parla, sa voix n'était pas seulement désintéressée, mais morte.

— Si.

— Très bien, opina Svana en croisant les bras sur sa poitrine. Tue ces hommes, et allons-y.

Le Bêta passa à l'action avant que le mot *tue* ait franchi ses lèvres. Il épaula son fusil à toute vitesse et cribla de balles les gardes du corps de Leslie Kantor. Le temps que tous les rebelles inexpérimentés soient tombés, morts, à peine deux d'entre eux avaient réussi à riposter – une balle unique s'était enfoncée dans le béton aux pieds de Jules.

Il lança une grimace à la femme en baissant son arme, dégoûté par l'ineptie de ces hommes au combat.

— Vous ne les avez pas bien formés.

Leslie ignora sa critique. Elle était concentrée sur l'endroit où Corday était tombé. L'impact de la balle l'avait renversé, et une tache de sang s'étalait sur sa cuisse. Ses râles étaient entrecoupés de grognements. Une main sur la blessure, il essaya de lever son arme.

Il suffit à Leslie de poser le pied sur son poignet pour entraver sa lamentable contre-attaque.

— Il est toujours vivant, se plaignit-elle en se penchant pour récupérer l'arme du Bêta.

— Shepherd souhaite le voir souffrir, répondit Jules sèchement.

— Comme c'est poétique.

La femme pointa le pistolet vers le crâne de Corday, débattant visiblement les avantages de lui offrir une mort froide et solitaire sur ce toit. Peut-être était-ce parce que l'exécuteur maudissait son nom encore et encore. Peut-être était-ce parce qu'il avait été son jouet pendant si longtemps. Quoi qu'il en soit, elle recula d'un pas.

— Très bien. J'accorderai à Shepherd cette dernière concession.

Au bord du toit, assurée et libre, elle regarda le disciple et expliqua le fond de ses pensées :

— Il m'a forcé la main, tu sais ? Je ne voulais pas en arriver là. Shepherd m'a forcée à faire ça. Tu le comprends, n'est-ce pas, Jules ?

Le Bêta baissa les yeux vers l'exécuteur pantelant, l'observa longuement, puis lui décocha un rictus.

— Je vous ai donné une chance de la tuer. Vous avez hésité.

Le sourire arrogant de Svana s'évapora au point que son visage prit un air vide et effrayant.

— Tu oses m'insulter maintenant ? Aucun de vous ne…

Jules ne la laissa pas continuer. Avant qu'elle ait pu se lancer dans un grand discours, il déchargea dix balles dans sa poitrine.

Les yeux lui sortant de la tête, Corday s'éloigna du corps inerte de Svana en crapahutant.

— Qu'est-ce que vous foutez, bordel ?

Jules ignora le Bêta insignifiant et choisit de dominer le beau corps ensanglanté de l'Alpha.

— Après mûre réflexion sur le sujet, je ne suis pas d'accord avec Shepherd. Je ne crois pas que nous ayons besoin de toi vivante pour prendre le Dôme Greth. Il nous suffit de quelques morceaux pour contourner la sécurité – une main, du sang, peut-être un œil. Le reste n'est que déchets que nous pillerons au besoin. Savoure ta contribution, Svana.

Il se pencha et hissa la femme sur ses épaules, hésitant quand le corps effleura son visage. Il fronça les narines pour renifler et gronda une fois en reconnaissant l'odeur. Son visage se déforma, et on aurait dit qu'un torrent d'obscénités allait franchir ses lèvres.

Il ravala sa rage avant qu'elle ait pu s'épancher.

Jules déglutit et redevint complètement détaché. Laissant Svana saigner sur lui, il accorda un dernier regard moqueur à l'exécuteur, blême, vautré contre le mur d'enceinte du toit, puis l'ignora et redescendit l'échelle avec sa récompense.

Laissant Corday en vie.

Chapitre 12

Les portes de la Citadelle grandes ouvertes dans son dos, la ville un vrai capharnaüm à ses pieds, Shepherd contempla son royaume agonisant. Le soleil se couchait sur le champ de ruines, ses rayons s'étirant une dernière fois sur la mer d'hommes et de femmes qui cherchaient désespérément à atteindre leur bourreau. Ses disciples s'étaient débrouillés pour les entraver en faisant sauter les ponts et en érigeant des barricades en vitesse. Les imprudents qui se rapprochaient n'avaient qu'un chemin plausible jusqu'à sa porte.

— Feu à volonté, ordonna-t-il à ses fidèles disciples, armés et postés sur les chaussées désormais infranchissables en surplomb.

Une rafale de coups de feu, et une vague de citoyens enragés tomba sous les talons de leurs voisins déchaînés. D'autres protestataires escaladèrent le mont grandissant des morts – tels une nuée de sauterelles, ils continuèrent à assaillir la Citadelle pendant des heures.

Shepherd en était réduit à leur bloquer la voie afin d'éloigner la foule et les bombes de Svana de la Citadelle.

Il avait mis toutes les chances de son côté en totalisant toutes les variables connues. Bientôt, ceux qui essayaient désespérément de franchir la muraille des morts auraient faim et soif. S'il avait de la chance, ils tiendraient jusqu'à la nuit tombée, quand les vents violents qui traverseraient le Dôme de part en part forceraient les Thólossiens à chercher refuge dans la Crypte, comme le leur conseillait tous les écrans COM sous le Dôme. Or, plus la température chutait, plus les masses semblaient s'échauffer et lancer des projectiles par-dessus le gouffre qui séparait la Citadelle de la ville.

Il restait un plus gros problème en dehors des parasites qui s'amassaient à sa porte : Svana.

Elle était toujours introuvable. Les vaisseaux qui étaient déjà partis seraient contraints de faire du sur-place hors de portée de leur cible jusqu'à ce qu'ils aient la clé du Dôme Greth en main. Si Jules échouait dans sa mission, ses hommes et sa partenaire resteraient piégés en vol tout comme il était piégé ici.

Tant qu'elle ne lui serait pas livrée, ces mêmes vaisseaux ne pourraient faire demi-tour et venir chercher le reste de l'armée qui attendait d'être libérée. Si les transports ne revenaient pas bientôt, une seconde vague d'évacuation serait impossible.

Il n'y aurait pas d'espoir pour ceux abandonnés à Thólos. Et ses hommes le savaient.

Si Shepherd avait l'occasion un jour de reposer les yeux sur Svana, il aurait du mal à se retenir de la démembrer.

Claire avait raison : il avait éveillé le monstre en Svana tout comme elle avait exploité sa violence. Quand ils formaient une équipe, ils étaient imparables. Quand ils étaient adversaires… ils se connaissaient si intimement que c'était comme s'ils se battaient contre leur ombre.

Manœuvres et contre-manœuvres… et ils se retrouvaient toujours dans l'impasse. Svana savait qu'il ne relâcherait pas le virus tant qu'il restait à ses hommes une chance de survie. C'était pour cette raison qu'elle le lui avait donné, un ultime acte de moquerie qu'il avait été trop bête pour comprendre.

Même armé de l'arme la plus puissante de l'histoire, il était impuissant.

Malgré son absence, elle détenait le contrôle.

Il l'avait lui-même érigée sur ce piédestal intouchable. En tourmentant le peuple de Thólos, il avait créé pour elle un combustible qu'elle avait pu retourner contre lui. Svana savait quoi chercher dans le cœur des hommes et avait utilisé son expérience à bon escient. Le pire, c'était qu'elle l'avait fait juste sous son nez.

Jules et Claire avaient tous deux essayé de le prévenir.

Malgré les rafales de vents polaires, Shepherd se tenait comme un guide devant les portes de la Citadelle et se battait pour les frères qui lui avaient promis leur dévouement et pour la femme qu'il aimait avec chaque fibre de son être.

La panique de Claire avait fait pulser leur lien pendant des heures, et il lui avait été difficile de ne pas pouvoir réconforter sa partenaire effrayée. Elle l'avait appelé si fort que Shepherd avait cru pouvoir entendre sa voix dans la violence de la tempête. Plus d'une fois, elle l'avait distrait, mais il avait persévéré dans son devoir.

Les heures passées à défendre la Citadelle avaient été rudes, mais ils avaient survécu au premier jour du siège.

En contemplant la bataille qui faisait rage à ses pieds, Shepherd comprit que ses hommes ne passeraient pas le deuxième. Des millions de citoyens s'attaquaient aux barricades, en brigades rudimentaires et formées à la hâte, pour atteindre le sanctuaire du Disciple en chef. Certains avaient même commencé à escalader les murs de la Citadelle, lançant des cordes par-dessus les parapets et tout ce qui pouvait retenir le poids d'un homme.

L'adversaire était innombrable.

Les disciples étaient en infériorité numérique et, bien qu'ils disposent d'un armement supérieur, les sauvages armés de couteaux de cuisine et de tuyaux semblaient se moquer s'ils vivaient ou mouraient.

Le troupeau érodait lentement mais sûrement les barricades et utilisait les morts comme bouclier, rampant de plus en plus près.

L'Alpha n'avait ni assez de balles ni assez d'hommes pour les abattre.

Bientôt, tout serait terminé.

Shepherd inspira profondément et détourna les yeux des rangs de citoyens encrassés qui enfonçaient ses barrières pour les poser sur le ciel de Claire. Derrière la légère bourrasque de neige, le coucher de soleil était magnifique. Sa partenaire aurait tiré de la joie d'une vue si glorieuse. Il aurait adoré se tenir à ses côtés pendant qu'elle l'admirait.

Il était chagriné de la sentir si désemparée. Rêvant de la réconforter, il essaya de lui envoyer son amour et de la rassurer à travers leur lien, ce qu'il s'efforçait de faire depuis des heures.

Il aurait voulu lui offrir plus, mais il ne le pouvait pas.

Tout ce qu'il pouvait faire était punir ce peuple pour avoir ruiné leur avenir et l'avoir forcé à abandonner sa partenaire et son enfant à ce monde. Tout ce qu'il pouvait faire était éloigner Svana de la ville qu'elle souhaitait diriger.

Il tuerait à mains nues tous ceux qui grimperaient ces marches, les regarderait saigner en souriant.

Puis il libérerait le virus et mourrait pour sauver Claire.

Les portes de la Citadelle grandes ouvertes dans son dos, la ville un vrai capharnaüm à ses pieds, Shepherd se tendit en entendant des bruits de pas précipités.

Un disciple essoufflé par sa course avançait à toute vitesse vers lui.

— Nous avons retrouvé Svana !

Shepherd faillit fermer les yeux en sentant une vague de soulagement le submerger. Enfin !

— Au rapport.

— Elle est morte. Jules a abandonné son corps sur la rampe de lancement du dernier vaisseau et nous a ordonné de le mettre immédiatement sous glace. Il a récupéré une trousse de secours à l'intérieur puis a quitté son poste, commandant.

Shepherd n'avait pas de mots pour exprimer l'incrédulité qui enflammait son regard.

— Où est-il maintenant ?

— Il a disparu, commandant, répondit le disciple d'un air sombre en secouant la tête.

— Combien de temps avant le lancement du vaisseau ? gronda l'Alpha, furieux.

— Les moteurs sont en train de tourner. Cinq minutes tout au plus.

Ils n'avaient peut-être pas cinq minutes devant eux, s'il fallait en croire le grondement des sols en marbre sale de la Citadelle sous leurs pieds. Trop d'ennemis approchaient, dehors. Ils n'avaient qu'un nombre limité de balles, et ce n'était qu'une question de temps avant que les bombes humaines de Svana soient suffisamment proches pour se faire exploser. Si le bâtiment s'écroulait avant que le vaisseau soit dans les airs, tout serait perdu.

— Oubliez les contrôles de sécurité. Lancement immédiat.

L'ordre fut donné au moment où la structure vacilla. Des fragments des remparts nord s'écroulèrent, et un côté de la Citadelle se replia sur lui-même. Une autre bombe explosa, Shepherd fut propulsé en l'air, un mur arrêta la trajectoire de son corps et lui brisa les os.

***

Des heures étaient passées depuis le début de sa tourmente, des heures durant lesquelles les effets de la sédation, qui avait été une bénédiction pour émousser sa panique et sa douleur, s'étaient évaporés. Maintenant que Claire se rendait vaguement compte de ce qui s'était réellement passé, elle avait dépassé le stade des cris.

Elle ne se rappelait plus leurs visages, pouvaient uniquement les distinguer par la manière dont ils avaient labouré son corps en la violant.

Brutal et rapide, c'était celui qui avait été en elle quand son enfant avait commencé à mourir, quand le sang s'était mis à couler... et il avait hurlé comme un loup, comme si l'écoulement de sang frais qui lubrifiait sa pénétration lui avait plu. Puis il y avait eu les coups saccadés et courts, celui qui l'avait prise le plus violemment, griffant sa peau, la marquant de petites entailles en forme de croissants de lune.

À moitié consciente, assommée par un coup en plein visage quand elle avait refusé d'entrouvrir les lèvres pour avaler la queue sale dressée devant sa
340

bouche, Claire avait cligné ses yeux collants et l'avait de nouveau entendu… dans les couloirs, les prisonniers de la Crypte criaient son prénom.

Elle avait vomi trois fois, tout le sperme qu'ils avaient craché dans sa gorge chaque fois que l'un d'eux avait baisé sa bouche, l'avait étouffée avec sa queue et forcée à avaler. Elle était allongée dedans, à plat ventre, une substance froide et rosâtre. Parfois, quand elle était assez lucide pour ressentir la douleur, elle sanglotait le nom de Shepherd. L'essentiel du temps, elle regardait fixement la seule porte de la cellule, observant les pieds des monstres en loques passer, terrifiée qu'ils tournent leur attention vers elle et essaient de l'attraper à travers les barreaux.

Un de ses yeux gonflés s'écarquilla quand le troisième Alpha tira si fort sur ses cheveux que sa tête recula d'un coup. Elle l'entendit grogner comme un sauvage, le distingua des autres à sa manière de la peloter pendant qu'il la baisait, et le sentit à peine nouer dans sa matrice ensanglantée et ravagée. Aucun son ne franchit ses lèvres, seul un étrange écho qui semblait s'infiltrer depuis un endroit lointain.

— On t'avait dit de pas nouer ! gronda l'un d'eux à celui dont la tête était renversée en arrière, trop occupé à gémir au plafond pour lui prêter attention. C'était mon tour et, maintenant, sa chatte est coincée autour de ta bite ! Retire-toi !

Sa seule réponse fut un long râle de gorge, plus bestial qu'humain. Des mains se mirent à tirailler les chairs du couple noué, et l'un des hommes essaya de sortir la bite du salaud. En vain : le nœud était coincé derrière son pubis, mais l'écartèlement tira Claire de sa stupeur. Elle ressentit un élancement, une douleur atroce, et, même si cela faisait des heures qu'elle n'avait plus rien articulé, elle poussa un autre cri. Le hurlement aigu et les sanglots qui suivirent furent misérables, désespérés, honteux.

— La tue pas encore, enculé ! Je veux que cette garce dure plus longtemps que les dernières. Tu vas devoir attendre.

C'était celui qui avait éclaté de rire quand sa fausse couche avait débuté, le plus cruel de ses agresseurs.

— Qu'est-ce que c'est que ce bruit ? demanda l'homme aux coups saccadés et courts, qui avait essayé de les séparer, en s'approchant de la porte. Fais que cette salope arrête de brailler !

Mais ils ne purent l'en empêcher. Elle hurla et hurla encore, des plaintes inhumaines, contemplant à travers les barreaux les jambes couvertes de haillons qui s'approchaient, certaine que les démons de la Crypte étaient venus la chercher.

Claire étira ses bras jusqu'à ce que ses articulations la brûlent et lutta pour se défaire du nœud en voyant un monstre au dehors essayer d'ouvrir la porte de la cellule. Un visage rébarbatif apparut mais, alors qu'elle s'était attendue à voir des crocs et des babines retroussées, elle ne vit qu'outrage, fureur, choc et inquiétude.

C'était comme dans le récit de Shepherd : l'ombre arracha les barreaux de la roche pour entrer dans sa cellule. Un démon était venu la réclamer. L'écho de la panique de ses agresseurs résonna entre les murs. Des grognements et des cris. Comme par magie, le nœud qui la piégeait diminua, et le membre qui l'avait douloureusement envahie fut retiré. Une vague de sang frais s'écoula de ses entrailles.

S'ensuivit une clameur assourdissante. Une grande bête se tenait au-dessus d'elle. Ses liens furent coupés, et des mains douces la soulevèrent de son bourbier infâme. Elle voyait à peine et ne comprenait pas pourquoi elle n'était plus sur le lit.

Les trois hommes qui l'avaient violée étaient nus et couverts de sang, vautrés par terre là où ils étaient tombés.

— Je suis la brigadière Dane, annonça l'exécuteur, une femme, son regard dur mais ébranlé tandis qu'elle recouvrait sa nudité avec le manteau abandonné de l'Oméga. Vous êtes en sécurité, à présent, mademoiselle O'Donnell.

Chapitre 13

Il y avait tellement de sang… Claire se raccrochait à la femme aux yeux doux, celle qui était venue la sauver de son abîme de douleur et l'avait sortie de cette cage. Elle n'avait plus qu'une veste et ses longs cheveux pour la couvrir mais, lorsqu'elles eurent quitté les tunnels souterrains, la brigadière essaya de l'essuyer avec sa propre chemise, de nettoyer ses plaies autant que possible, pendant qu'elle restait avachie contre un mur, frappée de stupeur, en sentant plus que son sang la quitter.

— Ils ont tué mon fils, parvint-elle à bredouiller, complètement perdue.

— Oui, vous êtes en train de faire une fausse couche, opina la femme plus âgée avec compassion.

Claire entendit le tumulte d'une bataille qui faisait rage à travers la ville et comprit vaguement ce que cela signifiait. La révolution avait commencé.

C'était la raison pour laquelle tant d'inconnus se massaient autour d'eux. La raison pour laquelle la femme l'avait sauvée.

La nouvelle ne remplit pas Claire de la joie qu'elle aurait dû amener, tant elle était accablée. Mais, au-delà de sa stupeur, elle savait que, même si sa vie touchait à sa fin, au moins quelques-uns seraient sauvés.

Aidée de la brigadière Dane, elle essaya de remonter les rues noires de monde. Sa sauveuse hurlait par-dessus la foule, appelait un médecin, un soignant, n'importe qui pour arrêter les saignements de l'Oméga.

Claire était en train de se vider de son sang — et tous les bandages de fortune et mots d'encouragement d'une étrangère n'y changeraient rien. Rien ne lui ramènerait l'enfant qui avait été arraché de son ventre. Il ne lui restait plus qu'à mourir avec son partenaire.

Dès que la brigadière lui tourna le dos pour fouiller la maison la plus proche, à la recherche d'une trousse de secours, Claire trouva la force de se lever de l'endroit où elle l'avait laissée. À la limite de la conscience, sentant ses jambes refuser de coopérer et le sang frais couler le long de sa cuisse, elle se força à franchir la porte et à longer la rue en laissant derrière elle une traînée rouge vif.

C'était comme se mouvoir dans un rêve et suivre la lumière. Les restes de la Citadelle étaient étonnamment proches. Svana s'était arrangée pour la torturer très près de l'endroit qu'elle avait été forcée de considérer comme chez elle.

La guerre, les rebelles étaient devant elle, autour d'elle. Coups de feu, explosions, cris… mais elle ne sentait que Shepherd. Il avait été avec elle durant tout ce temps.

Elle avança aussi régulièrement que possible, mais trébucha sur le corps broyé d'un des disciples. Les marches en marbre fissurées, les mêmes marches que celles qu'elle avait grimpées le jour où elle avait rencontré Shepherd, se trouvaient au-delà d'une dernière barricade. Elle rouvrit les yeux en réalisant qu'elle avait failli s'endormir et sut qu'elle allait devoir ramper à travers ce champ de cadavres et escalader les marches à bout de bras pour atteindre l'endroit où elle sentait la douleur émaner de son partenaire.

Cette pensée lui donna la force de se remettre en mouvement, de ramper sur le sol qui tremblait, tandis que d'immenses blocs se détachaient de la Citadelle et s'écrasaient autour d'elle.

Rien de tout cela n'avait d'importance. Elle n'avait de temps que pour Shepherd.

Claire continua sa progression.

Son bien-aimé était tout près, il n'y avait plus que quelques marches à franchir. Claire se hissa sur la dernière marche et se reposa sur le pilier le plus proche pour reprendre son souffle.

Elle tourna la tête quand un autre pan de la Citadelle commença à s'écrouler.

La grande porte était juste devant elle. Elle rampa sur le sang et le verre, retrouva momentanément l'usage de ses jambes et ignora les coupures des éclats sur ses pieds nus. Il était là, à vingt mètres, dix, cinq…

Sur le dos, aussi immobile qu'un cadavre, gisait Shepherd, à moitié mort.

Elle s'approcha de lui et vit ses yeux d'argent croiser les siens et se remplir d'horreur lorsqu'il la découvrit dans cet état. Ses cheveux noirs étaient encroûtés de sang et de sécrétions, et les commissures de ses lèvres étaient déchirées, béantes. La rivière de sang coulait toujours entre ses cuisses gonflées.

Elle se laissa tomber à genoux à ses côtés et essaya de prononcer son nom d'une voix rauque, d'appeler l'homme qui saignait et tremblait en essayant de bouger. Mais il était gravement blessé, et du sang s'écoulait de sous son armure défoncée.

Un son essaya de franchir ses lèvres balafrées, et ses yeux argentés tentèrent d'exprimer son amour derrière sa panique.

Claire toucha son visage et vit que ses doigts étaient cassés et gonflés. Elle poussa un gémissement de douleur en rampant sur lui.

— Svana m'a arraché notre fils. Elle m'a donnée en pâture à trois monstres, Shepherd.

Une main épaisse sursauta. Claire sut qu'il voulait la tenir mais en était incapable. Alors, elle souleva sa main pour la poser sur sa hanche et s'étendit sur sa poitrine, blottie contre son flanc, là où son armure était noircie et brûlée.

Elle chercha à tirer du réconfort d'un homme mourant qui n'avait même plus l'usage de ses mains.

Claire ne pouvait voir ce qui l'avait blessé. Son attention décroissante se posa uniquement sur les yeux d'argent implorants, humides, tandis qu'ils s'éteignaient, et elle n'entendit bientôt plus que les respirations trop espacées de Shepherd.

Ce qu'il lui restait de vie s'écoula entre ses jambes dans une mare pourpre. Claire s'affala, l'oreille posée sur l'endroit où le cœur de l'Alpha aurait dû battre.

***

Thólos avait gagné sa liberté, la tyrannie de Shepherd avait pris fin, et la brigadière Dane avait repris le contrôle de la résistance des mains des quelques membres survivants du contingent rebelle de Leslie Kantor.

Puisque personne n'était prêt à partager la véritable histoire qui avait inspiré la révolte, tant elle était inconvenante, Dane fut glorifiée comme l'héroïne qui les avait tous sauvés.

Quand une élection précipitée l'élut au poste, nommé à vie, de Première ministre, Corday garda le silence.

Thólos avait besoin de solidarité, de se recentrer. Le peuple allait également devoir accepter le fait que, malgré les équipes de nettoyage qui s'étaient succédé jour et nuit pour passer au crible les décombres de la Citadelle, ils n'avaient toujours pas retrouvé la trace du virus.

Pour survivre au froid, la population dut se réfugier sous terre. Les heures de jour étaient à peine assez chaudes pour réparer l'infrastructure du Dôme et rassembler les denrées indispensables à leur survie.

Ce qui s'était passé dans la Crypte, ce qu'avaient vécu ceux qui y avaient été enfermés, ne valait pas la peine d'être mentionné. Ce n'était pas une vie.

Mais, tant que le Dôme ne serait pas réparé, la Crypte était leur unique refuge. Il n'y avait pas d'autre option.

Durant les mois de dur labeur en surface, Corday garda au doigt l'anneau en or et ne l'enleva jamais. Il avait pris l'habitude de le tourner si souvent qu'il avait commencé à entamer la palmure entre ses doigts. Il voulait souffrir. Il ne s'autoriserait jamais à oublier ce que Claire avait sacrifié, combien elle avait souffert… comment il l'avait abandonnée.

Pas après la manière dont la foule avait dépeint Claire O'Donnell comme une traîtresse, pas après l'enquête judiciaire et le nombre de fois où il avait témoigné en faveur de la fille sur le tract.

Aux yeux du public, crucifier oralement Leslie Kantor, morte, n'avait pas suffi, pas plus que la confirmation du trépas de Shepherd. Le peuple voulait un coupable vivant. Qui de mieux placé que la partenaire du terroriste décédé, celle qui avait été retrouvée à moitié morte, drapée amoureusement sur son corps ?

Le cadavre de l'Alpha avait été confisqué et sa partenaire enfermée. Chaque fois que Corday avait essayé de se frayer un chemin jusqu'à sa chambre de malade pour la voir, il avait trouvé Claire dans le coma, entourée de gardes armés, ne respirant qu'à l'aide d'un respirateur artificiel après l'attaque sauvage qu'elle avait subie.

En tant que Première ministre, Dane avait vanté le rôle vital de Claire dans la résistance et défendu la femme autant qu'elle le pouvait raisonnablement sans inciter les émeutes. À mesure que les semaines passaient et que les survivants se remettaient de leurs émotions, d'autres étaient venus prendre sa défense. Des étrangers munis de son tract avaient avoué qu'elle les avait inspirés et affirmé que l'Oméga avait offert sa force à toute la ville.

Cela n'avait pas empêché les soldats de la Première ministre Dane de l'emmener.

Dane refusait de discuter du sujet. Il fallut à Corday six mois pour découvrir ce qu'ils avaient fait d'elle, après avoir harcelé tous les membres du cabinet réuni à la hâte qui voulaient bien l'écouter et exigé de voir son amie. Il avait fini par foutre un tel bordel que la Première ministre avait dû assurer le public déchiré que Claire O'Donnell, criminelle de guerre, n'était pas maltraitée.

Corday était sur le point de le juger de ses propres yeux.

L'emplacement de sa cellule était classifié ; pourtant, Corday attendait, Dane à ses côtés, dans le seul endroit du Dôme qui était toujours chauffé. Les pelouses bien entretenues et l'architecture somptueuse formaient un petit coin tranquille dans le seul secteur de la surface qui fonctionnait toujours : la nouvelle prison de Claire.

C'était un endroit que Corday connaissait bien.

Pendant tout ce temps, Dane avait gardé Claire dans le secteur du Premier ministre, loin de la crasse de la Crypte, cachée là où personne ne pourrait l'atteindre. Et pas seulement elle, mais aussi de nombreuses Omégas qui n'auraient pas survécu dans les quartiers souterrains sales et rapprochés où se massait la foule.

Les portes barrées de l'aile nord furent ouvertes et, de l'autre côté, Corday découvrit un endroit de toute beauté. Les nombreuses fenêtres baignaient tout l'intérieur d'un éclat doré et, bien qu'il y ait des gardes armés, ils semblaient là pour empêcher l'entrée plutôt que la sortie. Tout était propre, le mobilier riche, et un médecin Alpha attendait d'escorter la Première ministre et son invité jusqu'à l'Oméga.

L'homme en blouse blanche observa avec méfiance le visiteur importun.

Aux yeux de Corday, tout semblait étrange, inversé.

La porte était en chêne épais, sculptée et lourde sur ses gonds ; la dernière barrière à franchir avant de retrouver sa Claire. Dane déverrouilla la porte et poussa le battant, la robuste femelle Alpha entrant la première pour annoncer son arrivée d'une voix joviale, sur un ton très différent de celui qu'elle avait réservé à Corday quand elle l'avait accueilli.

— Bon après-midi, mademoiselle O'Donnell. Un vieil ami est venu vous voir.

Et, enfin, il la vit. Assise dans un fauteuil rembourré, le visage tourné vers la fenêtre la plus proche, elle observait les arbres et la verdure des environs. Mais elle ne bougea pas, pas même un doigt, quand Corday s'approcha.

Il s'agenouilla à côté d'elle et examina son corps pour identifier tout signe de maltraitance ou de dégât. Il ne vit ni hématome ni indice de négligence, mais il était clair d'après ses yeux vitreux et lointains qu'elle était sous sédatifs puissants, et ce fait seul en disait long.

Corday l'appela en attrapant sa main. Ses yeux verts bougèrent anormalement lentement.

— Que lui avez-vous fait ? gronda Corday à Dane, refusant de détourner les yeux avant que Claire ne l'ait reconnu.

— Mademoiselle O'Donnell a subi un traumatisme sévère et bénéficie des soins les plus avancés pour se remettre, répondit Dane d'un ton irrité.

Tournant la tête vers son ancienne camarade, Corday la jaugea du regard en poussant un grognement incrédule.

— Elle est complètement droguée. Vous aviez peur qu'elle me dise quelque chose ? Qu'est-ce qui se passe ici ?

La voix du Bêta était montée d'un ton, ce qui sembla tirer momentanément Claire de sa transe. Elle tritura l'anneau à son doigt et murmura :

— C'était à ma mère.

Corday se força à ravaler sa colère et ronronna de manière encourageante.

— Oui, Claire, c'était à ta mère.

— Et je l'ai donné à Corday.

— C'est vrai aussi, acquiesça l'exécuteur.

C'était comme si elle était incapable de reconnaître le Bêta à qui elle parlait, comme si elle se parlait à elle-même.

— Pour qu'il ne m'oublie pas. Il a sauvé Thólos.

Attrapant délicatement son menton entre son pouce et son index, il releva son visage pour qu'elle croise son regard.

— Je suis Corday, Claire. Je suis là. Je suis venu te rendre visite.

L'Oméga semblait n'avoir aucune idée de ce qui se passait autour d'elle. Elle se pencha vers lui, comme pour partager un secret.

— Je l'entends toujours, tu sais, en train de ronronner dans la pièce où je me trouve. Parfois, je le sens caresser mes cheveux.

Corday lutta pour ne pas laisser paraître son dégoût, pour ne pas écarquiller les yeux. Il sourit, lui serra la main et, d'une voix douce, expliqua :

— Shepherd est mort, Claire. Tu n'as plus à avoir peur de lui.

— Je veux sortir.

— Cela peut être arrangé tout de suite, Miss O'Donnell, dit le docteur qui s'était attardé près de la porte.

Il lui sembla qu'une petite armée d'infirmières sortit de nulle part pour exaucer sur le champ le vœu de la femme prisonnière. Les portes-fenêtres qui donnaient sur la pelouse privée s'ouvrirent sur une petite cour, où se trouvaient une table et des chaises. Toutefois, l'étrangeté de cette prison n'échappa pas à Corday : l'épaisseur des vitres, le fait que les portes menant à l'extérieur étaient en métal épais et non en bois, peintes en blanc pour paraître plus accueillantes et ne pas donner l'impression d'être dans un caveau… quelque chose ne collait pas.

Son médecin aida Claire à se lever de son fauteuil, le tissu vert pâle de sa robe retombant sur ses jambes, et l'emmena au soleil. Laissant les blouses blanches et les gardes s'agiter, Corday arpenta sa chambre, évalua son apparence et n'y trouva rien de clinique. Si ce n'était pour les aquarelles qui ornaient les murs bleus, il aurait juré que tout ceci était une imposture.

Toutes ses toiles représentaient Thólos, les horreurs qu'elle avait vues, parfois le corps marqué du tyran. Entre les peintures terminées s'en trouvaient des dizaines qui n'étaient que des esquisses de ses yeux argentés, illustrant toutes les expressions imaginables. Corday était ébahi qu'ils l'aient laissé garder toutes ces images saisissantes de Shepherd, accrochées au mur comme s'il vivait dans cette chambre. Il y avait même un portrait de l'homme en train de sourire ou presque ; Corday resta interdit et l'étudia avec intensité.

Le papier était froissé, et l'on pouvait voir où la peinture avait été repliée sur elle-même. Elle était également tachée de sang.

Corday leva la main et la décrocha du mur, certain qu'il s'agissait là d'une relique du siège. Il ne sut pas ce qui le poussa à la retourner, mais il trouva un message griffonné à l'arrière, comme s'il avait été écrit frénétiquement par quelqu'un qui manquait de temps.

Ma petite,

Je sais que tu comprends pourquoi je ne suis pas avec toi, même s'il te faudra du temps pour l'accepter. N'oublie pas que je t'aime. Je t'aime, Claire O'Donnell, et je sais que tu seras une merveilleuse mère pour notre fils. Je sacrifierais ma vie mille fois pour assurer ta sécurité et ton bien-être. Je sais combien tu détestes quand je dis que j'ai fait tout ça pour toi, mais je vais risquer ta colère quand tu liras ceci en le répétant. Tout ceci est pour toi, mon amour. Tout ce que je dois faire.

Promets-moi que tu diras tous les jours à Collin que son père est fier de lui, que je l'aime.

Je marche vers la mort en songeant combien je t'adore depuis la première fois que j'ai croisé tes yeux verts dans la Citadelle, racheté. Tu es ma rédemptrice. Mon ciel.

Pour toujours,

Shepherd.

— Je le raccrocherais immédiatement, si j'étais toi, l'avertit nerveusement la Première ministre

Dane, son ton brusque, hostile. Elle serait très contrariée si elle te voyait le toucher.

— Qu'est-ce que c'est que ce truc ? grommela Corday en le levant.

Ce fut Dane qui lui arracha le portrait des mains et le retourna à sa place légitime sur le mur. Les yeux de la femme s'attardèrent sur une toile plus petite, d'un petit garçon aux cheveux noirs et aux yeux argentés, accrochée à côté.

— J'ai essayé de te prévenir, dit la Première ministre en passant un bras autour des épaules du jeune exécuteur, plus pour le forcer à la suivre que pour le réconforter. Mais tu n'écoutes jamais. Viens, elle t'attend dehors.

***

Il faisait de nouveau humide ; après une légère averse, l'odeur de l'herbe et de la terre fraîche parfumaient l'air. Claire aimait que les fenêtres s'embuent. Tout sentait meilleur, la pièce brillait et les carreaux blancs translucides étaient divins.

Elle aimait s'imaginer la chambre comme ça, parfois, comme si toute l'humidité pouvait former une seule vague immense et la submerger. Si elle se laissait aller à ces pensées, elle sombrait parfois dans un territoire sinistre, et la ville se retrouvait aspirée au fond d'un océan, décimée. Ces hallucinations allaient de pair avec une colère intense, des palpitations cardiaques et un dégoût extrême.

Au fond, Claire détestait Thólos.

Elle rêvait que Thólos brûlait, n'éprouvait que du soulagement quand les flammes dévoraient la ville avant de se réveiller en larmes. Chaque fois que cela se passait, l'air résonnait du riche ronronnement de son Alpha, jusqu'à ce qu'elle se calme de nouveau, qu'elle reprenne le contrôle.

— Vous n'avez pas mangé votre déjeuner, mademoiselle O'Donnell.

Trempant la pointe de son pinceau dans le rouge, Claire répondit sans quitter des yeux son travail :

— Je n'ai pas faim.

La Première ministre Dane s'approcha lentement pour éviter qu'elle panique.

— Je pensais que vous aimiez la pluie. Pourtant, vous êtes agitée et vous n'avez pas touché vos deux derniers repas. Il me semble qu'il serait maintenant temps que nous discutions de ce qui vous effraie tant.

Chaque matin, elle avait droit à six ou sept pilules, des séances de kiné, de psychothérapie, de thérapie en groupe avec les autres Omégas dérangées qui résidaient ici. Puis il y avait les incessantes inoculations. Sa vie se passait dans un semi-brouillard éternel, si l'on pouvait appeler ce qu'elle ressentait à l'intérieur une vie. Mais il y avait une chose qu'aucune quantité d'antidépresseurs ne pouvait changer : sa crainte très réelle de l'inévitable.

— Vous êtes ici depuis huit mois, mais vous refusez toujours de participer aux séances de groupe, de partager quoi que ce soit avec les médecins ou les soignants.

Dane tira la petite chaise de style Chippendale de sous la table à manger proche et la porta jusqu'à l'endroit où Claire était assise devant son chevalet.

— Ne vous noyez-vous pas dans votre silence ? demanda-t-elle en s'asseyant et en regardant la peinture.

Claire tourna le visage vers la femme, habituée aux cheveux argentés coupés courts et aux lunettes à monture métallique.

— Que voulez-vous que je vous dise ? Je vous l'ai déjà dit : je ne sais pas où se trouve le virus.

— Vous avez reçu une dose d'inhibiteurs de chaleurs tous les jours, mais vous ne pourrez pas les réprimer éternellement. Vos chaleurs reviendront, peut-être dès ce matin, à en croire votre état et votre température.

Les lèvres de l'Oméga formèrent une ligne dure, et la colère se fraya un passage à travers son esprit émoussé par les médicaments – ainsi qu'une bonne dose de terreur.

— Je pense qu'il serait préférable pour votre récupération que vous ayez des rapports sexuels, réessaya Dane.

— Non.

Dane savait s'y prendre avec Claire, savait l'inciter avec douceur, une compétence dont son psychiatre était dépourvu.

— Un Alpha pourrait être choisi pour vous. Ou, si vous préférez, vous pourriez choisir quelqu'un parmi le personnel soignant. S'il est d'accord, évidemment.

— Non.

— Votre partenaire est mort, mademoiselle O'Donnell. Oubliez les hallucinations et les rêves. Ce que vous pensez ressentir n'est pas un lien. C'est seulement un écho que vous craignez de lâcher.

Ses yeux verts se reposèrent sur la peinture de coquelicots.

— Qui a dit que je ressentais quoi que ce soit ? rétorqua Claire, refusant d'engager le dialogue.

— Ne souhaitez-vous pas aller de l'avant avec votre vie ? demanda Dane en se perchant au bord de la chaise. Avoir des enfants ?

— J'avais un enfant. Il est mort.

— Votre fausse couche a été une terrible épreuve, convint Dane en lui prenant le pinceau et en le posant de côté. Vous avez été violée pendant des heures par trois indésirables que votre partenaire avait laissés dans la Crypte. Cela vous a marquée physiquement et émotionnellement.

— Vous saviez que, quand je me suis réveillée dans cet endroit, l'une des premières choses que le docteur m'a dites était qu'il avait sauvé mes organes reproducteurs, comme si je devais être folle de joie ? cracha Claire, amère, avec un rictus. Dites-moi, qu'est-ce qui ne va pas chez vous tous ?

Toute trace du ronronnement avait disparu dans l'air.

— Vous pensez que vous n'auriez pas dû être réanimée, dit Dane en hochant la tête, le visage serein.

Claire se tut.

— Vous avez reçu une transfusion sanguine sur le terrain. Le saviez-vous ? demanda Dane en tapotant son genou du bout du doigt. Un disciple qui se vidait de son sang vous a donné ce qui lui restait de vie au lieu d'essayer de se sauver. Il est mort à côté de vous, pour assurer que votre cœur continue à battre jusqu'à l'arrivée des secours.

Détournant les yeux, tirant profit de l'apathie induite par les sédatifs, Claire fit de son mieux pour ne pas imaginer Jules. Elle était simultanément sûre que ce devait être lui et prise de doutes : le Bêta n'aurait jamais fait une chose aussi stupide s'ils allaient tous mourir infectés quelques minutes plus tard. Pourtant, somme toute, quand la vie avait-elle vraiment eu un sens ?

Claire se renfrogna en se rendant compte que la Première ministre avait de nouveau réussi à la faire réfléchir.

— Il n'y aura pas de chaleurs, soupira Claire. Injectez-moi ce qu'il faut.

— C'est dangereux, Claire.

En l'entendant prononcer son prénom, l'Oméga étira légèrement les lèvres, son regard vitreux éclairé par l'amusement.

— C'est Claire, maintenant ?

L'Alpha plus âgée sourit chaleureusement, comme une mère, et s'adossa à sa chaise.

— Je pense que nous avons atteint ce stade dans notre relation.

— Je ne vais pas vous appeler Martin.

Un froncement de sourcils assombrit le visage de l'Alpha.

— Vous savez que je m'appelle Lucile Dane, mademoiselle O'Donnell. Qui est Martin ?

La lèvre inférieure de Claire se mit à trembler d'un coup, et un souvenir remonta à la surface. Ses yeux s'embuèrent lorsqu'elle se rendit compte qu'elle avait prononcé le nom du substitut que Shepherd avait choisi pour elle.

— Je veux qu'on me laisse seule, murmura-t-elle.

Dane se leva et posa une main sur son épaule. Elle resta à ses côtés en ronronnant pendant toute la crise de larmes de l'Oméga, l'observant enfoncer son visage entre ses mains et sangloter comme si c'était la fin du monde.

***

Corday avait pris l'habitude de la surprendre avec des fleurs en papier qu'il fabriquait lui-même durant ses rares temps libres, les brandissant de derrière son dos comme si elle ne savait pas déjà qu'elles s'y trouvaient. Le cadeau était toujours accompagné d'un sourire gamin, charmant. Et puis, ses yeux bruns prenaient quelques secondes pour chercher sur elle des marques ou signes de troubles non-dits.

Claire posa *L'Art de la guerre* de côté et quitta sa place près de la fenêtre pour venir saluer son ami.

— Je suis surprise de te voir ici. On m'a dit qu'un blizzard s'était emparé du Dôme.

— Bah, oui, fit-il en haussant honteusement les épaules. Ce n'est qu'un peu de neige.

Corday avait été furieux lorsqu'il était venu la voir deux mois plus tôt et avait été éconduit. Des hommes armés de mitrailleuses lui avaient dit que personne ne pouvait voir la patiente 142. Il avait supposé le pire et avait failli défoncer les portes de l'aile nord. Les gardes Alpha l'avaient repoussé de force. Il avait ravalé sa colère et était revenu de nuit, s'infiltrant par les bouches d'aération... pour découvrir la raison pour laquelle on lui avait refusé l'entrée.

Claire était en chaleur, isolée pour respecter son vœu de chasteté. Il avait immédiatement pris ses distances, car il était bien trop proche de l'odeur de ses sécrétions. Claire ne l'avait jamais su, mais Corday était resté tout près pendant les trois jours qu'il lui avait fallu pour surmonter ses chaleurs... parce qu'elle pleurait et avait peur, et qu'il ne pouvait tolérer de la laisser seule.

Deux fois par jour, un médecin venait la voir pour vérifier ses constantes vitales. Il injectait à l'Oméga quelque chose qu'elle était avide de recevoir, car elle s'empressait chaque fois de tendre son bras. L'homme ne l'avait jamais touchée de manière inappropriée, n'avait pas réagi ouvertement à son odeur. Corday avait toujours considéré la Première ministre Dane comme une mégère absolue, mais il devait avouer que les soins qu'elle procurait à son amie dépassaient l'entendement.

— Tu as un piano à queue dans ta chambre ! s'exclama Corday en voyant l'instrument massif installé dans un coin.

— C'est comme ça qu'ils s'appellent ? gloussa Claire. Et moi qui pensais que ce n'était qu'une table élégante.

Elle posa les fleurs sur le côté et s'installa sur le banc pour jouer une chanson qui avait été populaire avant que le premier Dôme ait été érigé.

Pendant qu'elle jouait, Corday contempla les murs pour voir que certaines peintures avaient été enlevées et remplacées. Ils ne discutaient jamais du fait qu'il pouvait lire sa vie dans ses toiles. Une vie remplie de Shepherd. Nombre des peintures les plus offensantes avaient disparu et été remplacées par des aquarelles de fleurs, ce qui ressemblait à de la mousse de cappuccino et une mer d'yeux argentés.

Comme toujours, le portrait taché de sang méritait la place d'honneur.

— Tu sais, dit Corday par-dessus les notes, tu es bien plus amusante quand tu ne te baves pas dessus.

Il l'entendit rire et jouer un riff comique, comme dans les vieux films après de mauvaises blagues.

C'était l'un de ses bons jours, aussi Corday prit l'initiative et s'assit sur le banc à côté d'elle. Il fit semblant de ne pas remarquer lorsqu'elle se raidit au contact physique et déglutit nerveusement. Quand il se mit à jouer des exercices simples au piano, elle se détendit et éclata de rire.

Épaule contre épaule, ils firent les andouilles, enfonçant les touches de son joli nouvel instrument comme de vilains enfants jusqu'à ce que, sans crier gare, Claire se fige. Au début, elle essaya de lui cacher le fait que son regard virevoltait vers chaque recoin de la pièce. Quelques instants plus tard, elle posa une main sur la sienne pour qu'il arrête de jouer et ferma les yeux.

— Qu'est-ce que tu… ? lança Corday en fronçant les sourcils.

— Chut, le fit-elle taire, le visage serein, le sourire doux.

L'espace de quelques instants, elle sembla fondre, toute sa tension disparut et elle respira doucement, les yeux fermés.

— Il n'est pas là, Claire ! se fâcha Corday.

Ses cils sombres s'ouvrirent, et elle regarda l'homme à ses côtés, se sentant un peu triste et très seule.

— Si, il l'est. Il *est* ici.

Ce n'était pas la première fois qu'elle faisait ça, et c'était tellement frustrant ! Comment pouvait-il rivaliser avec un fantôme ?

— Shepherd n'est pas ici ! s'écria Corday en se levant du banc pour la foudroyer du regard. Tu m'entends ? Shepherd est mort. C'était un monstre. Il t'a fait du mal ! Il a fait du mal à tout un tas de gens ! Ce que tu penses éprouver pour lui n'est que le résultat d'un marquage forcé et d'un bébé qui a été conçu après t'avoir droguée. De la manipulation pure. Tu ne l'aimais pas !

Corday avait compris il y avait déjà longtemps qu'elle allait avoir besoin de temps. Il avait assisté aux audiences, durant lesquelles les fonctionnaires du gouvernement avaient exposé les informations qu'ils avaient apprises en inspectant sa cellule, les peintures de son temps sous terre, la nature de son viol. Ils savaient à présent pourquoi ils avaient retrouvé si peu de disciples. Certains s'étaient envolés dans les anciens vaisseaux de transport entreposés au sommet de la Citadelle. Ils avaient abandonné Thólos… et Shepherd avait essayé de la faire sortir de la ville. La lettre accrochée au mur était très claire. C'était la seule bonne chose qu'il ait jamais faite pour elle, et l'Alpha avait échoué. Dans cette réalité comateuse dans laquelle les médecins la maintenaient, sa Claire était incapable de voir la vérité en face. C'était comme si elle faisait porter le chapeau à cette garce de Svana et ne se souvenait pas de sa propre histoire.

Luttant pour retrouver son sang-froid, Corday posa une main sur son épaule et la força à se tourner pour lui faire face. Il ronronna aussi fort qu'il le put pour noyer le bruit que son esprit recréait.

— Claire, je suis un homme vivant et qui respire, et je t'aime. Je ne te ferais jamais de mal. Je suis prêt à attendre le temps qu'il faudra pour que tu sois prête mentalement, mais tu dois ouvrir les yeux et accepter les faits.

Méfiante, l'Oméga resta silencieuse, tendant l'oreille pour écouter le Bêta ronronner. Le ronronnement de Shepherd était cependant plus fort, plus riche et bien plus beau.

Ce soir-là, après le départ de Corday, Claire se coucha dans son lit, dans le noir, et attendit que la main fantôme touche ses cheveux. Reniflant dans son oreiller, elle sentit le lien pulser, la torsion qui venait la réchauffer de l'intérieur quand elle se sentait seule.

Cela faisait bientôt un an mais, même si son corps était guéri, son esprit était toujours à la dérive.

Corday se berçait d'illusions. Le Bêta ne comprendrait jamais. L'avenir qu'il s'était imaginé ne pourrait jamais exister. Elle préférerait mourir que s'accoupler avec un autre homme. Et, bien que personne ne le lui ait dit en face, elle savait qu'elle ne sortirait jamais de cette chambre et du jardin clos dans lesquels ils la gardaient… tant qu'elle ne se soumettrait pas à un autre Alpha. C'était sa prison : sinon, pourquoi des gardes patrouillaient-ils les couloirs avec des mitrailleuses, pourquoi chaque porte était-elle verrouillée ? Même ses fenêtres étaient en verre épais de plusieurs centimètres, apparemment incassables, probablement blindées.

Elle ne parlait jamais de Shepherd. Elle ne parlait jamais de Svana. Et elle n'avait parlé du viol qu'une seule fois, durant une de ces horribles séances de thérapie de groupe. Elle avait parlé, et parlé, et parlé encore, jusqu'à ce qu'elle se mette à hurler et à vomir partout sur le sol. Ils l'avaient maintenue sous sédatifs pendant des jours, après ça. Plusieurs fois, la Première ministre Dane était venue lui parler de l'évènement, et Claire avait refusé ne serait-ce que de la regarder. Tout ce que l'Oméga voulait, c'était écouter le ronronnement qu'elle n'était même pas censée entendre et s'abandonner aux rêves qui transcendaient occasionnellement les sédatifs, dans lesquels Shepherd la serrait dans leur nid, lui murmurait qu'il l'aimait.

Même si elle savait que ce n'était que le souffle du vent contre le côté du Dôme, c'était comme si elle pouvait l'entendre l'appeler. Et, comme elle le faisait toujours, elle sortit les orteils de sous la couverture et quitta la chaleur de son lit pour regarder par la fenêtre, espérant que, pour une fois, elle verrait l'homme qui l'attendait à l'horizon.

La robe de nuit bruissa autour de ses jambes quand elle se faufila vers les portes-fenêtres pour observer le blizzard de l'autre côté du Dôme. Elle l'entendit de nouveau, plus fort.

Elle en avait assez de cet endroit et de ces échos vides. S'il l'appelait dans la tempête, c'était là qu'elle voulait aller.

Claire avait vu le code assez souvent pour pouvoir le retaper correctement. Elle entendit le sifflement mécanique du verrou se désenclencher. Elle sortit et marcha, escalada jusqu'au point le plus élevé du Dôme qu'elle put atteindre, voulant se tenir face au vent, l'entendre siffler *ma petite* une dernière fois.

Le froid engourdissait son visage tandis qu'elle avançait dans la tempête, grimpant vers la source de l'appel, s'enfonçant dans les bourrasques de neige, ignorant la piqûre sur ses pieds.

Il était là.

Claire pouvait le voir, flou, s'élever tel une montagne. Le lien doré chantait entre eux et carillonnait à chaque pas. Il lui suffisait d'escalader la rampe de sécurité et d'attraper la main qu'il lui tendait.

Ce qu'elle fit.

Les vents violents fouettèrent ses cheveux dans tous les sens, mais elle les ignora. Elle ignora tout.

Il était si proche, et ses yeux brillaient du plaisir de la voir. C'était si audible dans la tempête, comme le tonnerre et le battement du cœur d'un fauve, mais Claire sourit et ne chancela pas une seule fois. Pas même quand le froid mordant s'empara d'elle et commença à la vider de ses forces. Tant qu'elle pouvait voir ses yeux souriants, le fait qu'elle tombait était insignifiant. Parce que ses bras étaient passés autour d'elle et que les petites aiguilles de douleur semblaient s'envoler, jusqu'à ce qu'il ne reste qu'une chaleur obscure.

Épilogue

Ce fut un service intime, fermé au public et auquel participèrent moins de six personnes. Nona French fit l'eulogie, et les homélies furent magnifiques. Les personnes qui tenaient véritablement à elle étaient accablées.

Pour Corday, cela avait été un véritable cauchemar. Il était assis à côté de la Première ministre, en train de foudroyer du regard le cercueil vide en grinçant des dents.

Claire O'Donnell était morte deux semaines plus tôt, mais les satanés médecins de l'aile nord avaient refusé de lui laisser voir son corps. Il avait hurlé, pesté, les avait menacés d'attirer les foudres divines sur eux s'ils ne la lui rendaient pas. Mais ils continuaient de prétendre que sa chute depuis les chaussées l'avait laissée en charpie, aussi ils avaient délivré des cendres en place d'un corps.

Corday avait perdu la boule.

Les Omégas étaient censés retourner à la terre. Le rituel funéraire était l'enterrement… et les salauds de Dane l'avaient profanée.

Quand la rumeur du suicide de la tristement célèbre Claire O'Donnell avait atteint les pauvres hères qui survivaient encore sous terre, elle était soudain devenue une sainte à leurs yeux. C'était écœurant. Ces mêmes personnes qui avaient utilisé son nom comme une malédiction, qui l'avaient blâmée pour leur souffrance après la libération de Thólos. À présent, la tragédie de son suicide leur avait ouvert les yeux ?

Les gens étaient ignobles.

Sur les murs humides des souterrains, des photos d'elle étaient placardées partout où il posait les yeux.

La Première ministre avait même appelé à une journée de deuil et à dix minutes de ce putain de silence.

Corday avait déjà souffert sa perte une fois, quand elle avait disparu du sanctuaire des Omégas. Ce n'était rien comparé à la douleur qu'il éprouvait maintenant. Tout était allé de travers ; et puis, la culpabilité le tuait.

Pourquoi ne lui avaient-ils pas donné son corps ? La chute avait-elle été telle qu'il était méconnaissable ? En repensant à cette dernière année, en suranalysant chaque détail, Corday chercha le fil qui pouvait expliquer son mauvais pressentiment croissant.

Combien de fois s'était-il assis dans la pièce bleu pâle avec elle quand elle était à peine assez lucide pour parler ? Pourquoi l'avaient-ils constamment maintenue sous sédatifs ?

Claire ne s'était pas plainte une seule fois… et il se demandait si elle avait jamais eu la présence d'esprit de comprendre à quel point ils la contrôlaient. Elle n'était qu'une petite Oméga que la Première ministre séquestrait comme un animal chouchouté.

Pourquoi n'avaient-ils pas débranché les machines quand elle avait refusé de respirer pendant des semaines, après qu'elle avait été retrouvée à moitié morte dans la Citadelle ?

Et les médecins avaient été si possessifs avec elle, mais aussi avec les choses qu'elle gardait dans sa chambre… comme si elle était un genre de spécimen ou d'expérience, comme si tout le monde attendait de voir ce qu'elle allait faire.

Corday commençait à avoir le sentiment de perdre pied : et si les substances qu'ils avaient injectées dans son corps n'étaient pas pour son bénéfice, mais pour le leur ? Était-ce pour cela qu'ils avaient refusé de rendre son corps ? Parce qu'ils voulaient d'abord la démonter, fouiner à l'intérieur ?

Pensaient-ils qu'elle savait où se trouvait le virus ? Avaient-ils utilisé des produits chimiques pour essayer de lui tirer les vers du nez ?

Corday avait suffisamment traîné autour du bâtiment qui lui servait de prison pour savoir que l'aile nord n'était pas vraiment ce qu'elle prétendait être : un refuge pour les Omégas incapables de se protéger si elles avaient été forcées de vivre avec les masses dans la Crypte. Alors pourquoi les avoir séparées ? Et puis, pourquoi lui avaient-ils soudain donné carte blanche pour lui rendre visite ? Les médecins étaient conscients du fait qu'il la courtisait délicatement. Avec le recul, ils avaient même semblé

l'encourager, même la moins que sympathique
Première ministre Dane.

Il avait toujours supposé que c'était bénéfique
pour sa récupération.

Mais cela le renvoyait à sa première question.
Si elle se remettait vraiment, alors pourquoi était-elle
constamment droguée ?

Après l'enterrement, il retourna sous terre.
Assis sur une chaise usée, blotti dans la petite grotte
en pierre dans laquelle il dormait, Corday contempla
le vide, distrait par l'injustice de la situation.

Quelque chose n'allait pas du tout. Pourquoi
avait-il le sentiment que tout le monde, Dane inclus,
lui mentait ?

Il attendit que la nuit tombe avant de se
faufiler jusqu'au secteur du Premier ministre.

Il accula Dane seule dans son bureau et lui mit
un couteau sous la gorge.

— Qu'est-ce que vous lui avez fait ?

Bien que sa vie soit en danger, l'Alpha parut
impressionnée.

— Tu l'as vu toi-même. Nous ne faisions
qu'essayer d'aider Claire.

Pendant les mois durant lesquels il avait eu accès à l'Oméga, il avait été aveuglé par sa joie, avait cessé de poser des questions et de déchaîner la population souterraine. Il comprenait à présent : c'était pour cela que Dane l'avait autorisé à la voir.

Il enfonça la lame jusqu'à faire perler le sang sur sa gorge.

— Vous m'avez suffisamment menti.

— C'est toi qui as laissé Svana prendre le contrôle, qui as mené les hommes de Shepherd jusqu'à la résistance, siffla Dane en éloignant sa gorge du couteau. Tu n'es pas fiable, Corday. Sois content que je te laisse la vie sauve, que je te laisse continuer ton travail d'exécuteur et que personne ne sache vraiment quel rôle tu as joué dans la souffrance de notre peuple.

Ses paroles le blessèrent autant que si le couteau avait entaillé sa gorge.

— Vous connaissez les circonstances et les raisons pour ce que j'ai fait.

— Oui, répondit Dane sans rien ajouter.

— Je veux voir des photos du corps de Claire. Je veux la preuve qu'elle est bien morte.

Visiblement toujours peu perturbée par la menace, Dane fit un geste vers l'écran COM sur son bureau.

— Dossier du patient 142.

Corday éloigna le couteau et tapa le nom du dossier. Il contenait toute une année de données récoltées sur Claire : bilans médicaux, photos de ses peintures, journaux de traitement. À la fin se trouvait une série d'images perturbantes. Un cadavre aux cheveux noirs qui avait été comme broyé. Le visage avait pratiquement disparu. Quelque chose avait foncé sa peau, qui était devenue grise, marbrée aux endroits où l'os avait percé.

— Il nous a fallu trois jours pour trouver où elle avait atterri dans les basses sphères. On ne sait même pas comment elle est sortie de l'aile nord. Le seul enregistrement vidéo la montre en train de marcher dans le couloir, seule.

— Pourquoi sa peau est-elle comme ça ?

— La chaleur de son corps a fait fondre la gadoue juste assez pour encapsuler son corps. Les boues d'épuration se sont infiltrées à l'intérieur, et il y a eu un genre de réaction chimique.

— Je vous connais, Dane, fit Corday en lui décochant un regard mauvais.

— Je le sais bien, répondit-elle en fronçant les sourcils, ce qui rida ses joues.

C'était ce qu'elle ne disait pas, ce qu'elle n'avait jamais dit… Car, contrairement à lui, la Première ministre Dane savait se taire.

Depuis l'assaut de Shepherd, le peuple de Thólos avait passé deux rudes années sous le Dôme, peut-être encore plus rudes pour Dane. Maintenant qu'elle était Première ministre, elle avait une responsabilité envers chaque citoyen à la surface et sous la surface. Jour après jour, elle peinait dans son cabinet, à organiser des équipes de réparation, à imaginer des solutions pour garder le bétail et les cultures en vie sans soleil. Son peuple était affamé, et nombre d'entre eux étaient en train de devenir fous.

Qu'importe qu'elle soit au chaud dans le secteur du Premier ministre. Le poids du monde la rongeait de l'intérieur. Corday le savait et ne la jugeait pas là-dessus, mais il la tenait pour responsable de tout ce qui était arrivé à Claire.

Dane lui offrit un élément de piste.

— Si j'avais pu la débrancher de son respirateur artificiel, je l'aurais fait. Mais, tant que le virus restait introuvable, ce n'était pas un risque que je voulais prendre pour le bien du peuple de Thólos.

— Quoi ? lâcha Corday, yeux plissés, complètement perdu.

— J'ai fait tout ce qui était en mon pouvoir pour garder l'Oméga en sécurité, bien nourrie et heureuse.

Dane n'était pas sur la défensive ; elle se contentait de s'expliquer, de présenter les faits.

Comme si la raison était soudain évidente, Corday écarquilla les yeux. Horrifié, l'homme sentit le cauchemar invisible l'absorber.

Il n'y avait qu'une raison pour expliquer le comportement d'une femme aussi pragmatique que Dane.

Les rapports mentaient. Shepherd n'était pas mort.

C'était pour cela que Claire l'avait entendu ; c'était pour cela qu'ils l'avaient gardée sous sédatifs… Chaque ronronnement imaginé avait été réel, envoyé de son côté du lien pour réconforter sa partenaire bouleversée pendant qu'elle se remettait.

— S'est-elle suicidée ?

Dane secoua la tête, car la vérité n'était pas aussi simple que ça.

— Elle a quitté sa chambre et s'est enfoncée dans la tempête… Nous avons trouvé un corps.

— SON corps ? tonna Corday, le cœur dans la gorge.

— Aucun test n'a été concluant, murmura la femme épuisée et grisonnante. Nous n'en sommes pas sûrs.

Merci d'avoir lu Renaissance. L'histoire de Shepherd et de Claire est loin d'être terminée.
Lisez DÉROBÉE dès maintenant !

Souscrivez à ma lettre de diffusion

🦢 http://bit.ly/AddisonCainNewsletter

Abonnez-vous à la newsletter d'Addison Cain.

Vous en voulez plus ? Alors voici quelques romans d'amour noir Omegaverse qui prennent aux tripes ! Jaloux, possessif et prêt à tous les péchés pour voler sa femelle, Shepherd est le petit ami anti-héros que vous attendiez tous.

- <u>Née pour être liée</u> — Violent, calculateur et impénitent, Shepherd exige l'adoration de sa nouvelle partenaire. Son affection. Son corps.

- <u>Née pour être brisée</u> — Shepherd ne sait plus comment aimer sa prisonnière Oméga. Mais il est résolu à apprendre.

- <u>Renaissance</u> — La nature de leur lien a ravagé Claire à tel point qu'elle ne différencie plus ses sentiments des machinations de Shepherd.

- <u>Dérobée</u> — Il l'a prise avec violence sans que personne intervienne. Il l'a brisée tout en jurant qu'il recollerait les morceaux.

La série Le chant de Wren est le récit sinistre et noir d'un harem inversé de l'Omegaverse, pour

ceux qui ont des goûts particuliers et aiment l'échange de pouvoir total.

- Marquée prisonnière — Wren ne peut chanter comme un troglodyte. Elle ne peut d'ailleurs même pas parler. Mais l'Alpha pilier et sa meute n'ont pas acheté l'Oméga pour l'écouter parler.
- Prisonnière silencieuse — Wren est prisonnière des griffes de trois dangereux Alphas,

Charnel, osé et incroyablement gratifiant. Mon best-seller d'amour noir Omegaverse attend les audacieux qui veulent y goûter.

- <u>Le fil d'or</u> — Ils me traitent de brute. Ils me traitent d'impénitent. Ils me traitent de possessif. Je suis toutes ces choses et bien, *bien* plus.

Vous aimez les hommes poules, affectueux et totalement possessifs ? Alors lisez mes romans d'amour noir – harem inversé. La série L'empire

d'Irdesi est captivante et torride, sûre de vous satisfaire.

- **Sigil** — Il la possèdera. Même s'il doit écraser des empires. Même s'il doit lui faire du mal pour son propre bien. Même s'il doit la partager avec ses frères. Sigil sera à lui.

- **Sovereign** — Sovereign s'occupe de son consort réticent. Ses nombreux frères la couvrent d'attention, chacun exerçant sa marque séductrice pour courtiser la seule femelle de leur espèce.

Si vous préférez les mâles Alphas sombres, alors mon roman d'amour noir best-seller de la période de la Régence anglaise comblera vos désirs.

- **La face cachée du soleil** — Cupide, fourbe et cruel, Gregory prétend l'aimer et lui propose de tuer pour elle… Mais les mensonges lui viennent aisément.

L'obsession et un « amour » des plus tordus sont les thèmes centraux de ce livre torride. Prenez garde aux horreurs qui vous attendent.

- **Catacombes** — Le roi des vampires a trouvé sa reine et l'a enfermée pour son malin plaisir.

Un roman d'horreur tabou qui s'insinuera dans vos pensées les plus sombres et vous tiendra éveillé toute la nuit ? Quoi que vous fassiez, ne suivez pas le lapin blanc !

- **La reine blanche** — Le Diable doit une faveur au Chapelier… et celui-ci sait précisément ce qu'il veut recevoir comme récompense.
- **Immaculée** — Mais mes genoux ont été écorchés par mes prières devant un autel vide. Tout ce qu'on m'a enseigné est un mensonge. Il n'y a point de Dieu ici-bas.

Vous aimez le bon vieux désir à l'ancienne ? Alors savourez ces romans d'amour datant de la période de la prohibition.

- **Un avant-goût du soleil** — Quelque chose cloche chez la petite nouvelle en ville. Charlotte Elliot jure, boit et en fait bien trop pour se fondre dans la foule.

- **Un coup dans le noir** — Matthew est résolu à retrouver sa chérie après sa fugue. Et puis, il compte bien l'épouser.

Rejoignez mon groupe Facebook, Addison Cain's Dark Longing's Lounge**, pour recevoir des extraits, livres gratuits et autres cadeaux ! Demandez-moi ce que vous voulez ! J'ai hâte de pouvoir vous parler.**

Et, maintenant, faites-vous plaisir avec ce long extrait de Dérobée**...**

DÉROBÉE

Chapitre 1

Dôme Bernard

Le soleil de milieu de matinée se reflétait si fort sur le verre que, même en les plissant, Brenya avait les larmes aux yeux. Ses mains gantées délicatement posées sur le panneau solaire du secteur est, elle se tortilla dans son harnais, cherchant l'angle parfait pour que la lumière dévie et montre le danger caché.

Juste là… une réfraction.

Approchant son casque du panneau endommagé, elle traça du doigt les crevasses presque imperceptibles qui formaient comme des ramures sur le métal amorphe et transparent.

Les entretiens de routine s'étaient trompés sur les raisons de la défaillance du panneau solaire K73-2554. Ce n'était pas un simple problème de câblage : le panneau était sur le point de voler en éclats. Des dégâts de cette nature pouvaient entraîner des ruptures graves, l'évacuation de secteurs entiers et la mort potentielle de tous ceux à l'intérieur.

Parlant d'un ton égal, elle répertoria tout ce qu'elle avait découvert à l'équipe technique qui assistait son ascension derrière le verre du Dôme Bernard.

— Unité 17C à terminal. Le panneau K73-2554 est bien plus endommagé que ne l'estimait l'évaluation initiale. La structure est salement fissurée et devra être remplacée dès qu'une nouvelle pièce aura été fabriquée.

Un crépitement de bruit blanc, puis vint la voix du technicien de communication radio :

— *Bien reçu, Unité 17C. Un nouveau panneau a été enregistré en urgence dans la queue des réparations. Vous êtes autorisée à colmater les fissures en attendant la fin de la fabrication. L'usine parle d'un délai de trois heures.*

Étant donné ses réserves d'oxygène, cela laisserait à Brenya un peu moins d'une heure pour compléter l'installation. Ça allait être juste.

— Compris. Je commence les réparations d'urgence.

Poser un patch sur les fissures pourrait différer une défaillance catastrophique… ou non. Bien qu'elle ne puisse pas le voir, à l'intérieur du verre réflecteur, quelqu'un se dépêchait d'installer une couche métallique de renforcement. Brenya se servit des outils à sa ceinture.

La race humaine avait appris il y avait longtemps que prendre des risques n'était plus une option. Afin de survivre, ils avaient dû mettre en place des garde-fous et des régulations.

Oscillant dans son harnais, suspendue loin au-dessus du sol, Brenya se déplaça sur la pointe des pieds autour de la section endommagée du panneau. Armée d'un décapeur thermique et d'époxy puissante, elle s'efforça de combler ce qui finirait par devenir une crevasse fatale. Le travail était délicat et requérait de la patience, ainsi qu'un contact léger. Trop de chaleur, et tout le panneau pourrait voler en éclats ; trop peu, et l'époxy ne collerait pas correctement. Elle devait prendre en compte la chaleur du soleil et la température extérieure changeante. Elle devait aussi ne pas se laisser éblouir par les éclats aveuglants du soleil sur les panneaux, chose à laquelle les soldats ingénieurs étaient dûment formés.

Les soldats chargés des missions les plus dangereuses, dont les réparations à l'extérieur du Dôme, ne pouvaient *jamais* laisser leurs yeux vagabonder. Ils ne pouvaient pas se laisser distraire par la verdure exubérante qui grimpait tout autour d'eux. Poser les yeux sur l'horizon dégagé et les sommets distants des structures élevées d'une ville abandonnée, en ruines, encourageait prétendument le déséquilibre mental. Cela mettait en danger tous ceux qui dépendaient de sa concentration absolue à l'intérieur.

Ceux que l'on surprenait à regarder étaient consignés et interdits de refaire la *descente*.

Tout manquement de nature aussi grave entraînait le ban social du corps où l'on avait été élevé, de la famille avec laquelle on avait travaillé. Vos collègues commenceraient à se méfier de vous ; vos amis vous demanderaient de vous faire réaffecter.

Brenya ne risquerait jamais une telle chose.

Sa sélection dans le programme de réparation externe l'avait déjà placée sous un jour moins favorable parmi ses pairs, et cela même si son travail permettait de les maintenir tous en vie.

Tous les citoyens avaient entendu parler des soldats ingénieurs que l'extérieur du Dôme avait fini par obséder et rendre fous. Certains avaient même essayé de sortir, voire même d'endommager délibérément la structure qui les protégeait tous. Si les rumeurs étaient fondées, il existait même une faction croissante de dissidents qui remettaient calmement en question la menace que représentait le virus.

Depuis cinq ans que Brenya faisait systématiquement la descente, elle avait vu des choses à l'extérieur du Dôme que les gens de l'intérieur ne verraient jamais. Elle connaissait ce que ses collègues considéraient comme une tentation. Un jour, un papillon s'était posé à côté d'une bouche d'aération qu'elle était en train de réparer pièce par pièce. L'insecte avait des ailes orange à pois et les avait lentement fait battre, si près de ses doigts qu'elle aurait pu le toucher. Elle avait tant désiré l'admirer, s'émerveiller de la nature comme ses ancêtres l'avaient fait avant la peste. Mais c'était interdit.

Elle l'avait chassé avant que le battement accéléré de son cœur ait pu avertir le technicien d'une infraction au protocole. Pour autant que Brenya le sache, nul sous le Dôme ne se doutait que, l'espace de quelques instants, elle avait compris pourquoi certains soldats devenaient obnubilés par ce qui se trouvait à l'extérieur.

— *Unité 17C, les prévisions météo avertissent de l'arrivée d'une rafale de vent de dix-huit nœuds en provenance du nord dans vingt secondes.*

— Compris.

D'un mouvement habile, elle attrapa les poignées magnétiques rangées dans la ceinture à outil de sa combinaison Hazmat. Elle fit balancer son harnais vers la gauche et verrouilla les poignées sur un panneau intact. Quand la bourrasque la frappa, elle était fixée, pressée contre le côté du Dôme, en sécurité.

Ce fut la seconde rafale, inattendue, cinq minutes plus tard, qui fut sa perte.

Alors qu'elle pendait de son harnais, tête en bas, afin de finaliser la dernière portion de sa réparation, une bourrasque cinglante la précipita si fort contre le panneau qu'elle en eut le souffle coupé. Le panneau se fracassa, comme Brenya l'avait prédit, juste avant qu'elle ne ressente une soudaine apesanteur.

Son harnais s'était détaché. La corde glissait dans la boucle d'assurage de la poulie qui la retenait attachée avec un sifflement strident.

Elle n'eut même pas le temps de crier.

Chutant tête la première vers la végétation envahissante, elle sentit l'arrêt de secours se casser net.

La chute la précipitait vers sa mort.

Elle s'emmêla dans les câbles en tombant, et un coup sec et soudain lui soutira un hurlement de douleur. Elle s'était arrêtée d'un seul coup, le bras coincé dans les câbles, son épaule disloquée.

Des cris de misère gargouillèrent dans sa gorge ; elle pouvait à peine respirer. Le monde était à l'envers. Elle était tombée de si haut, de plusieurs centaines de mètres, et son bras inutile touchait presque le lierre qui grimpait sur l'immense base en béton du Dôme Bernard.

Le sang lui monta à la tête, et sa vision se réduisit à un point.

Malgré l'appel crépitant du technicien qui

l'exhortait à le tenir informé de son statut, elle se sentit distraite. Elle pouvait les voir, les fleurs simples, minuscules. Son bras se tendit vers leurs tiges comme si c'étaient des lianes qui pouvaient la retenir en sécurité.

Elle pouvait les sentir…

Des larmes s'accumulèrent aux coins de ses yeux, et des gouttes chaudes humidifièrent la naissance de ses cheveux.

— *Unité 17C, vos signes vitaux sont erratiques et la visière de votre casque est endommagée.*

Elle voulait répondre, mais ne pouvait remuer les lèvres. Elle ne pouvait rien faire à part contempler les fleurs à neuf pétales et s'efforcer de respirer.

— *Brenya, au rapport !*

Entendre son prénom – une infraction au protocole – la sortit de l'inconscience dans laquelle elle sombrait.

Elle ne put offrir qu'un croassement, un genre de halètement étouffé.

Le technicien avait raison. Ce n'était pas seulement son corps qui était endommagé. Un morceau substantiel de sa visière avait été arraché.

Brenya avait été exposée à l'air libre. Elle pouvait sentir le monde, la terre, sa sueur. Elle pouvait même sentir son sang qui dégoulinait d'une coupure sur sa joue, jusque dans son œil.

— *Brenya… Tu connais la procédure.*

Il y avait une pointe de désespoir dans sa voix, que le technicien essaya en vain de dissimuler.

— *Si tu ne nous informes pas de ton statut, ton baudrier sera détaché. J'ai besoin que tu me parles.*

Elle eut une dernière pensée : *Tu vas me manquer aussi, George…*

Son estomac se retourna, et l'inconscience la gagna.

* * *

Il faisait noir quand Brenya fit battre ses paupières gonflées. Elle pendait, inerte, son corps oscillant dans la brise comme celui d'une araignée attachée par son fil. Elle ne voyait rien de son œil droit, qui était gluant de sang mais, si elle les plissait, elle pouvait tout juste discerner les formes au clair de lune.

Un souffle d'air chaud effleura sa joue.

Pour la première fois de sa vie, elle était

402

exposée au climat réel. Il faisait chaud et humide. Elle pouvait même goûter l'air si elle l'avalait autour de sa langue épaisse et sèche.

Claquant des dents malgré la chaleur, elle grommela :

— George…

Rien.

La transpiration saturait ses cheveux et coulait le long de ses tempes, qui battaient.

— Iciiii… ici Unité 17C. J'ai besoin… d'aide.

Elle essaya de bouger, pour voir si elle pouvait se remettre droite.

— Je suis coincée dans le harnais, et mon bras gauche est HS.

Ce fut une autre voix qui crépita par-dessus les parasites.

— *Votre combinaison indique une montée de température corporelle. Nous envisageons une contamination extérieure.*

Avait-elle été contaminée par la consomption rouge ?

Non…

Elle avait chuté en milieu de journée. Le

tristement célèbre virus tuait en l'espace de quelques heures. Mais la nuit était tombée. Si elle avait été exposée à la consomption rouge, elle serait déjà morte.

Une autre voix, heureusement familière, intervint :

— *Monsieur, sa température était élevée avant l'ascension. Unité 17C semble toujours avoir trop chaud.*

Le Superviseur ne croirait jamais qu'elle n'était pas infectée si sa respiration continuait à siffler. Si elle voulait survivre, elle allait devoir stabiliser ses constantes vitales et prouver qu'elle était viable, qu'elle pouvait toujours servir.

Son épaule palpitait, et elle pouvait sentir combien elle était gonflée, mais ce qui la désarçonnait le plus était qu'elle ne lui faisait pas *mal*. Son bras gauche inutile, son bras droit coincé au niveau de sa poitrine, elle n'avait que ses jambes pour se libérer. Les tendre fut plus difficile qu'elle ne l'avait escompté. Pour commencer, elle passa sa jambe droite autour du câble traître, puis, de la gauche, poussa contre la base du Dôme Bernard.

Le câble se déroula si vite que Brenya dut trouver une prise à la hâte pour éviter de tomber vers sa mort. Ses doigts enflés battirent l'air, tendirent sa combinaison jusqu'à ce qu'enfin, *enfin*, son gant touche une corde en train de glisser. D'où elle tira sa force, elle n'aurait su le dire, mais elle se retrouva suspendue à une main, si près du sol que ses bottes pouvaient frôler les feuilles spongieuses de la vigne aux fleurs blanches.

Le bruit de sa respiration saccadée résonna dans son oreillette, entrecoupée par un grognement d'effort que l'équipe qui l'écoutait à l'autre bout n'aurait pas pu rater. Pieds contre le mur, Brenya entreprit de grimper à une main, jusqu'à ce qu'elle trouve un moyen de raccrocher son harnais à son seul lien vital : sa corde de sécurité.

Son bras la brûlant, inspirant l'air vicié à grandes goulées, elle put enfin lâcher prise. Dès qu'elle fut assise en sécurité dans son harnais, la plus étrange des pensées lui traversa l'esprit.

C'était du jasmin… les fleurs blanches étaient du jasmin.

Elle n'avait jamais senti quelque chose d'aussi

fragrant.

— Je suis de nouveau attachée et je vais me hisser jusqu'au sas de décontamination le plus proche. Tenez-moi informée.

Aucune réponse ne crépita dans son oreille.

Durant les heures qui suivirent, aucune assistance ne vint aider Brenya dans son ascension du Dôme, bien qu'elle les informe continuellement de son statut tout en escaladant le verre comme un insecte.

Le Superviseur la regarda faire. George resta muet.

Lorsqu'elle atteignit enfin la trappe la plus proche, elle resta dehors en attendant qu'à l'intérieur, quelqu'un décide si elle allait vivre ou mourir. Brenya était épuisée, et le Superviseur avait peut-être eu raison quand il avait parlé de contamination : elle ne se sentait pas bien.

Son bras gauche palpitait le long de son flanc et requérait des soins médicaux immédiats. Elle avait soif, tellement soif que sa langue la faisait souffrir plus encore que la coupure enflammée sur sa joue.

Ils la firent patienter jusqu'au lever du soleil.

Alors qu'elle dormait contre la trappe, elle la sentit se soulever et bondit sur ses pieds pour ne pas tomber. La porte mécanique s'ouvrit sur la première des cinq chambres de décontamination.

Si son uniforme n'avait pas été endommagé, elle n'aurait eu qu'à rester debout sur la croix, bras levés et jambes écartées. Des flammes auraient léché l'extérieur de sa combinaison, la chauffant au point que sa peau aurait pu se boursoufler à l'intérieur. Malheureusement, vu sa combinaison percée et sa visière en morceaux, la décontamination par incinération signifierait sa mort.

— *Unité 17C, enlevez votre combinaison Hazmat et placez-la sur la marque pour y être incinérée,* tonna l'interphone COM de la pièce.

Bataillant avec les attaches et les boucles, appuyée contre le mur car ses jambes flageolaient, elle retira son casque brisé et le lança là où il serait incinéré. Ses gants, ses bottes, sa combinaison… chaque couche de protection fut ôtée de sa peau moite, et la femelle siffla quand sa manche refusa de passer son épaule démise.

Les larmes roulant sur son visage ensanglanté,

elle dut libérer son bras de force en priant les Dieux
d'étouffer ses cris avant qu'ils ne franchissent ses
lèvres.

Lorsque ce fut fait, elle se tint dans ses sous-
vêtements trempés de sueur, et la trappe qui donnait
sur un monde de fleurs blanches parfumées se scella
hermétiquement. Dans les quelques instants qui
allaient suivre, Brenya découvrirait si cette salle
deviendrait ou non son crématorium.

Un déclic la fit sursauter et fit remonter son
cœur palpitant dans sa gorge. La seule autre porte de
la pièce, celle qui mènerait vers son salut, s'ouvrit
vers l'intérieur.

La salle au-delà était éclairée, et des caisses
étaient empilées en plein centre de la pièce. Pendant
qu'elle attendait dehors, un lit avait été installé, et des
vivres d'urgence entreposés dans une poubelle.

Brenya se précipita vers la deuxième salle de
décontamination.

Elle se retrouva enfermée dans un espace exigu
dont elle ne ressortirait pas de sitôt. Seuls les produits
de première nécessité avaient été mis à sa disposition,
afin de subvenir aux besoins de son corps. Des

scientifiques en combinaison de protection furent chargés d'observer le spécimen et vinrent tous les jours lui faire subir une batterie de tests, emporter le seau plein et lui en ramener un vide.

Ayant dépassé le stade de la gêne, elle les laissa toucher et triturer, prendre des échantillons et racler l'intérieur de sa bouche. S'ils lui demandaient de cracher, elle crachait. S'ils lui ordonnaient d'enlever ses vêtements, elle se déshabillait aussitôt.

Elle mangea les rations entassées dans la caisse de provisions et but de l'eau éventée dans des pochettes d'urgence plus vieilles qu'elle.

Elle avait toujours été obéissante, comme elle avait toujours été une travailleuse acharnée. Tout comme les autres Bêtas de son unité, Brenya Perin du corps Palo s'était toujours dévouée corps et âme à la survie et la prospérité du Dôme Bernard.

D'après ses meilleures estimations, sans avoir accès à une montre ou à la moindre fenêtre, sa quarantaine dépassa les deux semaines. L'essentiel de son temps fut passé seule, sans avoir rien à faire ni personne à qui parler. Elle sut qu'elle avait enfin gagné sa liberté en raison d'un changement subtil de routine : le médecin qui avait remis son épaule le premier jour, qui lui avait donné une écharpe à porter sous ses sous-vêtements sales, était de retour.

Au bout d'un examen approfondi, il lui tendit une combinaison propre.

Il instruisit ensuite Unité 17C de libérer la chambre de décontamination et de rejoindre les siens. La fierté la fit sourire, ce qui tendit les points de suture sur sa joue. Elle remonta la fermeture éclair de sa combinaison jusqu'à son menton, pressée de sortir, et lissa son carré de cheveux ternes et emmêlés, soucieuse de son bras blessé. Entourée de scientifiques en combinaisons Hazmat, elle se pressa de rejoindre les amis qui l'attendaient.

Lorsqu'elle quitta la dernière salle, elle ne vit cependant aucun comité d'accueil joyeux – pas même George, le technicien avec qui Brenya travaillait depuis cinq ans.

Ce ne fut que lorsqu'elle eut rejoint sa couchette dans la caserne du corps Palo qu'elle reçut l'annonce qu'elle était consignée jusqu'à nouvel ordre. Les femmes qu'elle connaissait depuis la naissance, celles avec qui elle avait été élevée, éduquée – celles avec qui elle avait joué et qu'elle avait considérées comme ses sœurs – les cent femmes avec qui elle partageait ses quartiers gardaient toutes leurs distances.

Brenya n'avait même pas délibérément regardé l'horizon. Elle n'avait pas étudié la forme des feuilles ou l'oscillation des arbres au gré des vents. Mais peu importait. Unité 17C était désormais considérée comme un soldat impur.

Cette première nuit, elle pleura sur sa couchette, rêvant qu'elle n'avait jamais vu de fleurs blanches ou senti l'odeur du jasmin sur la brise.

Chaque matin, au moment de l'appel, elle regardait ses consœurs Bêtas se lever de leur couchette et revêtir l'uniforme de leur zone. Elle aussi portait la combinaison grise, elle aussi mangeait dans le mess avec ses sœurs mais, contrairement à elles, Brenya n'était plus assignée à un quelconque poste.

Apparemment, le Superviseur jugeait qu'elle n'avait plus rien à offrir au collectif.

Au bout d'une semaine de ce traitement de paria, d'incessants regards de travers et réponses sèches à ses tentatives de conversation, elle se retrouva incapable d'avaler ses repas. Elle cessa de manger. Sa tête lui faisait mal, son estomac était constamment noué. Pour se montrer utile, Brenya se mit à offrir des services de nettoyage. Avec son bon bras, elle frotta les toilettes, les sols, les murs, toutes les surfaces à l'intérieur de la caserne. Lorsqu'elle tomba à court de choses à nettoyer, elle vagabonda dans le secteur est pour ramasser les débris par terre.

Au bout de deux jours de récolte de déchets, elle se retrouva à l'extérieur des portes qui séparaient les corps d'ingénierie des techniciens de la Supervision centrale.

George pourrait l'aider… Elle n'ignorait pas que c'était lui qui lui avait sauvé la vie. Il l'aiderait à obtenir une nouvelle mission et à mettre fin à sa tourmente. Mais on lui refusa l'entrée. Le garde Alpha ricana derrière son casque lorsqu'elle termina son scan et que son rang et son matricule s'affichèrent.

À sa grande honte, elle sentit sa lèvre trembler.

— Je vous en prie.

Le garde regarda son écharpe et la coupure sur sa pommette, dont la cicatrice rappellerait à tous pourquoi son visage était marqué : la visière du soldat ingénieur s'était brisée, et Unité 17C avait respiré de l'air contaminé.

Elle était infectée, même si ce n'était pas le cas.

Voyant qu'elle restait sur place, à attendre qu'il change d'avis, le garde Alpha leva la main et la posa sur sa mauvaise épaule. Ce n'était pas un geste de réconfort, mais une prise ayant pour but de la chasser.

Brenya tomba devant tous ceux qui étaient libres de circuler, tous ceux qui gardaient leurs distances. Elle se mit à pleurer à chaudes larmes, la main sur son épaule blessée, terrée.

Personne ne se précipita pour l'aider, même si elle vit le reflet de la pitié dans les regards des individus les plus proches. Incapable de supporter cette honte un instant de plus, elle replia ses pieds sous son corps et se força à se lever, tant pis pour les vertiges. Chancelant, un pas après l'autre, la femme erra comme un chien battu en direction de ses quartiers.

À mi-chemin, elle fut distraite par le bruit de l'eau courante. Enfiévrée et en nage, elle sentit la sueur perler sur ses tempes. Quand elle vit la fontaine qui étincelait au centre de la place du secteur est, elle changea de direction.

La paresse était mal vue sous le Dôme Bernard, mais Brenya s'assit au bord de l'eau pour admirer la beauté de cette œuvre d'art installée avant la fermeture définitive des portes. Cette relique avait autrefois trôné au milieu de la Place de la Concorde. Elle ignorait qui l'avait conçue. L'histoire de l'art n'était pas enseignée à ceux qui étaient choisis pour devenir ingénieurs. Elle ne savait pas non plus de quand elle datait ni pourquoi elle avait été importante pour la culture de son peuple.

Tout ce qui comptait, c'était que tremper sa main dans l'eau fraîche et essuyer son visage fiévreux était plus beau que n'importe quelle fontaine au monde. Alors qu'elle approchait ses lèvres de l'eau étincelante recueillie dans sa paume, un rugissement fendit l'air. Elle sursauta et balaya des yeux la superstructure du Dôme, cherchant un signe de l'ogre qui avait émis un tel grognement.

Elle entendit de nouveau le rugissement, plus près cette fois.

Elle éprouva ce sentiment puissant

d'inéluctabilité, la sensation glaciale de catastrophe imminente. Elle n'aurait su dire ce qui lui avait pris, ni pourquoi ce bruit l'avait emplie de terreur, mais jamais de sa vie elle n'avait couru si vite.

Le sang pulsait derrière ses orbites, ses jambes tremblant comme si elle était sous l'influence d'un médicament inconnu. Elle atteignit presque sa caserne, où elle n'avait qu'une envie : se faufiler sous la couette et se cacher.

Presque…

Lisez DÉROBÉE sans plus attendre !

Addison Cain

Auteure de best-sellers figurant sur la liste de USA TODAY et parmi la liste des 25 auteurs les plus vendus sur Amazon, Addison Cain est mieux connue pour ses romans d'amour noir, ses romans à suspense paranormaux torrides et ses univers extraterrestres originaux. Ses anti-héros ne sont pas toujours rachetables, ses héroïnes sont farouches, et les apparences, toujours trompeuses.

Profonds et parfois déchirants, ses romans ne sont pas pour les âmes sensibles. Mais ils conviennent justement à ceux qui apprécient les mauvais garçons, les alphas agressifs et un soupçon de violence dans un baiser.

Visitez son site web : addisoncain.com

Souscrivez à sa lettre de diffusion :

http://bit.ly/AddisonCainNewsletter

Goodreads : www.goodreads.com/AddisonCain
Offres Bookbub :
www.bookbub.com/authors/addison-cain
Page Facebook de l'auteure :
www.facebook.com/AddisonlCain/
Addison Cain's Dark Longings Lounge :
www.facebook.com/groups/DarkLongingsLounge/

Ne manquez pas ces titres excitants d'Addison Cain !

Le fil d'or

Série La revendication de l'Alpha :
Née pour être liée
Née pour être brisée
Renaissance
Dérobée
Corrompus (à paraître)

Série Le chant de Wren :
Marquée prisonnière
Prisonnière silencieuse

Série L'empire d'Irdesi :
Sigil
Sovereign
Que (à paraître)

Berceau des ténèbres :
Catacombes
Cathédrale
Relique

Duo Illusion de lumière :
Un avant-goût du soleil
Un coup dans le noir

Roman d'amour historique :
La face cachée du soleil

Horreur :

La reine blanche
Immaculée